W0385922

10|18
12, avenue d'Italie — Paris XIIIe

Du même auteur
dans la collection 10/18

LE CERCUEIL DE NOËL

PAR

NGAIO MARSH

Traduit de l'anglais
par Sophie DALLE

10|18

« Grands Détectives »
dirigé par Jean-Claude Zylberstein

Si vous désirez être régulièrement tenu au courant de nos publications, écrivez-nous en nous précisant le titre de l'ouvrage dans lequel est insérée cette annonce ainsi que votre âge :

Éditions 10/18
12, avenue d'Italie
75627 Paris Cedex 13

Titre original :
Tied up in Tinsel

© Ngaio Marsh Limited, 1972
© Presses de la Cité, 1990, pour
la traduction française
ISBN 2-264-02574-3

Pour mon filleul, Nicholas Dacres-Mannings,
quand il sera plus grand.

LES PROTAGONISTES

Les représentants de la loi :

Roderick Alleyn	Inspecteur principal du Bureau d'investigation criminelle
Fox	Inspecteur du Bureau d'investigation criminelle
Major Marchbanks	Directeur de la prison de Vale
Wrayburn	Commissaire de police de Downlow
Brigadier Thompson	Expert en dactyloscopie
Brigadier Bailey	Photographe

Propriétaire du manoir de Halberds :

Hilary Bill-Tasman

Les domestiques :

Blore	Majordome
Mervyn	Premier valet
Nigel	Second valet
Cooke (Pitipiti)	Cuisinier
Vincent	Chauffeur-jardinier
Tom	Assistant

Les invités :

Troy Alleyn	Peintre célèbre
Colonel Fleaton Forrester	Oncle de Hilary
Mme Forrester	Épouse du colonel
Bert Smith	Antiquaire
Cressida Tottenham	Fiancée de Hilary

1

Le manoir de Halberds

— La Grande Crise ayant réduit mon père à la misère, il se convertit au métier de brocanteur, expliqua Hilary Bill-Tasman en joignant les extrémités de ses doigts. Cela vous gêne-t-il que je parle ?

— Pas du tout.

— Merci. Je n'exagère en rien : il se mit à chiner, en association avec mon oncle Bert Smith, lequel était déjà équipé d'un cheval, d'une charrette et de toute l'expérience d'une courte vie. « Oncle » est un simple titre de courtoisie, je le précise.

— Ah ?

— Vous le rencontrerez demain. Mon père, veuf depuis peu, paya son entrée dans l'affaire en l'agrandissant et en mettant dans la corbeille de mariage les quelques objets de famille qu'il avait réussi à soustraire à ses voraces créanciers. Il apporta notamment une coupe Meissen d'une grande valeur marchande sinon esthétique, du moins à mon avis. N'ayant aucune connaissance en la matière, mon oncle Bert l'aurait sûrement cédée pour un prix dérisoire au receleur du coin. Mais mon père, l'ayant pourvu de toutes les autorisations écrites nécessaires, l'envoya à Bond Street, où il conclut un marché qui le laissa pantois.

— Épatant. Pouvez-vous immobiliser vos mains telles quelles, s'il vous plaît ?

— Je crois que oui. Leur entreprise prospéra. Lorsque j'eus cinq ans, ils possédaient deux charrettes, deux chevaux, et un joli compte en banque. À propos, je vous félicite de n'avoir fait aucune allusion à Steptoe and Son. C'est ma façon à moi de classer mes nouvelles relations. Révélant un flair jusque-là insoupçonné pour le commerce et profitant de la crise, mon père acheta beaucoup au rabais pour revendre, après une période de récession aiguë, au plus cher. Puis vint le jour où, vêtu de son plus beau costume (parfaitement mérité), il vendit au roi Farouk le dernier de ses biens familiaux, pour une somme exorbitante. Il s'agissait d'un chandelier vénitien d'une vulgarité sans pareille.

— Incroyable !

— Cette transaction eut les conséquences les plus rémunératrices, lesquelles ne prirent fin qu'avec la mort de Sa Majesté. À cette époque, mon père avait déjà sa boutique de South Moulton Street, tandis qu'oncle Bert régnait sur un parc de charrettes et de chevaux, gardant ainsi la mainmise sur le milieu qui lui convenait le mieux, tout en améliorant considérablement ses compétences.

— Et vous ?

— Moi ? Jusqu'à l'âge de sept ans, j'ai habité un modeste deux-pièces à Small Yards, Cheapjack Lane, E.C.4., avec mon père et mon oncle d'adoption.

— Vous appreniez le métier ?

— Si l'on veut. Mais j'apprenais aussi, bien que de manière plutôt décousue, les secrets de la littérature anglaise, l'histoire de l'art et l'arithmétique. Mon père se chargeait lui-même de mon éducation. Il me donnait chaque matin trois tâches à accomplir avant le soir, lorsqu'il rentrait avec l'oncle Bert. Après le repas, il poursuivait mon instruction jusqu'à ce que je m'endorme.

— Pauvre petit garçon !

— Vous croyez ? Mon oncle et ma tante me plaignaient beaucoup : le colonel et Mme Forrester ; ils sont de la famille maternelle de mon père. Ils seront également là demain. Ils s'appellent Frederick Fleaton et Bedelia Forrester, mais ont toujours été plus connus par leurs diminutifs, oncle Flea et tante Bed.

— Sont-ils intervenus dans vos études ?

— Oh, oui ! Ayant eu vent des occupations de mon père, ils se firent conduire dans l'East End. Alors une jeune femme fort vigoureuse, tante Bed, tambourina contre ma porte avec son parapluie : et quand je lui ouvris, secondée avec fermeté mais moins de véhémence par son mari, elle s'abandonna à de très violents commentaires sur la situation. Ils partirent fous de rage et se représentèrent le soir même avec une proposition.

— De prendre la relève ?

— De m'emmener avec eux. Au début, mon père les envoya au diable, mais, au fond, il les aimait énormément. Notre logement insalubre devant être bientôt démoli, il finit par céder. Il fut aussi influencé, sans doute, par les menaces de procès et d'intervention de l'Assistance publique... Bref, quelles que fussent les causes exactes, le résultat fut que je partis vivre chez eux.

— Vous vous y êtes plu ?

— Oui. Je ne perdis pas le contact avec mon père. Il se réconcilia assez vite avec les Forrester, et nous nous rendîmes souvent visite. Lorsque j'atteignis mes treize ans, il avait renoué avec l'opulence et put m'offrir de poursuivre mes études dans son ancien collège, auquel il m'avait par bonheur inscrit dès ma naissance. Ceci nous soulagea de la lourde dette que nous avions envers eux. Cependant, je continue de vouer à oncle Flea et à tante Bed ma plus vive reconnaissance pour leur persévérance et leur générosité.

— Je suis impatiente de les connaître.

— On les dit excentriques. Personnellement, je ne vois pas en quoi, mais je vous laisserai le soin d'en juger.

— Que leur reproche-t-on ?

— D'insignifiants écarts de comportement, peut-être. Ainsi, ils ne se déplacent jamais sans leurs archaïques parapluies tropicaux doublés de toile verte. Ils les ouvrent dès le matin, car ils préfèrent leur ombre printanière à la lumière directe. De plus, ils apportent toujours avec eux une quantité incroyable d'objets précieux : tous les bijoux de tante Bed, tous les bons et les actions d'oncle Flea, ainsi qu'une ou deux très belles œuvres d'art qu'il ne me déplairait pas d'avoir en ma possession. Ils se munissent aussi de sommes considérables d'argent liquide, qu'ils rangent dans la vieille valise à uniformes d'oncle Flea. Il est cadre de réserve.

— En effet, ils paraissent assez originaux.

— Croyez-vous ? Vous avez peut-être raison. Mais je résume : mon éducation fut par la suite, et sur l'insistance de mon père, élargie ; je pus donc recevoir une formation scolaire et technique approfondie sur ce qui devait devenir ma spécialité. Ainsi, lorsqu'il mourut, étais-je déjà reconnu comme l'un des plus éminents experts en matière de céramiques chinoises. Oncle Bert et moi-même devînmes immensément riches. (Tout ce à quoi je touche devient de l'or)... Bref, j'étais un nanti. Pour couronner le tout (c'en était presque comique), je me mis à jouer avec un certain succès puisque je gagnai deux fortunes princières et non taxables au Loto sportif. Je dois préciser qu'oncle Bert fut ma principale source d'inspiration en cette circonstance.

— C'est formidable !

— Oui. Ma fortune me permet de succomber à mes propres extravagances, que vous trouverez peut-être aussi extrêmes que celles d'oncle Flea et de tante Bed.

— C'est-à-dire ?

— Cette maison, par exemple. Et le personnel. Surtout le personnel. Le manoir de Halberds a appartenu à mes ancêtres paternels, les Bill-Tasman. De la dynastie des Tudor à la première décade du dix-neuvième siècle, ils furent les seigneurs de la région. Leur devise était tout simplement « Unicus », autant dire « sans égal », et mes aïeux, l'interprétant au sens le plus littéral du terme, se comportèrent comme s'ils étaient membres de la famille royale. Vous me taxerez peut-être d'arrogance, poursuivit Hilary, mais je peux vous assurer qu'en comparaison je suis une violette au pied d'un tronc moussu.

— Pourquoi ont-ils quitté le domaine de Halberds ?

— Parce qu'ils étaient ruinés, ma chère. Ils avaient investi tout ce qu'ils possédaient aux Antilles ; l'émancipation des esclaves signifia leur perte. La propriété fut vendue, mais, vu sa situation, personne n'en voulait vraiment et elle fut très vite laissée à l'abandon.

— Vous l'avez rachetée ?

— Il y a deux ans.

— Et restaurée ?

— Je suis en train de la restaurer, oui.

— Pour un coût astronomique ?

— Exactement. Mais avec style et goût, vous en conviendrez, j'espère ?

— Absolument. J'ai fini pour le moment, dit Troy Alleyn.

Hilary se leva et contourna le chevalet pour venir admirer son portrait.

— C'est très excitant, bien sûr. Je suis heureux que vous vous consacriez à ce que l'on appelle, je crois, la peinture figurative. Je n'aurais guère aimé être réduit à un collage de formes géométriques, aussi agréable à l'œil fût-il.

— Ah non ?

— Non. Néanmoins, je suis sûr que la Royal Antiquarian Guild considérera que c'est un tableau terriblement avant-gardiste. Si nous prenions l'apéritif ? Il est déjà midi trente.

— Puis-je me rafraîchir auparavant ?

— Je vous en prie. Je ne sais pas si vous tenez à nettoyer vous-même vos pinceaux. Mais dans le cas contraire, je suis sûr que Mervyn, qui fut, vous vous en souvenez probablement, peintre d'enseignes avant d'aller en prison, s'en chargera avec plaisir.

— Épatant. Je me contenterai donc de me laver moi-même.

— Rejoignez-moi ici quand vous serez prête.

Troy se débarrassa de sa blouse avant de monter dans sa chambre, divinement chauffée. Elle se frotta les mains dans la salle de bains attenante, puis brossa ses cheveux courts et bruns, tout en regardant par la fenêtre.

Au-delà d'un parc mal ordonné, la lande s'étalait sous un ciel plombé. Entre deux courbes de coteaux sombres apparaissait parfois la route menant à la prison. Une légère pluie de neige fondue balayait le paysage.

« Il ne manque plus que le chien des Baskerville, songea-t-elle. Mais j'imagine que le maître de céans serait capable d'une telle mise en scène si l'envie lui en venait. »

Juste sous sa fenêtre gisaient les restes d'une serre qui avait autrefois orné le flanc de l'aile est. Hilary lui avait expliqué que l'ensemble serait bientôt entièrement démoli, mais en attendant, le spectacle était pitoyable. Les crêtes de jeunes sapins perçaient les plaques de verre brisé. Ici, une partie du toit s'était effondrée, là s'amoncelaient des détritus divers. Hilary lui avait promis que, lors de sa prochaine visite à Halberds, elle aurait une vue sur de splendides pelouses et une percée entre les cyprès laissant entrevoir une fontaine en pierre décorée de dauphins. Troy se demanda si toutes ces transformations parviendraient réellement à faire oublier l'aspect menaçant des collines lointaines.

Entre le jardin à venir et la campagne sauvage, en plein milieu d'un champ labouré, un épouvantail gesticulait furieusement dans le vent de cette fin décembre.

Un homme parut plus bas, tête ployée, poussant une brouette. Il était en suroît et ciré.

« C'est Vincent, se dit Troy. Le chauffeur-jardinier. Vincent... est-ce lui qui s'est servi d'arsenic ? Oui. Et je suppose que tout cela est vrai. A moins que... ? »

L'épouvantail chavira, et quelques brins de paille s'échappèrent dans la tempête.

*

* *

Troy n'était au manoir de Halberds que depuis cinq jours, mais déjà, elle en avait accepté toutes les bizarreries. Dès son arrivée pour exécuter le portrait que lui avait commandé Hilary, ce dernier l'avait avertie des origines plus ou moins louches de ses domestiques. Au début, elle avait cru à des plaisanteries d'un goût douteux, mais elle s'était très vite aperçue de son erreur.

Au déjeuner, ils furent servis par Blore, que Hilary avait nommé majordome, et Nigel, le second valet.

Chauve, âgé d'une soixantaine d'années, Blore avait de grandes mains et évoluait toujours paupières baissées. Comme son assistant, il exécutait posément toutes ses tâches, mais tous deux avaient un comportement à la fois neutre et méfiant. Ils ne traînaient pas les pieds, comme l'on aurait pu s'y attendre, et l'on se sentait presque obligé de constater que leurs airs n'avaient rien de sournois. Devait-elle attribuer ces impressions à sa sagesse naturelle ou à son sens de l'observation ? Troy n'en savait rien, mais elle était forcée d'admettre combien il lui était difficile de s'adapter à ce personnel entièrement composé d'assassins. Ainsi Blore, à l'époque maître d'hôtel, avait-il tué un jeune et bel aide-serveur, amant de sa femme. Grâce aux circonstances atténuantes, sa condamnation à mort avait été commuée en peine de prison à vie, elle-même réduite à huit ans pour conduite exemplaire.

— Il est parfaitement inoffensif, avait assuré Hilary en racontant son histoire. L'aide-serveur le traita de cocu et lui cracha à la figure au moment précis où Blore découpait une volaille. Le coup de couteau partit tout seul.

Quant à Mervyn, le premier valet, autrefois peintre d'enseignes, il était coupable d'avoir provoqué la mort d'un cambrioleur par piège interposé.

— Franchement, s'était indigné Hilary, l'envoyer en prison pour cela était exagéré ! Son intention n'avait jamais été de tuer quiconque, mais simplement d'empêcher l'intrusion éventuelle d'un indésirable. Malheureusement, il avait mal jugé l'impact d'une plaque en fonte, en équilibre sur l'arête d'une porte. Mervyn fut, on le comprend aisément, dépravé par cette réclusion, et sa perversion devint telle qu'il fallut le transférer au pénitencier de Vale.

Deux autres meurtriers complétaient l'équipe. Le cuisinier, prénommé Cooke, s'était valu le surnom de Pitipiti, car il vouait aux chats un amour immodéré.

— Il était chef. Il fut condamné pour attentat aux mœurs, avait raconté Hilary, mais c'est en purgeant sa peine qu'il fut harcelé par un gardien alors qu'il n'avait pas l'humeur à cela. Cet homme répugnant avait la réputation de haïr les chats et de pratiquer sur eux toutes sortes de cruautés. La réaction de Pitipiti fut donc d'une brutalité redoublée ; sa victime se cogna malencontreusement la tête contre le mur de la cellule et succomba. La peine de Cooke fut douloureusement prolongée.

Il y avait aussi Nigel, le second valet, qui avait travaillé dans une manufacture de chevaux de bois, puis dans une fabrique de personnages en cire, avant de sombrer dans le fanatisme religieux.

— Il appartenait à une secte extrémiste. Un ordre monastique aux règles très strictes. Une chose en entraînant une autre, cette existence devint trop contraignante pour Nigel qui, sur un coup de folie passagère, assassina celle qu'il continue de qualifier de « femme scandaleuse ». Il fut interné à Broadmoor où, croyez-le ou non, il recouvra la raison.

— J'espère qu'il ne me trouve pas scandaleuse.

— Non, non, je vous le promets. Vous n'êtes pas du tout le genre, et de toute façon, il est aujourd'hui parfaitement sain d'esprit, sinon qu'il se met à sangloter violemment lorsqu'il se remémore son crime. Il est très doué pour le modelage. Si nous avons un Noël blanc, je lui demanderai de nous fabriquer un bonhomme de neige.

Venait enfin Vincent, le chauffeur-jardinier. Plus tard, avait expliqué Hilary, quand les spécialistes auraient fini leur ouvrage, Vincent serait aidé régulièrement par un effectif complet : pour le moment, il devait se contenter d'intérimaires.

— Il est malvenu de le considérer comme un assassin, avait insisté Hilary. Il s'agit en fait d'un malentendu absurde à propos d'un accident fatal survenu au cours de la préparation d'un désherbant à base d'arsenic. L'affaire fut jugée devant un jury particulièrement stupide, mais après une période pénible d'attente et un procès en appel, Vincent fut acquitté. Il a terriblement souffert de sa mésaventure.

— Comment en êtes-vous venu à les engager ? avait voulu savoir Troy.

— Voilà une question pertinente. Voyez-vous, lorsque j'ai racheté Halberds, ce fut avec l'intention non seulement de restaurer le domaine, mais aussi de l'entretenir avec tout le faste auquel il avait été habitué. Je n'avais aucune envie de m'énerver avec un simplet du village ou un couple de Napolitains qui ne m'auraient nourri que de pâtes avant de se volatiliser sans prévenir. Par ailleurs, une équipe civilisée de domestiques me paraissait hors de portée. Après avoir mûrement réfléchi à la question, je pris rendez-vous avec mon futur voisin, le major Marchbanks, directeur de la prison de Vale, et lui soumis mon problème. J'avais entendu dire que, parmi tous les criminels, les assassins étaient de loin les plus faciles à vivre. Les assassins d'une certaine classe, j'entends. Je trie sur le volet. Les voyous qui tirent sur les agents de police ne conviennent pas du tout. Mais l'homme d'un seul emploi, mû, en des circonstances de provocation exceptionnelles, par un élan, une impulsion incontrôlable, se repent en général plutôt bien. Marchbanks approuva ma théorie, et nous nous mîmes d'accord pour réaliser ce projet qui prenait, selon lui, des allures de plan de réhabilitation. Étant riche de surcroît, je pouvais assurer de bons salaires.

— Mais y en avait-il en réserve ?

— Je dus patienter. Pendant un certain temps, je vécus en toute simplicité avec Blore et Pitipiti, dans les quatre pièces de l'aile est. Cependant, peu à peu, je réussis à compléter mon équipe en ne m'adressant pas uniquement à Vale, mais aussi à Broadmoor et à Scrubs... Je vous signale au passage, avait précisé Hilary, que mon initiative n'a rien d'original : l'idée avait déjà été émise durant l'ère victorienne par Charles Dickens en personne, et beaucoup plus tard, bien que d'une manière assez grotesque, par Sir Arthur Wing Pinero. Je me suis contenté de l'adopter et de l'adapter.

— Il se pourrait, était intervenue Troy, que Rory, mon mari, ait été responsable de l'arrestation d'un ou même de plusieurs de vos domestiques. Risquent-ils de... ?

— N'ayez aucune inquiétude. D'une part, ils n'établiront pas de lien entre vous, d'autre part, ils ne s'en soucieront guère. Ils n'en veulent pas à la police. Sauf peut-être Mervyn, le peintre d'enseignes : il trouve injuste d'avoir eu à souffrir une telle peine alors que son piège était destiné à surprendre un membre d'une catégorie que la police cherche précisément à éliminer. Mais même lui s'en est pris davantage à la Cour et au jury qu'aux agents.

— C'est sans doute fort généreux de sa part, avait murmuré Troy.

Ces entretiens s'étaient déroulés au cours des premières séances de pose. Aujourd'hui, au cinquième jour de présence de la jeune femme, Hilary et Troy s'étaient installés dans une relation étrangement amicale. Le portrait avançait. Elle travaillait avec une rapidité inhabituelle. Tout allait bien.

— Je suis si content que vous acceptiez de rester parmi nous pour Noël ! s'exclama Hilary. Je regrette que votre époux ne puisse nous rejoindre. Peut-être se serait-il intéressé à ma démarche.

— Il est en Australie, pour une affaire d'extradition.

— C'est dommage pour vous, mais un plaisir pour moi. Comment allons-nous occuper cet après-midi ? Je suis à votre entière disposition.

— Je travaillerais volontiers encore une heure avec vous, afin de profiter de la lumière. Ensuite, je crois que je poursuivrai seule.

Troy dévisagea son hôte et sujet. Un beau sujet, se dit-elle, un sujet avec lequel il serait trop facile de confondre interprétation et caricature. Ce front ovoïde, ces cheveux crêpelés, ces immenses yeux bleus, toujours étonnés, et cette bouche perpétuellement remontée aux coins en un non-sourire... Mais, réfléchit Troy, l'interprétation n'était-elle pas, par nécessité, une forme de caricature, justement ?

Elle s'aperçut soudain que Hilary la contemplait comme si, d'un seul coup, les rôles s'étaient inversés.

— Écoutez, déclara-t-elle brusquement. Êtes-vous sûr de ne pas vous être moqué de moi à propos des domestiques ?

— Certain.

— Absolument ?

— Je vous assure que je ne me suis pas moqué de vous.

— Très bien. Je me remets à l'ouvrage, annonça-t-elle. J'en ai pour dix minutes environ de bricolage, puis je vous demanderai de reprendre votre pose, si vous le voulez bien.

— Avec plaisir. Contre toute attente, je m'amuse énormément, répliqua Hilary.

Troy regagna la bibliothèque. Comme de coutume, ses pinceaux avaient été nettoyés, sa blouse soigneusement posée sur le dossier d'une chaise. Une table recouverte de papier avait été apportée pour compléter un établi de fortune. Encore une attention de Mervyn, le peintre d'enseignes poseur de pièges, pensa-t-elle.

Et à cet instant précis, ce dernier entra, l'air sombre et méfiant.

— Excusez-moi, marmonna-t-il avant d'ajouter, un peu par hasard : Madame... Avez-vous besoin d'autre chose ?

— Non, merci. Merci infiniment. Tout ceci est parfait.

Elle eut l'impression qu'elle manquait de naturel.

— Je me suis dit que votre établi était un peu étroit, reprit-il, les yeux rivés sur le tableau. Comme ça. Madame.

— Oh ! Oui, bien sûr. Merci.

— Vous manquiez de place, si je puis dire.

— Plus maintenant.

Il n'ajouta rien de plus, mais ne s'éloigna pas et continua de fixer le portrait. Troy, qui avait toujours du mal à parler d'une œuvre en cours, s'empara de sa palette en lui tournant le dos. Lorsqu'elle pivota sur elle-même, elle fut surprise de le trouver si près d'elle.

Mais il n'était là que pour lui tendre sa blouse, qu'il tenait avec tout le respect qu'un valet doit à un somptueux manteau. Elle ne sentit pas ses mains, tandis qu'il l'aidait à s'en vêtir.

— Merci beaucoup, répéta Troy, espérant ainsi le congédier sans être désagréable.

— Merci à vous, madame, répondit-il, immuable.

Et, comme chaque fois, elle dut réprimer son envie de répliquer : De quoi ? (« De le traiter comme un valet alors que je le sais assassin ? » se demanda-t-elle).

Mervyn se retira et ferma délicatement la porte derrière lui.

Peu après arriva Hilary, et, durant une heure, Troy s'appliqua sans relâche. La lumière faiblissant, et son hôte ayant annoncé qu'il attendait un appel de Londres, elle décida d'aller se promener. Ils s'étaient assez vus pour le moment.

*

* *

Un chemin rocailleux traversait le terrain qui deviendrait sans doute un jour un beau jardin. Il menait, au-delà de la serre en ruine, au champ labouré que Troy avait aperçu de sa fenêtre.

Là se dressait l'épouvantail, bouffon fourré de paille, ancré tant bien que mal dans le trou qu'il avait lui-même élargi à force de subir les humeurs du vent du nord. Il était habillé des vestiges d'une redingote édouardienne et d'un pantalon noir. Son chapeau haut de forme s'enfonçait sur le sac rembourré qui lui servait de tête. Ses très classiques bras en croix étaient recouverts de gants grossièrement attachés aux bouts, et qui claquaient lamentablement, comme les restes de ce qui avait sans doute été autrefois une magnifique cape. Troy songea que Hilary avait dû participer activement à sa création.

Il lui avait décrit avec force détails jusqu'où et à quel prix l'entraîneraient ses projets de restauration de

Halberds. Il avait retrouvé et racheté des tableaux de famille, tapissé les murs de soieries, décapé boiseries et plafonds. Peut-être avait-il débusqué, au détour d'une collection d'aquarelles marquées de rousseurs, une esquisse victorienne représentant ce pré pentu, planté en son milieu d'un épouvantail gesticulant ?

Contournant le champ, elle entreprit l'ascension d'une colline abrupte. Elle était dans la lande, à présent, et avait enfin rejoint la route goudronnée. Elle la suivit jusqu'à l'endroit où celle-ci séparait en deux le coteau.

Dominant Halberds, elle vit que le manoir avait la forme d'un E sans la barre du milieu et put en admirer les superbes proportions. Elle avait remarqué dans la bibliothèque un tableau du XVIIIe siècle représentant la propriété, et put imaginer l'ensemble rénové avec ses terrasses, ses sentiers, ses bassins et ses percées, créés, selon Hilary, par Capability Brown. Elle reconnut la fenêtre de sa chambre, dans l'aile est, au-dessus de la serre en ruine. De la fumée jaillissait des cheminées, et elle huma le parfum du bois brûlé. Au premier plan, Vincent, court et trapu, poussait sa brouette. Derrière, un bulldozer avait entrepris de creuser un bassin ; le monticule que formait la terre amoncelée serait sûrement coiffé bientôt d'une « folie d'Hilary ».

« Ce sera sans doute fort réussi, se dit Troy. Pourtant, il existe une subtile différence entre "ça n'a pas bougé" et "c'était comme ceci", et je crains que l'accumulation de bibelots, de meubles anciens ou de fontaines ne suffise pas à recréer complètement l'ambiance d'autrefois. »

Se retournant, elle avança de quinze pas contre le vent du nord.

De là, la vue était tout autre, comme si une diapositive en avait par erreur remplacé une autre sur l'écran. Troy contempla Vale, la vallée où trônait la prison avec ses murs d'enceinte, ses tours d'observation, ses cours étriquées et ses casernes. Un frisson la parcourut. Son mari surnommait parfois Vale « la chaumière du chagrin ».

Le ciel était maintenant balayé par un rideau de pluie. Devant elle, Troy lut un panneau :

DESCENTE DANGEREUSE

VIRAGES DANGEREUX

VERGLAS

RALENTISSEZ

Comme pour mieux illustrer cette mise en garde, un camion en provenance de Halberds grimpa péniblement la côte, s'arrêta à la hauteur de Troy et se mit en première avant de redescendre avec prudence en direction de Vale. Le véhicule disparut au premier virage, laissant voir un homme en ciré et coiffé d'une casquette en tweed, qui venait vers la jeune femme. Comme il redressait le menton, elle vit ses joues rouges, sa moustache blanche et ses yeux bleus.

Elle avait déjà pris la décision de rentrer, mais la pensée qu'il serait impoli de sa part de ne pas saluer l'inconnu l'obligea à marquer une pause. Il se rapprocha, souleva son chapeau.

— Bonsoir... Sale temps, ajouta-t-il après une légère hésitation.

— Oui. Je crois que je vais battre en retraite. Je venais de Halberds.

— Dure montée, mais moins pénible que la mienne. Je vous prie de m'excuser, mais n'êtes-vous pas la célèbre invitée de Hilary Bill-Tasman ? Mon nom est Marchbanks.

— Ah oui, il m'a parlé de...

— Je viens jusqu'ici presque tous les soirs, histoire d'entretenir mon souffle et mes jambes. De prendre l'air, aussi...

— Je comprends.

— Oui. C'est plutôt lugubre, n'est-ce pas ? Mais je ne veux pas vous retenir par ce vent. Nous nous reverrons, j'espère, autour du sapin de Noël.

— Je l'espère aussi, répondit Troy.

— Vous vous étonnez sans doute de l'organisation, à Halberds ?

— C'est original, pour le moins.

— En effet. Oh ! reprit-il, comme pour répondre à une question silencieuse... J'approuve, vous savez. Je suis tout à fait pour.

Il s'inclina de nouveau, fit un moulinet avec sa canne et repartit en sens inverse. Au loin, dans la prison, résonna le son d'un carillon.

Troy regagna Halberds. Elle savoura un thé en compagnie de Hilary, devant un feu chaleureux allumé dans le boudoir qu'avait affectionné l'une de ses aïeules. Le portrait de cette femme au regard espiègle, suspendu audessus du manteau de cheminée, n'était pas sans évoquer certains traits de Hilary. La pièce, décorée de soie vert pomme et de rideaux brodés de rose, contenait un ravissant secrétaire français, un paravent d'une exquise délicatesse, d'élégants fauteuils et une impressionnante collection de personnages en porcelaine de Saxe.

— Vous trouverez probablement ce décor bien féminin pour un célibataire comme moi, déclara Hilary entre deux bouchées de muffins beurrés. Il n'attend plus que sa châtelaine.

— Vraiment ?

— Vraiment. Elle s'appelle Cressida Tottenham, et elle arrivera, elle aussi, demain. Nous comptons annoncer officiellement nos fiançailles.

— Comment est-elle ?

— Voyons... S'il fallait lui donner un goût, je lui donnerais celui du sel, légèrement aromatisé de citron.

— Votre description fait plutôt penser à une sole grillée.

— Je peux vous assurer qu'elle n'en a pas l'aspect.

— Soyez donc plus précis ! insista Troy.

— Je souhaite que vous ayez très envie de la peindre.

— Ah ! ah ! C'est donc sérieux ?

— Tout à fait. Attendez de la voir, vous me direz si vous acceptez d'exécuter une seconde œuvre commanditée par un Bill-Tasman, infiniment plus séduisante que la première. Je suppose que vous avez remarqué, dans la salle à manger, l'espace vide du mur nord ?

— En effet.

— Il est réservé pour un portrait de Cressida Tottenham, signé Agatha Troy.

— Je vois.

— Elle est très belle, affirma Hilary. Vous verrez. Elle fait du théâtre, à propos. Enfin, du théâtre... Elle a pris des cours dans une académie et s'est lancée dans ce qu'elle intitule l'expressionnisme organique. J'ai à maintes reprises tenté de lui faire saisir l'ineptie et la vulgarité de ce terme, mais cela ne semble en rien la choquer.

— Que font-ils ?

— D'après ce que j'ai compris, ils passent surtout leur temps à se déshabiller, ce qui dans le cas de Cressida ne peut être qu'un plaisir pour l'œil du spectateur, et à se couvrir le visage de filaments vert pâle, ce qui (toujours dans le cas de Cressida) me paraît un gaspillage honteux. C'est mauvais pour le teint.

— Curieux.

— À mon grand regret, tante Bed n'apprécie guère Cressida, laquelle est pourtant la protégée d'oncle Flea. Son père, jeune officier sous ses ordres, fut tué en Allemagne alors qu'il sauvait la vie de mon oncle. Aussi ce dernier s'est-il senti obligé d'élever la petite orpheline.

— Je vois, répéta Troy.

— Savez-vous ce que j'aime en vous, hormis votre talent et votre physique ? Votre simplicité. S'il n'y avait pas Cressida, je chercherais sans doute à vous conquérir.

— Ce serait catastrophique pour mon coup de pinceau ! s'exclama-t-elle avec emphase.

— Vous aimez mieux maintenir une certaine distance avec vos sujets ?

— Oui.

— Je vous comprends, bien sûr.

— Tant mieux.

Il acheva son muffin, humecta sa serviette d'eau chaude, s'essuya les doigts, puis se leva pour aller jusqu'à la fenêtre. Les rideaux brodés de rose étaient fermés, mais il les écarta pour contempler la nuit.

— Il neige. Oncle Flea et tante Bed auront droit à une traversée de la lande romantique à souhait.

— Vous voulez dire qu'ils... qu'ils arrivent ce soir ?

— Ah, c'est vrai, j'ai oublié de vous le préciser. L'appel de Londres de tout à l'heure, c'était leur gouvernante. Ils sont partis avant l'aube et pensent être là pour le dîner.

— Ce n'était pas prévu ainsi ?

— Ils se sont décidés brusquement. Ils se préparent toujours trois jours à l'avance, mais supportent mal l'atmosphère de départ imminent... Ils ont donc voulu abréger l'attente. Je vais m'offrir une petite sieste. Et vous ?

— Ma promenade m'a fatiguée. Je crois que je vais suivre votre exemple.

— C'est le vent du nord : sur ceux qui n'y sont pas habitués, il a souvent un effet soporifique. Je dirai à Nigel de vous appeler à dix-neuf heures trente, si cela vous convient. Le repas sera servi à vingt heures trente, et la cloche sonnera au quart. Reposez-vous bien, conclut-il en lui ouvrant la porte.

En passant devant lui, elle prit tout particulièrement conscience de sa haute taille et de son parfum, mélange de tweed et d'exotisme.

— Reposez-vous bien, répéta-t-il, et elle sentit son regard la suivre dans l'escalier.

*

*   *

Dans sa chambre, elle découvrit Nigel qui lui avait sorti sa robe en satin rubis et tous les accessoires s'y rapportant. Troy espéra que cet ensemble ne lui avait pas paru « scandaleux ».

À genoux, il soufflait sans que cela fût indispensable sur un joyeux feu de cheminée. Il était tellement blond que Troy fut soulagée de constater que ses yeux n'étaient pas rouges, sous ses cils touffus et blancs. Il se leva et, d'une voix sourde, lui demanda si elle avait besoin de quoi que ce fût. Il regardait le sol, et non Troy, qui le remercia avec effusion.

— La nuit risque d'être agitée, fit-elle remarquer en s'efforçant de prendre le ton le plus naturel possible.

— Elle sera telle qu'en jugera bon le Ciel, madame Alleyn, répliqua-t-il sévèrement avant de s'éclipser.

Troy se rassura en se rappelant que, selon Hilary, le valet avait recouvré tous ses esprits.

Elle prit un bain délicieusement aromatisé aux essences de pin en s'interrogeant sur la lassitude que risquait de provoquer à la longue un tel mode de vie. Elle se consola en pensant (« scandaleusement », lui reprocherait sans doute Nigel) que, pour l'instant, cette existence lui convenait à merveille et contribuait à entretenir sa bonne humeur. Sensible au silence qui enveloppe une maison quand il neige au-dehors, elle somnola ensuite un moment devant le feu. À dix-neuf heures trente, Nigel frappa à sa porte. Elle se leva pour lui répondre et entreprit de s'habiller. Dans la glace, elle ne put s'empêcher de constater que sa robe lui seyait à la perfection.

Cependant, de lointains bruits signalant une arrivée rompirent bientôt la quiétude environnante. Un moteur ronronna. Une portière claqua. Après une pause assez longue, des voix résonnèrent dans le corridor, puis dans la pièce contiguë à la chambre de Troy.

— Mais pas du tout ! Turlututu ! Qui parle de fatigue ? Non, nous ne nous changerons pas. Nous ne nous changerons pas, je dis !... Tu n'as pas besoin de Moult, n'est-ce pas ? Le colonel n'a pas besoin de vous, Moult. Vous déferez les bagages plus tard. J'ai dit qu'il pouvait défaire les bagages plus tard.

« Oncle Flea est sourd », décida Troy.

— Et cesse donc de tripoter ta barbe !

Une porte se ferma. Quelqu'un s'éloigna dans le couloir.

« Une barbe ? » se demanda Troy.

Durant deux ou trois minutes, elle n'entendit plus rien. Elle en conclut que le colonel ou Mme Fleaton Forrester s'étaient peut-être réfugiés dans la salle de bains, à l'autre bout de la chambre, supposition qui fut très vite confirmée par un aboiement :

— B ! À propos de ma barbe !...

La réponse fut inaudible, mais peu après, les Forrester quittèrent leurs appartements.

Troy préféra leur laisser un moment de tranquillité avec Hilary avant de descendre, et elle était absorbée dans la contemplation des flammes lorsque, comme promis par le maître de maison, la cloche de la tour dominant les écuries se mit à sonner.

Émergeant de sa rêverie, elle se rendit dans le vaste hall d'entrée, où l'attendait Mervyn pour lui indiquer la direction du boudoir vert.

— Nous ne voulons pas créer de désordre dans la bibliothèque, madame, expliqua-t-il avec un petit sourire narquois.

— C'est très aimable de votre part.

Il s'effaça pour la laisser passer devant lui.

Les Forrester se tenaient devant la cheminée avec Hilary, lequel avait changé de tenue : costume prune et cravate bariolée. Le colonel Forrester était un vieil homme à l'air surpris, au teint rose et blanc, arborant une moustache. Mais il n'avait pas de barbe. Il portait un appareil acoustique.

Mme Forrester avait un physique harmonisé à sa voix, autrement dit, formidable. Dotée d'un visage carré, elle avait une bouche en forme de chausse-trappe, des yeux proéminents renforcés par des lentilles de cristal, et de fins cheveux gris tirés en un chignon sévère. L'ourlet de sa jupe variait entre mini et maxi, et elle s'était de toute évidence munie de plus d'un jupon en flanelle. Son buste était drapé de divers lainages en un camaïeu de gris moroses. Elle arborait une double chaîne de perles superbes (que Troy supposa être vraies) et toute une collection de bagues vieillottes. Elle avait à la main un sac de toile contenant un tricot en cours.

Hilary fit les présentations. Le colonel Forrester, resplendissant, s'inclina devant Troy. Mme Forrester se contenta de hocher le menton.

— N'avez-vous pas froid ? s'enquit-elle.

— Pas du tout, je vous remercie.

— Je vous pose la question, car je suppose que vous avez coutume de travailler dans un studio surchauffé, j'ai dit *dans un studio surchauffé*.

Cette manie de tout répéter en fortissimo était destinée au confort auditif de son mari. Celui-ci eut beau lui montrer qu'il portait son appareil, elle n'y prêta aucune attention.

On frappa à la porte, et un homme au regard anxieux apparut. Il était affreusement défiguré, comme s'il avait subi autrefois de graves brûlures au visage. Les cicatrices couraient jusqu'à sa bouche, la tordant en un rictus oblique.

— Bonsoir, Moult ! s'exclama Mme Forrester.

— Je vous prie de m'excuser, monsieur, dit le nouveau venu à Hilary. Je tenais simplement à rassurer le colonel. La barbe n'a pas souffert.

— Ah ! tant mieux, Moult ! Bien, bien, bien.

— Je vous en prie, monsieur, conclut l'homme avant de se retirer.

— Qu'a-t-elle, votre barbe, oncle Flea ? voulut savoir Hilary.

— Il ne s'agit pas de la mienne, mais de *la* barbe, mon cher. J'ai craint tout d'abord de l'avoir oubliée, puis de l'avoir abîmée dans ma valise.

— Mais elle n'a rien, Fred, elle n'a rien.

— Je sais. Donc, tout va pour le mieux.

— Allez-vous vous déguiser en père Noël, colonel ? intervint timidement Troy.

Il lui sourit, enchanté.

— Je me doutais que vous penseriez à cela, mais non, je serai un druide. Qu'en dites-vous ?

— Vous voulez dire que... que vous appartenez à... ?

— Non, non, coupa Hilary, il n'appartient pas à l'une de ces sectes ridicules où l'on se réunit tous les mardis, masqué d'une barbe en coton, pour faire les clowns !... Au manoir de Halberds, le père Noël et saint Nicolas sont traditionnellement remplacés par un personnage beaucoup plus ancien et beaucoup plus authentique : le grand précurseur des célébrations du solstice d'hiver, celui-là même qui légua la coutume (consciemment ou non) à ses successeurs chrétiens. J'ai nommé le druide.

— Le pasteur n'en prend pas ombrage, ajouta avec enthousiasme le colonel Forrester. Je vous assure que cela ne l'ennuie en aucune façon.

— Ce qui ne m'étonne guère, gloussa son épouse.

— Il assiste même à la fête ! Je serai donc le druide. Je joue ce rôle chaque année depuis que Hilary a repris Halberds. Il y a toujours un sapin, bien sûr, et l'on s'embrasse sous le gui. Tous les enfants viennent, de Vale et des villages avoisinants. C'est une fête somptueuse, et j'adore y participer. Aimez-vous vous déguiser ?

Il l'interrogeait avec un tel entrain que Troy n'eut pas le cœur de le décevoir.

— Oncle Flea est un remarquable comédien, expliqua Hilary. Quant à sa barbe, c'est la *pièce de résistance**. Il la fait fabriquer chez Wig Creations, et elle ne serait pas indigne du roi Lear. Et la perruque ! La perruque est extraordinaire.

— Nous l'avons légèrement modifiée, signala le colonel, surexcité. Elle était un peu longue.

Hilary apporta les apéritifs. Deux des verres, larges et fumants, contenaient des tranches de citron.

— Voici vos grogs, tante Bed. Dites-moi s'ils sont suffisamment sucrés.

---

* En français dans le texte (*N.d.T.*).

Mme Forrester enveloppa le sien de son mouchoir et s'assit.

— C'est très bien. As-tu mis de la cannelle dans celui de ton oncle ?

— Non.

— Parfait.

— Vous allez nous trouver bizarres de boire des grogs avant le repas, mais nous mettons un point d'honneur à en prendre à l'arrivée de chacun de nos voyages.

— Ils sentent bon.

— En voulez-vous un ? proposa aussitôt Hilary.

— Non, merci, je préfère mon gin.

— Moi aussi. À votre santé, très chers. Nous serons peu nombreux, cette année. Seuls Cressida et oncle Bert se joindront à nous. Ils seront là demain.

— Es-tu toujours fiancé avec Cressida ? lui demanda sa tante.

— Oui. Et j'espère sincèrement qu'elle saura vous impressionner plus favorablement qu'à première vue.

— Nous nous sommes déjà vues au moins cinquante fois, sinon plus.

— Franchement, tante Bed, votre réticence me surprend. Après tout, c'est chez vous que je l'ai connue.

— Justement, j'avais prévenu ton oncle. Je dis que je t'avais prévenu, Fred.

— À quel sujet, B ?

— Au sujet de ta glu ! Ta glu Tottenham. Cressida.

— Elle n'est pas à moi, B ! Tu as une manière de t'exprimer, parfois !

— Bref, interrompit Hilary. Je souhaite que vous changiez d'avis, tante Bed.

— L'espoir fait vivre... Avez-vous été présentée à Miss Tottenham ? poursuivit-elle en se tournant vers Troy.

— Non.

— Hilary est persuadé qu'elle ira merveilleusement avec cette demeure. Nous parlons de Cressida ! ajouta-t-elle pour son mari.

— Oui, je sais. J'ai entendu.

Après cet échange, ils burent tranquillement, Mme Forrester n'hésitant pas à souffler sur son grog pour le faire refroidir.

— Je crois que le déroulement de la fête sera amélioré par rapport à l'an dernier, annonça Hilary. Oncle Flea, j'ai pensé pour vous à une nouvelle mise en scène.

— Ah ? Vraiment ? Vraiment ? Vraiment ?

— Vous arriverez de l'extérieur, par la porte-fenêtre derrière le sapin.

— Dehors ! s'écria Mme Forrester. T'ai-je bien compris, Hilary ? As-tu réellement l'intention de mettre ton oncle dehors au milieu de la nuit, en plein hiver ? Dans la tempête, j'ai dit dans la tempête ?

— Cela ne durera qu'un court moment, tante Bed.

— Tu n'as pas oublié que ton oncle souffre de troubles circulatoires...

— Tout ira bien, B.

— Cela ne me plaît pas du tout, j'ai dit...

— Ne t'inquiète pas ! La tunique est matelassée.

— Pfuitt ! J'ai dit...

— Taisez-vous, tous ! J'ai un excellent enregistrement de clochettes de traîneau et de rennes qui s'ébrouent. Nous vous entendrons crier « Whoa », oncle Flea, pour immobiliser votre équipage. Puis vous entrerez.

— Je n'ai plus guère de voix, mon garçon.

— J'y ai pensé : j'ai rajouté des « Whoa » sur la bande. C'est Blore qui donne l'ordre. Il a une voix de stentor.

— Bien, bien.

— L'assemblée comptera trente et un enfants et une douzaine d'adultes. Le mélange habituel de villageois et de paysans. Plus les aides venues de l'extérieur et les domestiques, évidemment.

— Des gardiens de là-bas ? s'inquiéta Mme Forrester.

— Oui. Deux, avec leur famille.

— Et Marchbanks ?

— S'il peut s'éclipser, il viendra : ils ont leurs propres rituels à respecter. L'aumônier leur prépare un repas moins austère que de coutume. Ils ont droit à un Noël haute sécurité. Sans doute est-il difficile de percevoir le son des carillons par-dessus celui des alarmes.

— Je suppose que vous savez tous ce que vous faites, marmonna Mme Forrester. Pas moi. Je pressens un drame.

— Vous êtes bien pessimiste, tante Bed, lui reprocha son neveu.

Blore vint annoncer que le dîner était servi. Il avait, en effet, une voix de stentor.

2

La veille de Noël

Avant d'aller se coucher, ils écoutèrent le bulletin de la météorologie régionale. Ils apprirent ainsi que la neige continuerait de tomber jusqu'au réveillon, mais qu'elle cesserait probablement avant le jour de Noël. Un front chaud se rapprochait par l'océan Atlantique.

— Quand j'entends parler de front chaud, je rêve des opulentes poitrines que dévoilaient les décolletés Régence, murmura Hilary.

— Je suis certaine que Cressida saura combler tes fantasmes dès demain, répliqua sèchement Mme Forrester.

— Je n'en doute pas, ma chère tante, répondit-il en l'embrassant.

Lorsqu'elle accrocha sa robe rouge dans l'armoire, Troy découvrit que le renfoncement dans lequel celle-ci avait été aménagée devait être flanqué d'une niche semblable dans la chambre des Forrester. Aussi, l'ancien mur séparant les pièces avait-il dû être remplacé en cet endroit par une mince cloison divisant les deux espaces de rangement.

Or, à cet instant précis, Mme Forrester était de toute évidence en train de suspendre ses propres vêtements de son côté : Troy reconnut le raclement de cintres sur la tringle. Mais elle sursauta violemment en entendant une exclamation.

— *Troy* ! Curieux prénom.

La réponse du colonel parvint de loin, étouffée :

— ... Non... comprends... célèbre...

Il semblait s'être pris la tête dans son maillot. Mme Forrester se mit en colère.

— Tu sais ce que j'en pense, moi ! J'ai dit tu sais...

Troy, tout en se reprochant son indiscrétion, demeura figée dans son armoire.

— ... n'ai pas confiance ! Depuis le début ! Tu le sais.

Une pause, puis un dernier glapissement :

— ... aussi bien aux assassins ! Maintenant !

Il y eut une ultime bagarre de portemanteaux. Puis les battants du placard claquèrent.

Troy regagna sa chambre, un peu éberluée, tout en se demandant si son état de fatigue était dû à l'importance du repas gastronomique que leur avait servi Pitipiti, ou à l'étrangeté des situations successives auxquelles elle se voyait confrontée.

Elle s'était attendue à sombrer, sitôt sa joue posée sur l'oreiller, dans un profond sommeil. Mais au lieu de cela, elle resta éveillée, écoutant les craquements du feu qui mourait dans l'âtre et les soupirs du vent au-dehors.

— Drôle d'aventure, soupira-t-elle.

Après une période assez longue de réflexions plus ou moins décousues, elle crut percevoir des voix dans la nuit.

« Sans doute me suis-je endormie sans m'en rendre compte, se dit-elle. J'ai rêvé. »

Mais elle savait que ce n'était pas vrai. Un souffle de vent siffla dans le conduit de la cheminée, suivi d'un silence dans lequel s'immisça une voix d'outre-tombe. Cette fois, elle sut que ce n'était pas l'effet de sa folle imagination. Deux hommes discutaient sous sa fenêtre.

Troy descendit de son lit, et, se fiant aux lueurs des cendres incandescentes, alla écarter ses rideaux.

Le ciel était moins noir qu'elle ne l'avait craint. Elle contempla un tableau que Jane Eyre aurait sans doute volontiers rajouté à son portfolio : la couche nuageuse s'était déchirée, et le dernier quart de lune brillait au-dessus d'un paysage assez morbide d'ombres jetées sur une étendue de neige immaculée. En toile de fond s'élevaient les collines. Au-delà du désordre de verre brisé sous ses yeux, Troy aperçut deux faisceaux de lampes de poche. La première torche projetait un cercle jaune sur le sol blanc : la seconde rebondissait sur les côtés d'une énorme caisse en bois portant la mention : « Instrument de musique. Manipuler avec précaution », et montée sur un véhicule quelconque, un traîneau peut-être, qui avançait sans bruit.

Les deux hommes portaient des cirés à capuchon qui reflétaient la lumière au rythme de leurs mouvements. Celui qui se tenait devant gesticula, pointa le doigt dans une direction, puis bifurqua, se ployant pour lutter contre le vent. Troy vit qu'il avait sur l'épaule une corde enroulée. Son compagnon plaça les mains contre le fond de la caisse et s'arc-bouta. Il pencha la tête d'un côté, releva les yeux, et, l'espace d'un éclair, elle aperçut son visage. C'était Nigel.

Troy n'avait vu Vincent, le chauffeur-jardinier, qu'à une occasion, mais elle eut la sensation très nette que ce devait être lui, le chef des opérations.

— Ho, hisse ! cria la voix désarticulée, et l'incongru cortège s'ébranla, contournant l'aile est en direction de la cour principale de Halberds.

La lune se masqua derrière les nuages.

Avant de se recoucher, Troy jeta un coup d'œil sur la petite pendule de Sèvres ornant sa cheminée. Elle fut étonnée de constater qu'il était à peine minuit dix.

Elle s'endormit enfin et ne fut réveillée que par le bruit des rideaux qui s'ouvraient. Une pâle lumière pénétra dans la chambre.

— Bonjour, Nigel.

— Bonjour, marmonna-t-il, ... madame.

Les yeux baissés, il posa sur la table de chevet son thé matinal.

— Est-il tombé énormément de neige ?

— Énormément, c'est beaucoup dire.

Il soupira, pivota sur ses talons.

— Il neigeait pourtant très fort hier soir, n'est-ce pas ? insista-t-elle, téméraire. Vous avez dû souffrir du froid en poussant votre chargement.

Il s'immobilisa et, pour la première fois, la regarda en face. Ses iris de couleur indéfinissable la fixèrent sous les cils blancs, et elle lui trouva une vague ressemblance avec une poupée de cire.

— J'admirais la nuit, expliqua Troy, tout en se demandant pourquoi elle éprouvait soudain une sensation de peur.

Il resta figé quelques instants, puis :

— Ah oui ?...

Il poursuivit son chemin jusqu'à la porte, et tel un comédien lançant sa réplique de sortie, conclut :

— C'est une surprise.

Troy en découvrit la nature lorsqu'elle descendit prendre son petit déjeuner.

Une chute de neige modérée avait transformé la campagne environnante en une étendue étincelante sous le timide soleil du matin. Les collines offraient une alternance d'arcs bleus et blancs, les arbres arboraient fièrement leurs épaulettes immaculées.

La salle réservée au petit déjeuner se situait dans l'aile est du manoir de Halberds, et l'on y accédait par le corridor menant à la bibliothèque. Pièce principale de ce corps de bâtiment, celle-ci s'ouvrait sur trois côtés par d'imposantes portes-fenêtres.

Troy aspirait à quelques minutes de tête-à-tête avec son tableau. Elle alla donc jusqu'à la bibliothèque et examina le portrait un certain temps en se mordillant le pouce. Puis, elle se tourna vers les fenêtres dominant la cour : en son milieu, déjà camouflé par la neige, trônait un imposant parallélépipède que Troy n'eut aucun mal à reconnaître, les recommandations de prudence sur son côté n'ayant pas encore été effacées.

Vincent et Nigel s'agitaient tout autour, prenant dans des brouettes des pelletées de neige pour en recouvrir des marches fabriquées à l'aide de caissons et de planches. Troy observa un moment leurs efforts avant de se rendre à la salle à manger.

Hilary y dégustait son porridge en solitaire.

— Bonjour, bonjour ! s'exclama-t-il. Avez-vous vu ce qui se prépare ? N'est-ce pas fascinant, cet élan de créativité ? Nigel a eu une inspiration. Vous ne pouvez savoir combien j'en suis heureux.

— Que fabriquent-ils ?

— Une reproduction de la tombe d'un aïeul. J'ai confié à Nigel des photographies, mais il a aussi vu l'œuvre d'origine. Je suis très flatté qu'il ait pris une telle initiative. Cela le change des personnages en cire et des chevaux de bois. La caisse représentera le catafalque, voyez-vous, et le gisant sera grandeur nature. C'est vraiment très gentil à Nigel...

— Je les ai vus avec leur traîneau, vers minuit.

— Il semble que cette idée lui soit venue subitement et qu'il ait sorti Vincent de son lit pour l'assister. Vraiment, je suis si content que Nigel ait de nouveau envie de se servir de ses mains d'artiste ! Fêtez donc l'événement avec moi : servez-vous.

Le colonel et Mme Forrester apparurent, avec ces faux airs de décontraction si caractéristiques des invités reçus dans une maison de campagne. Le colonel s'extasia des efforts de Nigel, oubliant dans son enthousiasme son porridge qui refroidissait. Son épouse le rappela à l'ordre.

— En tout cas, pendant ce temps, ils ne font pas de bêtises, ajouta-t-elle.

Troy fut incapable de décider quel était l'avis de Mme Forrester au sujet de l'expérience qu'avait entreprise Hilary avec ses assassins.

— Cressida et oncle Bert arrivent à Downlow par le train de quinze heures trente, déclara Hilary. J'irai à leur rencontre, bien sûr, à moins que ma présence ne soit requise dans la bibliothèque ?

— Je n'aurai pas besoin de vous si vous venez poser ce matin, répondit Troy.

— La lumière aura changé, je suppose, à cause de la neige.

— C'est possible ; nous verrons bien.

— Quelle sorte de portraits peignez-vous ? voulut savoir Mme Forrester.

— Des portraits remarquables, intervint sèchement son neveu. Vous êtes en excellente compagnie, tante Bed.

Pour le plus grand plaisir de Troy, Mme Forrester grimaça affreusement avant de lui adresser un clin d'œil.

— Taratata !

— Me demander ce que je peins ne sert pas à grand-chose, expliqua Troy, car je parle mal de mon travail. Si vous me poussez dans mes retranchements, je vous assommerai de sottises... Je peins comme je le dois, acheva-t-elle en se sentant l'âme d'une écolière terrifiée.

Hilary répliqua, après un silence prolongé :
— Comme vous êtes modeste !
— Pas du tout ! riposta-t-elle.
— Eh bien ! trancha Mme Forrester. Nous verrons ce que nous verrons.
Hilary étouffa un rire.
— Lorsque j'étais à Eton, je peignais des aquarelles, raconta le colonel. Elles ne valaient rien, mais j'ai eu au moins le mérite de les faire.
— Ce n'est pas si mal, concéda sa femme.
Ils terminèrent leur petit déjeuner à peu près tranquillement, et s'apprêtaient à quitter la table, quand Blore vint se pencher vers Hilary.
— Oui, Blore, qu'y a-t-il ?
— Le gui, monsieur. Il sera dans le train de quinze heures trente et la personne demande si quelqu'un pourra le prendre à la gare.
— Je m'en charge. Veillez à ce que Vincent ait tout préparé, voulez-vous ?
— Bien, monsieur.
Hilary se frotta les mains avec allégresse et proposa à Troy de commencer la séance de pose matinale. Lorsque ce fut fini, ils s'aventurèrent sous le soleil hivernal pour prendre des nouvelles de l'ouvrage de Nigel.
Il avait bien avancé : le gisant d'un Bill-Tasman du XVIe siècle prenait forme. Les mains emmitouflées de Nigel étaient rapides et agiles. Il s'emparait de poignées de neige et les modelait à l'aide d'une spatule en bois. L'ardeur qu'il mettait à sa tâche avait quelque chose de frénétique. Il ne daigna pas accorder un coup d'œil à ses admirateurs. Il poursuivait, inlassablement. Scratch, scratch, plaf, plaf...
Ce fut alors que Troy rencontra pour la première fois le cuisinier Cooke, dit Pitipiti.

Il surgit coiffé de sa toque, vêtu d'un pantalon à carreaux et d'un grand tablier blanc, un manteau élégamment drapé sur ses épaules. Il brandissait une gigantesque louche, et, avec son visage rond, ses grands yeux et sa bouche trop large paraissait tout droit sorti d'une carte du jeu des Sept Familles.

En voyant Hilary et Troy, il leur adressa un sourire radieux, et leva une main grassouillette pour les saluer.

— *Bonjour*, monsieur. *Bonjour*, madame.

— Bonjour, Cooke, répondit Hilary. Vous venez lui donner un coup de main pour le glaçage ?

Pitipiti rit à gorge déployée.

— Mais *non*, monsieur. Je n'oserais pas. J'ai simplement pensé que cette *louche* pourrait servir à notre *sculpteur*.

Nigel se contenta de secouer la tête, sans s'arrêter.

— Tout va bien pour vous ? s'enquit Hilary.

— Oui, merci, monsieur. Nous nous débrouillons plutôt bien. Le petit de Downlow est un garçon doué.

— Ah, tant mieux, tant mieux, marmonna Hilary, un peu précipitamment au goût de Troy. Et les *mince pies* ?

— Vous pourrez les déguster dès après le thé, monsieur, si cela vous chante.

— Si elles sont aussi bonnes que tout ce que vous nous avez servi jusqu'ici, ce seront les tartelettes du siècle ! s'exclama Troy.

Elle eut du mal à discerner qui, de Hilary ou de son cuisinier, était le plus flatté par ce compliment.

Vincent apparut au coin de l'aile est en poussant une nouvelle brouette remplie de neige. Vu de près, c'était un homme maigre au teint basané, aux yeux hagards. Il observa Troy à la dérobée, tout en déversant son chargement, puis repartit. Pitipiti, assurant qu'il n'était sorti de sa cuisine que pour un quart de seconde, les embrassa d'un large sourire à fossettes avant de disparaître dans la maison.

Quelques minutes plus tard, Blore apparut et, de sa voix de stentor, annonça que le déjeuner était servi.

*

* *

Cressida Tottenham était blonde et extrêmement élégante. Tellement élégante que sa beauté, tout d'abord, en passait au second plan : le spectateur ne voyait que la somptueuse fourrure encadrant son visage et garnissant ses manches, ainsi que le haut de ses bottes. Lorsqu'elle fut débarrassée de son manteau, elle parut gantée plutôt que vêtue, d'une robe dont le prix devait être aussi suprême que sa simplicité.

Les yeux bridés, la bouche un peu oblique, elle portait la tête légèrement de côté. Elle était parfaitement calme, peu loquace, mais lorsqu'elle prenait la peine de s'exprimer, ponctuait chacun de ses discours de « je veux dire » exaspérants. Elle n'était pas du tout de celles que Troy rêvait de peindre. La situation risquait de se compliquer : Hilary ne cessait de la regarder d'un air inquisiteur, comme pour lui demander son avis.

En revanche, M. Bert Smith lui plut tout de suite. Petit homme d'un âge certain à la figure impertinente, il avait l'œil vif et un accent cockney complètement démodé, qu'il exagérait volontiers. Il était en tenue un peu agressive de gentleman-farmer. Troy songea qu'il devait avoir environ soixante-dix ans et jouir d'une excellente santé.

La rencontre entre les nouveaux venus et les Forrester fut intéressante. Le colonel accueillit Miss Tottenham avec une admiration timide et l'appela « ma petite Cressy ». Avec M. Smith, il fut très chaleureux ; il lui serra vigoureusement la main.

— Comment allez-vous ? Comment allez-vous ? demanda-t-il, et, à chaque point d'interrogation, il éclatait d'un rire joyeux.

— Et comment va mon colonel ? répondit M. Smith. Vous me paraissez en pleine forme. Mais qu'est-ce que c'est que cette histoire ? J'apprends que vous devez vous déguiser en bon roi Je-ne-sais-quoi ? Avec la barbe ! La *barbe* ! Sûr qu'il plaisante ! À son âge ! La *barbe* ! hurla-t-il en direction de Mme Forrester.

— C'est mon mari qui est sourd, pas moi, lui fit-elle remarquer. Ce n'est pas la première fois que vous commettez cette erreur.

— A quoi pensé-je ? répliqua M. Smith, tout en gratifiant Troy d'un clin d'œil et le colonel d'une tape dans le dos. La langue m'a fourché, comme l'expliqua le boucher, quand la sienne tomba par accident dans les tripes.

Hilary se tourna vers Troy :

— Oncle Bert est un incorrigible farceur. Il sait se comporter d'une manière parfaitement civilisée quand il en a envie. C'est pour le colonel qu'il joue son numéro.

M. Smith étant calmé, ils allèrent tous prendre le thé. La table avait été mise dans la salle à manger, où l'atmosphère était nettement moins douillette que dans le petit boudoir vert. L'ambiance se rafraîchit encore lorsque Cressida refusa de jouer le rôle de châtelaine.

— Pour l'amour du ciel, mon chéri, tu ne vas pas me demander de remplir les tasses ? J'ai horreur de cela, tu sais bien. Ce n'est pas du tout mon truc, je veux dire.

Mme Forrester dévisagea fixement Cressida pendant de longs instants, avant de prendre la parole :

— Hilary, peut-être voudras-tu que je fasse la maîtresse de maison ?

— Je vous en prie, ma chère tante. Ce sera comme autrefois, n'est-ce pas ? Quand oncle Bert venait à Eaton Square, après que vous vous fûtes réconciliés à propos de mon éducation.

— C'est ça ! acquiesça M. Smith. Sans rancune. Vivons et laissons vivre. Voilà ce qu'il nous faut, n'est-ce pas, madame ?

— A votre façon, vous êtes un homme respectable, concéda Mme Forrester. Nous avons appris à nous comprendre, je l'avoue. Quelle sorte de thé aimez-vous, madame Alleyn ?

Troy songea qu'elle appartenait à cette catégorie de personnes qui osent dire ce qu'elles pensent au moment où elles le pensent. Comme les enfants. Mais les circonstances étant des plus inhabituelles, elle ne savait pas du tout où cela pouvait la mener. Mieux valait se surveiller... M. Smith, en revanche, devait bien se garder d'exprimer à voix haute ce qu'il pensait véritablement de tout ce petit monde.

— Et comment vont tes bandits, Illy ? s'enquit-il en inclinant la tête comme pour mieux interroger son muffin. Toujours sur le droit chemin ?

— Mais oui, oncle Bert. Et je vous prie de mesurer vos paroles : je ne voudrais pas que Blore ou Mervyn vous entendent. Ils pourraient surgir d'une seconde à l'autre.

— Mon Dieu ! murmura M. Smith, imperturbable.

— Ce grand espace libre, au-dessus de la cheminée..., intervint Cressida. Est-ce celui dont tu me parlais ? Pour mon portrait, je veux dire.

— Oui, ma chérie, répondit Hilary. J'ai d'ailleurs déjà effectué un premier sondage..., ajouta-t-il en jetant un coup d'œil anxieux en direction de Troy.

Cette dernière fut heureusement sauvée par le cri du cœur de Cressida :

— Je préférerais qu'il soit dans le salon. Loin des soupières et de tous tes affreux ancêtres, je veux dire.

Elle porta un regard navré du Lely aux deux Raeburn, puis au Winterhalter. Hilary s'empourpra.

— Nous verrons.

Mervyn apparut pour annoncer de la part du cuisinier que les tartelettes de Noël les attendaient.

— Qu'est-ce qu'il raconte ? s'inquiéta Cressida. Après tout ce que nous venons de manger ? De toute façon, je déteste le *mince pie*.

— Je n'en suis pas friand moi-même, la consola Hilary, mais la coutume veut qu'avec la première bouchée, l'on fasse un vœu. La cérémonie se déroule traditionnellement dans la cuisine. Il suffit d'y goûter pour la forme : Cooke sera si content !

— Y a-t-il encore des chats, là-bas ? N'oublie pas ma phobie des chats, insista Cressida.

— Mervyn, demandez à Cooke de mettre Bêcheur et Malin dehors, je vous prie. Il comprendra.

— Il a tout intérêt à comprendre, marmonna Cressida. Je suis allergique à ces bestioles, expliqua-t-elle à Troy. Les chats me rendent folle. Mais alors, complètement folle. Il suffit que j'en aperçoive un et je deviens hystérique...

Elle développa une longue argumentation à ce sujet, mais il serait fastidieux ici de comptabiliser le nombre de « je veux dire » qui parsemèrent son récit.

— Je serais ravie de revoir Bêcheur et Malin ! s'écria Mme Forrester.

— Je vous les laisse, riposta insolemment Cressida, s'adressant pour la première fois à la femme du colonel, mais ne daignant pas la regarder.

— En ce qui concerne tes domestiques, Hilary, je suis d'accord avec toi sur un point : je trouve que Cooke a eu parfaitement raison de s'attaquer à quelqu'un qui maltraitait les chats. Je dis qu'il a eu parfaite...

— Oui, ma tante, j'ai entendu. Nous sommes tous de votre avis... Sauf toi, ma chérie, tu es l'adorable exception qui vient confirmer la règle. Bien... Je propose que nous allions dévorer ces gourmandises.

Ils furent reçus dans la cuisine par un Pitipiti fort cérémonieux. Il souriait de toutes ses dents, pourtant Troy crut déceler dans ses yeux une lueur de mécontentement. Le pressentiment de la jeune femme se renforça, lorsque de furieux miaulements leur parvinrent en provenance de la cour. Bêcheur et Malin !

Un garçon aux joues écarlates se glissa dans la pièce et referma précipitamment la porte sur ce crescendo d'indignation féline.

— Nous sommes désolés, pour vos chats, Cooke, lui dit Hilary.

— Il faut de tout pour faire un monde, n'est-ce pas ? répondit le cuisinier, tout en observant Miss Tottenham à la dérobée.

Les *mince pies* étaient disposées sur un magnifique plat au centre de la table. Troy constata avec soulagement qu'elles étaient de petite taille. Hilary annonça qu'ils devraient prendre leur première bouchée chacun à son tour, en formulant un vœu.

Plus tard, Troy se remémorerait cette scène comme étant l'un des derniers moments à peu près paisibles de son séjour au manoir de Halberds.

— A vous, tante Bed. Commencez donc.

— Dois-je prononcer mon souhait à voix haute ? demanda-t-elle.

Hilary s'empressa de l'en dissuader.

— Tant mieux.

Elle s'empara d'un gâteau, en croqua une bouchée énorme et mâcha, tout en fixant Cressida Tottenham. Troy eut la certitude qu'elle espérait ardemment la rupture des fiançailles de son neveu.

Ce fut ensuite à Cressida de se servir. Elle grignota sa tartelette du bout des lèvres et grimaça en avalant, comme si on la forçait à prendre un médicament amer.

— Avez-vous fait un vœu ? s'enquit le colonel d'un ton anxieux.

— Je n'y pensais p...

Elle émit un hurlement, et quelques miettes s'échappèrent de sa ravissante bouche.

M. Smith lâcha un mot de cinq lettres, et tous s'exclamèrent. Cressida pointait un doigt vers la fenêtre. Deux chats de gouttière s'étaient installés sur le rebord, leurs visages déformés par la vitre, leurs regards lançant des étincelles, leurs gueules s'ouvrant et se fermant à l'unisson.

— Ma chérie ! s'emporta Hilary, sans chercher à dissimuler son agacement.

— Mes pauvres petits ! gémit Pitipiti.

— Je ne supporte pas les chats ! vociféra Cressida.

— Dans ce cas, vous n'avez qu'à sortir de la cuisine, lui conseilla posément Mme Forrester.

— Non, non, supplia le colonel. Non, B ! Non, non ! Mon Dieu ! Mon Dieu !

Les chats entreprenaient maintenant de griffer les carreaux. Troy, qui aimait beaucoup ces bêtes et qui trouvait drôle leur intervention, fut désolée de les voir subitement mettre un terme à cet exercice, pivoter sur elles-mêmes et disparaître, la queue en l'air. Cressida, les mains collées sur ses oreilles, continuait à crier en tapant des pieds comme une danseuse espagnole.

— Assez ! ordonna M. Smith.

Mais le colonel Forrester tenta de consoler sa protégée en lui racontant l'histoire rocambolesque et incompréhensible d'un officier sous ses ordres autrefois et qui, lui non plus, n'avait jamais apprécié les félins. Se laissant choir sur une chaise, Cressida se tut enfin.

— Revenons à nos moutons, soupira Hilary d'une voix empreinte de désespoir, en se tournant vers Troy. Je vous en prie...

Elle prit une tartelette, et son vœu lui vint à l'esprit avec une telle ardeur qu'elle crut un instant l'avoir trahi tout haut. (« S'il vous plaît, faites que rien d'abominable ne vienne perturber la maisonnée »)... Elle félicita Pitipiti pour ses dons de pâtissier.

Le colonel eut un large sourire.

— Vous seriez tous très surpris de connaître mon vœu, assura-t-il. *Très* surpris.

Sur ce, il ferma les yeux et attaqua avec appétit son gâteau.

— Délicieux ! affirma-t-il.

M. Smith dégusta sa *mince pie* avec une gourmandise aussi bruyante que visible, et la tournée s'acheva par Hilary. Ils remercièrent en chœur Pitipiti et quittèrent la cuisine. Cressida annonça d'un ton glacial qu'elle allait prendre deux cachets d'aspirine et se coucher jusqu'à l'heure du dîner.

— Je ne veux pas être dérangée, précisa-t-elle en s'adressant tout particulièrement à son fiancé.

— N'aie aucune crainte, ma chérie, répondit-il.

Sa tante émit un petit ricanement.

— Ton oncle et moi allons sortir une dizaine de minutes, comme d'habitude. Histoire de prendre l'air.

— Mais, ma tante, il est trop tard. La nuit est tombée, il neige peut-être.

— Nous resterons dans la cour. Le vent n'y est pas fort, puisqu'il contourne la maison par l'est, si je ne m'abuse.

— Bien, concéda-t-il. Oncle Bert, voulez-vous que nous parlions affaires ?

— Quand tu voudras, répliqua M. Smith.

Troy déclara qu'elle allait réfléchir sur son tableau, et chacun partit de son côté.

En longeant le corridor qui menait à la bibliothèque, elle fut frappée par l'atmosphère de quiétude qui régnait à l'intérieur du manoir. Les sols étaient jonchés de tapis moelleux. Les lampes, habilement espacées, diffusaient une lumière subtile sur les murs tendus de tissus. Le chauffage central fonctionnait à merveille.

La porte était entrouverte. Troy la poussa, avança de deux pas, et, alors qu'elle avait encore la main sur la poignée, reçut un coup sur la tête.

Une odeur de térébenthine se répandit aussitôt. Troy n'était ni blessée ni apeurée, mais sa surprise était telle qu'elle en resta bouche bée. Elle se rappela enfin que l'interrupteur se trouvait à sa droite.

La salle s'éclaira : chaleureuse, silencieuse, imprégnée des arômes du cuir, du feu de bois et de la peinture à l'huile. Le portrait était là, sur son chevalet ; l'établi dressé pour recevoir tout son matériel n'avait pas bougé.

Mais là, sur le tapis, à ses pieds, gisait le gobelet de métal dans lequel elle versait son solvant.

Et sur son visage dégoulinait un mince filet à l'odeur âcre.

Le premier geste de Troy fut de se précipiter sur un chiffon propre pour s'essuyer la figure. Le double de Hilary, sur sa toile, l'observait d'un air énigmatique.

— Vous me mêlez à une curieuse aventure, marmonna-t-elle.

Elle retourna à la porte, laquelle, à son immense étonnement, était maintenant fermée. Une traînée huileuse maculait le bois laqué de rouge. Avait-elle pu se rabattre toute seule ? Comme pour répondre à sa question, elle cliqueta et se rouvrit de quelques centimètres. Troy se rappela que c'était fréquent : un loquet défectueux, sans aucun doute.

Mais quelqu'un l'avait bel et bien fermée pendant qu'elle avait le dos tourné.

Elle attendit un moment, rassemblant tout son courage, puis s'avança, ouvrit, et réprima un cri. Elle était face à face avec Mervyn.

Ce fut pour elle un choc bien plus grand que le coup dont elle venait d'être victime. Elle s'entendit émettre un râle informe.

— Y a-t-il quelque chose pour vous servir, madame ? lui demanda-t-il.

Il était blême.

— Est-ce vous qui avez fermé cette porte, à l'instant ?

— Non, madame.

— Entrez, je vous prie.

Elle crut qu'il allait refuser, mais il s'exécuta, effectuant quatre pas et s'immobilisant devant la boîte renversée sur le tapis.

— Quelle catastrophe !

— Permettez-moi, madame.

Mervyn ramassa le gobelet et alla le poser sur l'établi.

— Regardez, lui dit Troy.

Elle sut immédiatement qu'il avait déjà tout vu. Elle comprit qu'il était entré pendant qu'elle se nettoyait le visage, et qu'il était ressorti sur la pointe des pieds en fermant derrière lui.

— Ce récipient était en équilibre sur le haut de la porte. Il est tombé sur ma tête. C'était un piège.

— Un incident désagréable, chuchota-t-il.

— Un piège !

— Ça, par exemple ! s'écria Mervyn. Jamais de la vie ! Mon Dieu, je le jure, jamais de la vie !

— Je ne comprends pas pourquoi cela vous met dans un tel état.

— C'est vrai, acquiesça-t-il fiévreusement. Vous avez raison. Pourquoi cela me met-il dans un tel état ? Moi !

Troy entreprit d'essuyer la porte, tandis que Mervyn, extirpant un mouchoir de sa poche, s'agenouillait pour frotter de toutes ses forces le tapis couleur de paille.

— Je pense qu'il suffirait d'employer un peu de térébenthine, lui suggéra Troy.

Il darda autour de lui un regard de bête traquée. Elle alla lui chercher la bouteille.

— Merci.

Il se remit à l'ouvrage. Sa nuque était brillante de sueur. Il grommela entre ses dents.

— Que dites-vous ?

— Il le verra. Il voit tout. Ils diront que c'est moi.

— Qui, ils ?

— Tous. Eux.

— Terminez par de l'eau savonneuse et disposez dessus d'autres nattes.

À sa demande, le sol tout autour de son chevalet avait été ainsi protégé.

Il la dévisagea. Il montrait cette expression à la fois tourmentée et sournoise d'un enfant qui a fait une grosse bêtise.

— Vous ne direz rien, madame ? Vraiment ? Vous ne me dénoncerez pas ? Remarquez, je n'y suis pour rien. Jamais de la vie ! Il faudrait que je sois cinglé, n'est-ce pas ? Jamais de la vie !

— Très bien, *très bien* ! coupa-t-elle, excédée. N'en parlons plus. Vous prétendez n'être pour rien dans cette affaire et moi... je vous crois, figurez-vous.

— Dieu vous bénisse, madame.

— Oui, bon !... Mais si ce n'est pas vous, reprit-elle sombrement, qui cela peut-il être ?

— Alors, ça ! C'est un autre problème ! Et si je vous dis que je le sais ?

— Vous le savez ?

— J'ai ma petite idée. On a voulu me faire marcher. Il veut nous mettre tous dedans, le bougre, pardonnez-moi, mais...

— Je ne sais pas de quoi vous parlez. Il me semble plutôt que c'est moi qui étais vis...

— Allons donc ! Vous ! Ma petite dame, vous n'êtes que le dindon de la farce. C'est moi qui étais visé. Servez-vous de vos méninges !

S'asseyant sur ses talons, il l'observa, atterré. Son visage, qui, par sa pâleur, avait rappelé à Troy les pâtisseries de Pitipiti, avait changé de couleur : il était rouge comme une pivoine.

— Qu'allez-vous penser de moi, madame ? murmura-t-il. Je me suis laissé emporter, tellement je suis bouleversé.

— Ce n'est rien. Mais j'aimerais tout de même que vous m'expliquiez...

Il se leva et gagna la porte à reculons, entortillant le chiffon sale autour de sa main.

— Oh, madame, madame, madame ! implora-t-il. Utilisez donc vos méninges !

Sur ces mots, il disparut.

Ce ne fut qu'une fois réfugiée dans sa chambre, lorsqu'elle commençait de se laver les cheveux, qu'un détail revint à la mémoire de Troy : Mervyn n'avait-il pas séjourné en prison pour avoir assassiné quelqu'un à l'aide d'un piège similaire ?

*
* *

Si Cressida avait baissé dans l'estime de son promis au cours de l'épisode des chats, Troy fut forcée de constater plus tard qu'elle savait compenser largement ses faiblesses. Elle fut la dernière à arriver dans la salle à manger où, tous réunis ce soir-là pour la première fois, ils devaient dîner.

Elle portait un ensemble métallique si moulant que son corps paraissait avoir été doré à la feuille comme les deux Victoire quattrocento soufflant dans leurs trompettes au-dessus de la cheminée. Dès qu'elle bougeait, sa robe semblait fondre autour d'elle, comme une cascade d'or en fusion. Elle était époustouflante, bien sûr. Troy vit Hilary retenir son souffle à cette apparition. Mme Forrester elle-même eut du mal à réprimer un petit cri d'admiration, tandis que M. Smith s'autorisait un sifflement peu discret.

— Ma chère, déclara le colonel, vous êtes spectaculaire.

Troy jugea le compliment parfaitement harmonisé à la situation. Cependant, elle n'avait pas davantage envie de peindre le portrait de Cressida, et une fois de plus, elle fut mal à l'aise de sentir sur elle le regard interrogateur de Hilary.

Ils burent du champagne en apéritif. Mervyn était de service, sous l'œil attentif de Blore, et Troy s'efforça dans la mesure du possible d'éviter ses coups d'œil furtifs. Elle était dominée par une impression de détachement, un peu comme si, s'étant dédoublée de sa personne, elle observait la scène de haut plutôt que d'y participer. La salle magnifique, le confort, le décor luxueux, tout cela semblait perdre de sa substance et de sa réalité pour devenir... pour devenir stérile ?

— Je me demande ce que signifie votre air lointain, déclara subitement Hilary à son côté. Je sais que ma question est indiscrète, mais rien ne vous oblige à me répondre...

Et sans lui en laisser le loisir, il poursuivit :

— Cressida est ravissante, ne trouvez-vous pas ?

— Ravissante, en effet, mais il ne faut pas me demander de la peindre.

— Je m'en doutais.

— Le tableau serait mauvais.

— Comment pouvez-vous en avoir la certitude ?

— Je n'y prendrais aucun plaisir.

— Ou alors, trop de plaisir, mais d'une nature dangereuse, insinua-t-il.

Troy préféra ne pas relever ce commentaire.

— Bien, soupira-t-il. Ce qui sera, sera. Je sens déjà dans ma nuque le souffle du Signor Annigoni. Encore une coupe de champagne ? Mais si, bien sûr ! Blore !

Il resta auprès d'elle, mais se réfugia dans un mutisme songeur ; il ne quittait pas des yeux sa fiancée, pourtant Troy eut la sensation que c'était avec elle-même, sa voisine, qu'il communiquait.

Au dîner, il installa Cressida à la place de la châtelaine. Troy songea qu'elle brillait de tous ses feux ; lorsqu'ils seraient mariés, Hilary serait certainement très fier de la montrer dans des fêtes infiniment plus somptueuses que celle-ci. Elle serait une version humaine de ses possessions les plus précieuses. Cette pensée la troubla.

Vraisemblablement grisée par le champagne, Cressida se révéla beaucoup plus pétillante qu'auparavant. Elle simula avec Hilary une querelle à propos des splendeurs de Halberds, et, lorsque le maître de maison fit mine de s'offusquer, elle s'abandonna complètement :

— Mais j'en profite jusqu'à la dernière miette ! Et mon sang de Tottenham brûle dans mes veines comme...

Elle se tut pour contempler Mme Forrester, laquelle avait croisé les bras et froncé les sourcils.

— Bref, acheva Cressida en balayant l'espace d'une main, j'adore Halberds.

D'un geste saccadé, le colonel passa les doigts sur ses paupières et sa bouche.

— Ma chérie ! s'exclama Hilary en levant son verre en direction de l'élue de son cœur.

L'alcool était aussi monté à la tête de M. Bert Smith. Il parla des affaires qu'il entretenait avec Hilary, et Troy se dit qu'il était probablement aussi rusé qu'il le laissait entendre. Elle n'était pas étonnée outre mesure qu'il eût si bien réussi. Elle se demanda même si, au sein de la société Bill-Tasman et Smith Associés, M. Smith n'était pas le moteur, et Hilary la splendide carrosserie.

Le colonel Forrester écoutait tous ces discours avec un sourire béat. Il était assis auprès de Troy, à laquelle il avait demandé de lui faire l'honneur de se laisser escorter jusqu'à la table.

— Parvenez-vous à suivre la conversation ? s'enquit-il en aparté.

Il portait son appareil acoustique.

— Pas vraiment, non. Je ne connais rien aux affaires, marmonna-t-elle, ce qui enchanta le militaire.

— Moi non plus ! Je sais ! Moi non plus ! Mais nous devons feindre d'être au courant, n'est-ce pas ?

— Je n'oserais pas : je me trahirais aussitôt.

— Tout cela est si passionnant ! Le travail du cerveau, vous savez bien ! murmura-t-il en haussant un sourcil. Extraordinaire ! Pfuitt ! N'êtes-vous pas d'accord ?

Elle hocha le menton, et il se mordit la lèvre, l'œil espiègle, en se tassant sur lui-même :

— Nous ne devons surtout pas leur dévoiler combien tout cela nous paraît confus, conclut-il d'un ton de conspirateur.

C'était sans doute ainsi qu'il avait séduit les jeunes filles, lorsqu'il était porte-étendard, cinquante ans plus tôt. Tout dans la légèreté et la bonne humeur. Les chaperons devaient avoir confiance en lui. Avait-il demandé sa main à tante Bed sur la terrasse, au cours d'un bal du régiment ? Mais elle, comment avait-elle été autrefois ? Troy découvrit avec horreur qu'elle était incapable d'imaginer tante Bed dans sa jeunesse.

— ... Alors j'ai dit : « Rends-moi service, camarade. Appelle ça comme tu veux ; pour moi, c'est de la triche. Une collection importante ? Raffinée ? Ah oui ? Et ta sœur ? »... Tous des vauriens, ceux-là.

— Je suis sûr que vous avez raison, oncle Bert, assura Hilary avant de se pencher vers Mme Forrester. Vous portez un superbe bijou, tante Bed. Il me semble ne l'avoir encore jamais vu.

— Noces d'argent, répondit-elle brièvement. Ton oncle. Je ne le sors pas souvent.

C'était une grosse broche en diamants, accrochée au petit bonheur sur le cardigan noir que Mme Forrester portait par-dessus sa robe de satin marron. Elle avait toujours ses perles autour du cou, et sa collection de bagues s'était considérablement enrichie.

Distrait de sa conversation sur les transactions d'objets d'art, M. Smith se tourna vers elle pour la contempler.

— Vous vous êtes parée de tous vos bijoux, ce soir, n'est-ce pas ? Très joli ! Pardi ! Continuez-vous de tout trimbaler avec vous ? Dans une valise métallique, paraît-il ? C'est vrai ?

Mme Forrester s'indigna :

— *Pas devant les domestiques** !

— Tante B, je vous en prie ! protesta Hilary en jetant un coup d'œil inquiet vers Blore, lequel, de dos, vaquait à ses occupations autour de la desserte.

— Mais j'y pense, Hilary ! s'exclama Cressida.

— Qu'y a-t-il, ma chérie ? s'enquit-il, sur ses gardes.

— Oh, cela n'a aucune importance, en fait. Je m'interrogeais au sujet de demain. La fête. Le sapin. Tout se passera dans le grand salon, n'est-ce pas ? J'aimerais savoir comment se déroulera la cérémonie. Quelle sera la mise en scène, je veux dire.

C'était la première fois que Cressida manifestait son intérêt pour Halberds, et Troy remarqua aussitôt combien Hilary en paraissait enchanté. Il se lança dans un long exposé : les clochettes du traîneau, les bruits d'ambiance enregistrés, l'arrivée du colonel Forrester déguisé en druide, son entrée par la porte-fenêtre. Les embrassades sous le gui. Le sapin. L'ordre prévu des festivités... Le colonel écouta ce discours avec la plus vive satisfaction.

Cette discussion les entraîna jusqu'à la fin du repas. Cressida, qui continuait de jouer son rôle de maîtresse de maison avec un aplomb considérable, ne laissa à Mme Forrester aucune chance de récupérer ses esprits. Elle se pencha vers elle et la gratifia de son plus éblouissant sourire.

— Passerons-nous à côté, tante B ?

Troy soupçonna qu'elle s'adressait pour la première fois en ces termes à sa future tante par alliance. La femme du colonel parut décontenancée.

— J'allais justement me lever, se défendit-elle d'un ton acide, avant de se précipiter vers la porte.

---

* En français dans le texte (*N.d.T.*).

Son mari parvint à l'y précéder pour la lui ouvrir.

— Nous ne nous attarderons pas ici, confia-t-il aux femmes, en portant le regard de son épouse sur Troy. Hilary dit qu'il reste encore beaucoup à faire. Le sapin, le gui... N'êtes-vous pas surexcitée à l'approche d'une fête comme celle-ci ? demanda-t-il à la jeune artiste.

Lorsque ces dames, ayant laissé les messieurs derrière elles, entrèrent dans le salon, ce fut pour découvrir Nigel et son assistant aux joues roses, qui poussaient par la porte-fenêtre un magnifique sapin légèrement poudré de neige. Ancré dans un imposant bac vert, il était véhiculé sur une de ces planches à roulettes dont se servent les mécaniciens pour se glisser sous une voiture en réparation. Au bout de la pièce, une toile verte était étalée sur le superbe tapis, et c'est au milieu de celle-ci que fut placé l'arbre.

L'hiver en avait profité pour entrer aussi, son souffle glaçant mains et visages. Cressida s'indigna. Les hommes refermèrent la porte-fenêtre et s'éclipsèrent. Ils laissaient derrière eux un escabeau et un énorme carton rempli de décorations.

Quelqu'un, Nigel peut-être, avait suspendu au lustre central la traditionnelle structure en forme de cloche, composée de gui, de houx et de pommes bien rouges accrochées par des guirlandes dorées. L'ensemble était piqué de bougies rouges. Un parfum de résineux emplissait l'air.

Troy était presque aussi fascinée que le colonel par les sapins de Noël, et la perspective de devoir le décorer la remplit de joie. Mme Forrester, après un examen attentif, approuva le choix du conifère.

— Il y a aussi une crèche, annonça-t-elle. C'est moi qui m'en charge. Je l'ai achetée à Oberammergau, quand Hilary avait sept ans. Il est païen, évidemment, mais il la sort pour me faire plaisir. Je ne sais pas comment il concilie la crèche, le druide et cette chose étonnante qui orne le chandelier, mais c'est son affaire. En tout cas, l'office sera célébré à dix heures trente, dans la chapelle. Vous a-t-il prévenue ?

— Non. Je ne savais même pas qu'il existait une chapelle, répondit Troy.

— Dans l'aile est. Le pasteur de la prison y dit sa grand-messe, ce qui plaît beaucoup à Hilary... Le trouvez-vous beau ?

— Non, avoua Troy. Mais c'est un bon sujet pour un portrait.

— Ah ! Ah !

Mervyn entra avec le café et les liqueurs. En se présentant devant Troy, il lui jeta un regard d'animal soumis qui l'exaspéra.

Cressida semblait avoir oublié ses responsabilités de châtelaine à la salle à manger. Un joli bras en appui sur le manteau de la cheminée, elle agitait devant les flammes, du bout de l'orteil, son escarpin doré. Elle attendit que Mervyn fût reparti pour avouer :

— Cet homme me donne des frissons.

— En effet, acquiesça Mme Forrester.

— Il est *horripilant* ! Ils le sont tous, d'ailleurs. Oh oui, je suis au courant des idées généreuses de Hilary, et, je vous l'accorde, c'est une façon comme une autre de se débarrasser des soucis domestiques. Car pour entretenir Halberds, il faut du personnel. En ce qui me concerne, je préfère les étrangers, les réfugiés, par exemple. Je veux dire...

— Vous ne considérez donc pas le problème, comme prétend le faire Hilary, sous l'angle des assassins ? demanda Mme Forrester.

— Je sais qu'il est intarissable sur ce sujet, mais soyons francs, répliqua Cressida. Ce qui l'intéresse, c'est de vivre dans le confort. Moi aussi. Vous comprenez ce que je veux dire ?

Mme Forrester la dévisagea quelques instants, puis, d'un énergique mouvement du torse, se tourna vers Troy.

— Et vous ? Comment vous en sortez-vous ?

— Oh, nous nous débrouillons. Mon mari est policier, et ses horaires suffiraient à rendre folle la plus fidèle des gouvernantes.

— *Policier !* s'écria Cressida... Ah, oui, c'est vrai, j'avais oublié. Hilary m'en a parlé. Mais il est terriblement puissant et célèbre, non ?

Ne sachant que répondre, Troy décida de dévier la conversation.

— Et si nous nous occupions de ce sapin ? proposa-t-elle à la femme du colonel.

— Hilary aime surveiller les opérations. Vous devez vous en douter, il régente tout...

— L'ambiance ne sera pas franchement folichonne, n'est-ce pas ? renchérit Cressida. Je veux dire... le patron de la prison, le médecin de la prison, le pasteur de la prison, les surveillants. Sans compter les enfants. Ah ! Et toute une armée de voisins, aristocrates terriens âgés de plus de soixante-dix ans. Hilarant. Et vive la fête !

— J'ai soixante-dix ans, mon époux en a soixante-treize.

— Et vlan ! soupira Cressida, me voilà une fois de plus tombée au plus bas.

Soudain, elle s'agenouilla devant Mme Forrester, et rejetant sa lourde chevelure en arrière, joignit les mains.

— Je ne suis pas aussi abominable que j'en donne l'impression. Vous avez tous été merveilleux avec moi. Depuis le début. Je vous en suis reconnaissante, je veux dire. Hilary devra me battre, mais je deviendrai sage comme une image. Chère et adorée tante B, pardonnez-moi.

Malgré elle, Mme Forrester ébaucha une ombre de sourire.

— Au fond, vous n'êtes pas pire que vos contemporaines. Vous êtes propre et nette, c'est déjà bien.

— Propre comme un sou neuf ! Croyez-vous que je serai digne de cette maison, tante B ?

— Oh, vous y serez toujours ravissante. Tâchez simplement de bien vous comporter.

— De bien me comporter, répéta Cressida.

Le silence les enveloppa. Le feu craqua. Un léger courant d'air venant du plafond fit tourner sur elle-même la cloche de gui. De la salle à manger, au loin, leur parvint le rire de Hilary. Et brusquement, Cressida se tourna vers l'épouse du colonel.

— Me considérez-vous comme une femme scandaleuse, tante Bedelia ?

— Que dites-vous là, mon enfant ? Que vous reproche-t-on ?

— Tout, apparemment. Regardez.

Elle ouvrit sa pochette dorée et en sortit un papier plié.

— J'ai découvert cela à ma porte, quand je suis allée me changer tout à l'heure. Je le gardais pour Hilary, mais autant vous le montrer tout de suite. Allez-y, je vous en prie ! Lisez ! Toutes les deux.

Mme Forrester la fixa un instant, sourcils froncés, puis s'exécuta. Elle tint la feuille à distance, afin que Troy pût voir elle aussi ce qui y était inscrit, en lettres capitales :

FEMME SCANDALEUSE, ATTENTION
UNE FEMME IMPURE EST UNE ABOMINATION
IL NE SOUFFRIRA PAS QUE VOUS VIVIEZ DANS CETTE MAISON !

— Qu'est-ce que c'est que ce charabia ? Où avez-vous trouvé ce mot ?

— Je vous l'ai dit : à ma porte.

Mme Forrester eut un geste brusque, comme pour froisser en boule le papier, mais Cressida l'en empêcha.

— Non ! Je veux le montrer à Hilary. J'espère qu'il changera enfin d'avis à propos de cet horrible Nigel.

*

* *

Lorsque Hilary vit la lettre anonyme à son arrivée dans le salon avec les autres hommes, il blêmit. Il resta figé pendant un temps qui parut interminable, silencieux, le front plissé. M. Smith s'approcha, jeta un coup d'œil sur le papier, émit un sifflement prolongé. Le colonel Forrester porta un regard perplexe de Hilary à son épouse, qui hocha la tête. Il se détourna pour aller admirer le sapin et le gui.

— Eh bien, mon garçon ! Que dis-tu de cela ? s'enquit Mme Forrester.

— Je n'en sais rien. En tout cas, pas ce que vous souhaitez sans doute entendre, tante Bed.

— Quoi qu'il en soit, c'est désagréable, insista Cressida.

Hilary se répandit en excuses à la fois tendres et réservées. C'était un incident détestable et stupide, mais elle ne devait pas s'en inquiéter. Il ne fallait plus y penser.

— D'ailleurs regarde, hop ! Avalée par le feu, la vilaine bête !

La feuille commença par noircir, puis en jaillit une haute flamme, et ce fut tout.

— Fini ! Fini ! Fini ! chantonna Hilary avec exubérance, les bras en croix.

— Je crois que tu as eu tort, lui reprocha Cressida. Nous aurions dû garder cette lettre.

— C'est vrai, renchérit M. Smith. Pour l'examen de dactyloscopie.

L'emploi de ce terme technique fit sursauter Troy, et M. Smith lui sourit.

— C'est bien cela, non ? Les empreintes digitales. Pour votre mari, c'est la routine, je suppose. Tu aurais dû la conserver, Illy.

— Oncle Bert, je vous en prie, je suis assez grand pour résoudre moi-même ce problème.

— Taratata !

— Cressida, ma chérie, je suis certain qu'il s'agit d'une plaisanterie. De fort mauvais goût, je te l'accorde. J'ai horreur de ce genre de farces ! ajouta-t-il en s'efforçant sans trop de succès de recouvrer son naturel, avant de se tourner vers Troy... Pas vous ?

— S'agit-il seulement d'une plaisanterie ?

— C'est une insulte ! s'écria Cressida. Une menace, même ! Vous ne trouvez pas ? demanda-t-elle à Mme Forrester.

— Je n'y comprends rien. Que penses-tu de tout cela, Fred, j'ai dit...

Les mots moururent sur ses lèvres : son mari s'était échappé à l'autre bout du salon pour mesurer la distance séparant la porte-fenêtre de l'arbre.

— Trois, quatre, cinq mètres exactement ! proclama-t-il. Je vais devoir parcourir cinq mètres. Qui fermera derrière moi ? Ce sont des détails qu'il faut mettre au point !

— Illy, mon chéri, gémit Cressida. Cette affaire est à prendre avec le plus grand sérieux. Ne dis-tu pas toi-même que Nigel parle toujours de femme scandaleuse lorsqu'il fait allusion à sa victime ? De toute évidence, je suis visée, et cela me terrifie, je veux dire...

— Mon ange, tu n'as rien à craindre. Les circonstances sont tout autres...

— Je l'espère : l'autre était une gourde !

— ... mais je te promets de mener à bout mon enquête. Je vais...

— Tu ne peux plus rien : tu as brûlé l'indice de base !

— Nigel est parfaitement sain d'esprit.

— Dites ! coupa M. Smith. Et si c'était un des autres qui cherchait à le déshonorer ? Par rancune ?

— Ils s'entendent très bien.

— Pas avec le type du colonel. Pas avec Moult. Ils ne le portent pas dans leur cœur. J'ai vu la façon dont ils l'observaient, et réciproquement.

— Ne dites pas de bêtises, Smith ! glapit Mme Forrester. Vous ne savez pas de quoi vous parlez. Moult est avec nous depuis vingt-cinq ans.

— Et alors ?

— Oh ! *Seigneur* ! gémit Cressida en s'écroulant dans un fauteuil.

— ... Et qui lira les noms sur les étiquettes ? interrogea le colonel. Je ne peux pas mettre mes lunettes. Ce serait ridicule.

— *Fred !*

— Oui, B ?

— Viens ici tout de suite, j'ai dit...

— Pourquoi ? Je suis occupé.

— Tu t'excites trop. Viens ici. C'est à propos de Moult, j'ai dit...

— Je t'en prie, B, ne coupe pas le fil de mes pensées ! s'indigna-t-il. Qu'a-t-il, notre Moult ?

Tel un comédien poussé des coulisses sur la scène, la porte s'ouvrit, et Moult en personne apparut, un petit plateau d'argent dans les mains.

— Pardonnez-moi, monsieur, mais j'ai pensé que ce pouvait être urgent. C'est pour le colonel, monsieur.

— Que se passe-t-il, Moult ?

Le domestique s'approcha pour présenter à son employeur le plateau, sur lequel était une enveloppe au nom de COL FORRESTER.

— C'était à votre porte, monsieur. J'ai pensé que c'était peut-être urgent.

3

Joyeux Noël

Lorsqu'il eut lu le message qui lui était adressé, le colonel Forrester adopta un comportement très semblable à celui qu'avait eu Hilary un peu plus tôt. Il demeura figé pendant plusieurs secondes, sans que son émotion fût perceptible. Puis, rougissant, il se tourna vers Hilary.

— Puis-je te voir en privé, mon garçon ?

Il replia le papier. Ses mains tremblaient.

— Oui, bien sûr, commença Hilary.

Mais sa tante intervint :

— Non !

— B, je t'en prie, laisse-moi...

— Non ! Si tu es visé, toi aussi, je veux le savoir, j'ai dit je...

— J'ai entendu. Mais non, B, ma chère, ne te mêle pas de cela.

— J'insiste, Fred ! Je...

Elle se tut subitement, changea de ton :

— Assieds-toi, Fred... Hilary !

Hilary se précipita vers son oncle, et ensemble, ils le soutinrent jusqu'au fauteuil le plus proche. Mme Forrester plongea une main dans la poche de la veste de son mari et en sortit une petite fiole.

— Cognac ! ordonna-t-elle.

Hilary alla chercher la bouteille parmi celles que Mervyn avait apportées un peu plus tôt.

M. Smith confia à Troy :

— C'est son cœur. Il fait des galipettes.

Il se dirigea vers l'autre bout de la salle pour ouvrir une fenêtre. Le vent du nord entra, le sapin eut un frémissement, et la cloche de gui tournoya sur elle-même.

Hirsute, haletant, le colonel avait fermé les yeux.

— Je vais parfaitement bien, chuchota-t-il d'une voix rauque. Inutile de s'affoler.

— Personne ne s'affole, trancha sa femme. Vous pouvez fermer la fenêtre à présent, Smith, s'il vous plaît.

Cressida fut secouée d'un long frisson très étudié.

— Enfin une bonne initiative, marmonna-t-elle tout bas à l'intention de Troy, qui l'ignora.

— Je vais mieux, soupira le colonel, paupières toujours closes.

Les autres s'écartèrent.

Troy examina tout à loisir cet étrange rassemblement : un vieux monsieur aux yeux fermés, au souffle court ; Hilary, élégamment vêtu de velours prune, de toute évidence fort perturbé ; Cressida, joliment alanguie dans son fauteuil doré ; Mme Forrester, les bras croisés, à deux pas de son mari, dont elle surveillait les moindres réactions. Et là, contournant le sapin, un petit homme trapu en smoking.

Dans ce décor opulent et démodé, le groupe aurait pu servir de sujet pour le tableau d'un peintre de l'époque édouardienne : Orchardson, peut-être, ou, mieux encore, l'honorable John Collier. Quel en serait le titre ? « La lettre », pourquoi pas ? Car elle était là, gisant sur le tapis à l'endroit même où l'avait lâchée le colonel. En point de mire.

Et comme pour compléter cette toile obsolète, M. Smith s'immobilisa, tandis que Mme Forrester, Hilary et Cressida tournaient à l'unisson la tête pour contempler, comme lui, l'objet coupable.

Mais l'image s'anima soudain. Le colonel battit des paupières. Mme Forrester s'avança de cinq pas pour ramasser la lettre.

— Tante Bed ! protesta Hilary, mais, d'un regard étincelant, elle le fit taire.

Le papier était tombé le recto sur le sol. Elle le retourna et, phénomène particulièrement affligeant chez une personne de son âge, rougit jusqu'à la racine de ses cheveux.

— Tante Bed ?...

Ses lèvres se pincèrent, et son visage s'imprégna d'une expression indéchiffrable. Était-ce de la furie ? se demanda Troy. Mais sa colère semblait mêlée d'un vague sentiment de triomphe. Sans un mot, elle tendit la feuille à son neveu.

À la lecture de la missive, Hilary haussa les sourcils. Il ouvrit la bouche, la referma, relut l'ensemble puis, à la stupéfaction de Troy, émit un son étouffé en portant à son menton un poing serré. Il la dévisagea d'un regard affolé, parut se reprendre, et, d'une voix tremblante d'émotion, s'exprima enfin :

— Ceci est... Non... c'est... grotesque ! Ma chère tante Bed !

— Fred... Tu te sens mieux ?

— Oui, à présent ça va, merci, B. C'était une de mes petites crises. Ce n'est pas ce... cette chose qui l'a provoquée, je te l'assure. Illy a tout à fait raison, ma chère : c'est grotesque. Je suis fou de rage pour toi, évidemment, mais tout cela est ridicule, tu t'en doutes bien. Impensable.

— Je n'en sais rien, justement ! C'est incroyable ! Cette personne mériterait le fouet !

— En effet, mais je ne suis pas vraiment en état de réagir. De surcroît, nous ne savons pas qui punir.

— Nous démasquerons le coupable, j'espère.

— C'est un autre problème. Illy et moi avons à parler.

— Tu ferais mieux d'aller te coucher.

— Tu as sans doute raison. Après tout, je tiens à être en pleine forme pour la fête demain. Mais nous nous apprêtions à décorer le sapin, et c'est un moment que j'adore.

— Ne dis pas de bêtises, Fred. J'appelle Moult. Avec Hilary, il pourra...

— Je ne veux ni Hilary, ni Moult. Je n'ai pas besoin d'aide. Je monte tout de suite si tu le souhaites, mais, je t'en prie, cesse de me harceler, B.

Le colonel se leva, s'inclina devant Troy.

— Pardonnez-moi d'avoir gâché votre soirée.

— Pas du tout ! le rassura-t-elle.

— Vous êtes mignonne. Bonsoir. Bonsoir, ma petite Cressy. Bonsoir, Bert. B ? Tu es prête ?

Tandis qu'il sortait au bras de son épouse, Troy songea qu'en dépit des apparences, c'était tout de même lui le patron. Hilary leur emboîta le pas.

— Quelle aventure ! s'exclama M. Smith.

Cressida s'extirpa péniblement de son siège.

— Tout le monde s'émeut du cas des Forrester, se plaignit-elle, mais personne ne semble se rappeler que j'ai moi-même été insultée ! Nous n'avons même pas eu le droit de savoir ce que contenait cette lettre. Ce qui était écrit, je veux dire. L'auteur n'a quand même pas traité tante Bed de femme scandaleuse ? À moins que... Enfin ! Je vais me coucher. J'aimerais dire deux mots à Hilary. Je le trouverai probablement à l'étage. Bonsoir, madame Alleyn.

— Allons-nous lâchement abandonner ce sapin ? s'enquit M. Smith.

— Hilary s'en occupera lorsqu'il redescendra. Après tout, il n'est pas tard. Bonsoir, monsieur Smith.

— Dormez bien, ma belle. Ne vous inquiétez plus de rien. Le monde est curieux, mais nous ne nous en soucions guère, n'est-ce pas ?

— Parlez pour vous, répliqua Cressida en tournant les talons.

— Épatant ! soupira M. Smith, tout en se remplissant un verre. Puis-je vous offrir quelque chose, madame A ?

— Pas pour l'instant, merci. Et vous ? Croyez-vous qu'il s'agisse d'une plaisanterie de mauvais goût ?

— Ah ! Redevenons sérieux : que crois-je ? À vrai dire...

Il se tut brusquement, posa un regard incisif sur Troy.

— Ma parole ! Mais vous êtes toute retournée !

— Heu...

— Pardi ! Avez-vous eu droit à de telles faveurs, vous aussi ?

— Pas exactement.

— C'est-à-dire ?

— Oh, ce n'est rien d'important, éluda-t-elle en se souvenant de sa promesse à Mervyn.

Elle regrettait amèrement que M. Smith fût aussi perspicace.

— Vous préférez garder pour vous votre secret. C'est votre droit, mais à votre place, je me confierais à Illy. Bon ! La journée a été longue. Je suis moi-même plutôt fatigué... Mmm ! Excellent... Mais le meilleur reste à venir.

— Le meilleur ?

— Mon petit dernier... Rien de tel qu'un genièvre avant de dormir. J'en prends un tous les soirs sans exception. Hilary connaît mon vice : il demande à son fantôme de service de me le préparer dans ma chambre.

— Nigel ?

— Soi-même. Ce prodige exsangue.

— Que pensez-vous d'un tel entourage, monsieur Smith ?

— Pardon ?

— Quelle est votre opinion concernant l'organisation de Halberds ?

— Ah, je vous suis. Voyons : c'est bizarre. Il faut bien l'avouer, c'est un peu loufoque. Mais Illy l'est aussi, à sa façon. Remarquez, s'il avait voulu engager des casseurs ou des voleurs, je l'en aurais dissuadé. Mais les assassins — s'ils n'ont tué qu'une fois —, c'est différent.

— Mon mari est d'accord avec vous.

— Il est mieux placé que moi pour le savoir, non ? Mais cette théorie est loin de satisfaire Alf Moult.

— Croyez-vous qu'il se méfie du personnel ?

— Il les hait tous, je vous le dis. Alf Moult est de cette catégorie d'hommes qui aiment l'ordre et le respect. Le serviteur-soldat. Super-snob. Je le sais. Je connais les gens de son espèce : nous sommes issus du même milieu. Il les considère comme des moins que rien. Si le colonel ne représentait pas pour lui Dieu tout-puissant, il refuserait de venir ici.

M. Smith posa son verre vide, s'essuya les lèvres du bout des doigts, sourit :

— Délicieux. Vous devriez passer chez moi un de ces jours. Demandez à Illy de vous amener. J'ai une ou deux œuvres qui vous intéresseraient. Des tableaux de grands maîtres. De temps en temps, quand je vois quelque chose qui me plaît, j'achète.

Hilary entra et se confondit en excuses.

— Je n'ose imaginer ce que vous allez penser de nous ! Les ennuis se succèdent et ne se ressemblent pas ! Je suis navré.

— Où en sommes-nous ? demanda M. Smith.

— Au même point, plus ou moins. Cressida est bouleversée.

— Quel malheur ! Mais je suis rassuré de constater qu'elle est en bonne voie de guérison.

— Comment cela ?

— C'était pire à l'époque du Rouge-Baiser. Mais tout de même, tu devrais l'effacer.

— Oncle Bert, vous êtes incorrigible ! s'emporta Hilary, sans rancœur mais écarlate, en sortant son mouchoir.

— Je vais retrouver mon lit. Si j'aperçois à ma porte une lettre obscène, je crie. Bonne nuit.

Ils l'entendirent monter en sifflotant.

— Vous ne vous éclipsez pas tout de suite, j'espère ? demanda Hilary à Troy. Restez, je vous en supplie, sans quoi je vais croire que vous m'en voulez.

— Dans ce cas...

— Ce que vous êtes calme ! C'est tellement reposant. Puis-je vous proposer quelque chose à boire ? Non ? Personnellement, j'éprouve le besoin d'un remontant... Êtes-vous curieuse de savoir ce que contenait la lettre d'oncle Flea ?

— Je crains que oui.

— Ce n'est pas si terrible.

— En effet : je vois que vous vous retenez de rire.

— Décidément, vous êtes une fine mouche ! Voilà : l'auteur traitait oncle Flea de cocu, avec trois « k ».

Cette information me laisse perplexe : avec qui tante Bed pourrait-elle bien le tromper ? Moult ?

— Je comprends sa colère.

— Ma chère, elle n'était pas en colère. Pas vraiment. En fait, elle était flattée. Avez-vous remarqué combien elle est devenue cassante, quand oncle Flea a qualifié tout cela de ridicule ? D'impensable ?

— Je ne vous crois pas.

— Vous avez tort.

Troy gloussa.

— Mais trêve de badinages... L'heure est grave. Ma petite Cressida est dans tous ses états. Elle est *véritablement* furieuse. Vous comprenez, elle n'a jamais beaucoup aimé mes domestiques. Elle tolère seulement leur présence, car elle admet qu'ils font bien leur travail. N'êtes-vous pas de cet avis ? Malheureusement, elle a la certitude que Nigel est l'auteur du message qui lui était adressé, et elle est bien décidée à effectuer des changements parmi le personnel.

— Si je vous comprends bien, vous n'êtes pas persuadé que Nigel soit en cause.

— Non. Je ne le crois pas assez stupide pour commettre une pareille bévue.

— Mais si... Je suis désolée d'insister, mais vous m'avez dit vous-même qu'il avait été transféré à Broadmoor.

— Il est sain de corps et d'esprit. Complètement guéri. Oh ! Je sais que la missive rédigée à l'intention de Cressida correspond assez au personnage, mais selon moi, c'est une feinte.

— Tiens donc ! murmura Troy, songeuse.

— J'en suis convaincu. De la même manière, le mot destiné à oncle Flea aurait pu être signé de la main de Blore. Rappelez-vous que celui-ci n'a pas hésité à lacérer d'un coup de couteau le jeune aide-serveur qui avait séduit Madame. Or, l'enquête a révélé par la suite qu'il était surtout vexé d'avoir été traité de cocu. Le terme apparaît dans chacune de ses déclarations.

— Comment l'épelle-t-il ?

— Je n'en ai aucune idée.

— Quelle est votre explication ?

— D'une part, je n'admets pas la théorie selon laquelle Nigel et Blore auraient eu autant d'inspiration, indépendamment et au même moment : je vous signale en passant que les lettres ont été écrites sur le même papier (pris dans la bibliothèque), avec les mêmes lettres capitales.

Il ne se doutait pas qu'il pouvait rajouter à sa liste Mervyn, lequel aurait pu être soupçonné d'avoir posé le piège dont avait été victime Troy.

Mais il poursuivit :

— D'autre part, je ne peux imaginer qu'un des domestiques ait cherché par ce biais à impliquer deux de ses collègues. Ils s'entendent à merveille, tous.

— Alors ?

— Alors, je ne sais pas. Le coupable est là. Ce n'est pas moi, je ne pense pas non plus que ce soit vous.

— Non.

— Non. Nous voilà donc réduits au raisonnement par l'absurde : il nous reste les suspects les plus improbables. Flea. Bed. Cressida. Oncle Bert.

— Et Moult ?

— Juste ciel ! s'exclama Hilary. Le préféré d'oncle Bert ! Je n'y pensais plus du tout. Moult... *Moult*.

— M. Smith semble croire...

— Oui, je sais, grommela Hilary en lui jetant un coup d'œil incertain.

Il se mit à arpenter la pièce, comme s'il ne savait par où commencer.

— Oncle Bert, reprit-il enfin, est un homme singulier. Il n'est pas facile à cerner. Au contraire.

— Ah ?

— Prenez par exemple son numéro de cockney londonien. Il est né dans l'East End. C'est un pur et dur. Mais il se place entre guillemets et s'en déplace à sa guise. Il faut l'entendre autour d'une table de conférence. Il s'exprime avec autant, sinon plus, d'élégance et de clarté que ses collègues.

— C'est intéressant.

— Oui. Il a un sens de l'humour très particulier, ce cher oncle Bert.

— Avec un penchant assez prononcé pour l'humour noir ? devina Troy.

— Il aurait pu être l'inventeur de ce terme. Cependant, il juge avec grande finesse les gens qu'il a en face de lui et... Je ne peux affirmer qu'il ne soit pas...

Les mots moururent sur ses lèvres, et Hilary soupira.

— Je crois que je vais m'occuper de ce sapin. Cela me calmera.

Il souleva le couvercle du carton laissé près de l'arbre.

En partant, M. Smith avait laissé entrouverte la porte à double battant menant au vestibule. Un bruit de pas précipités leur parvint de l'escalier. Une glissade, un juron, et M. Smith surgit, dans un état pitoyable.

Il était vêtu de son pyjama et d'une robe de chambre bariolée, mais ne portait qu'un chausson. Ses cheveux épars se dressaient sur son crâne ; les yeux exorbités, il écumait de rage.

Il toussa, gesticula, tenta de parler :

— Empoisonné ! J'ai été empoisonné !

Une bulle irisée s'échappa de ses lèvres, flotta en direction du sapin, demeura suspendue au bout d'une branche, comme une boule de cristal, puis éclata.

— C'est du savon, oncle Bert. Du savon. Pour l'amour du ciel, calmez-vous et allez vous rincer la bouche ! Courez aux lavabos du rez-de-chaussée, je vous en supplie.

M. Smith se sauva à toutes jambes.

— Peut-être devriez-vous l'accompagner ? suggéra Troy.

— Que va-t-il se passer ensuite ? Tout cela est d'un mauvais goût ! Enfin !

Hilary sortit. Un long silence suivit, après quoi la jeune femme les entendit traverser le hall et gravir l'escalier. Peu après, Hilary reparut, visiblement perturbé.

— Il y avait dans son genièvre un concentré de savon, déclara-t-il. Il s'est senti horriblement mal. Il ne nanquait plus que cela ! Mais le comble...

— Le comble ?

— Cet ignoble farceur n'en finira donc jamais ? J'ai trouvé dans la poche de sa veste de pyjama encore une lettre anonyme. « Arsenic de première qualité. » Il aurait pu mourir de peur !

— Comment va-t-il, à présent ?

— Bien que terriblement las, il se remet de ses émotions. Mais sa colère ne s'atténue en rien.

— On ne peut guère lui en vouloir.

— Quelqu'un sera sévèrement puni pour tout cela, menaça Hilary.

— Ce pourrait être le nouvel assistant de Cooke ?

— J'en doute : il ne connaît rien de leurs origines. Non, notre coupable est au courant de tout. La femme scandaleuse de Nigel, l'humiliation de Blore, l'accident de Vincent avec l'arsenic.

— Sans oublier le piège de Mervyn, intervint Troy sans pouvoir s'en empêcher.

Hilary la dévisagea fixement.

— Vous n'allez pas me dire que... Si !

— J'avais promis d'être muette comme une carpe. Mais cette succession d'événements m'a troublée. J'ai moi-même subi une regrettable mésaventure cet après-midi. Je suis certaine qu'il n'y est pour rien. S'il vous plaît, n'insistez pas pour que je vous en révèle davantage.

Hilary ne dit plus rien pendant de longues minutes. Puis, soudain, il se mit à sortir les décorations de Noël de leur carton.

— Je vais faire comme si de rien n'était, annonça-t-il. Je vais ignorer superbement cette affaire. Quelqu'un cherche à me provoquer, mais je ne réagirai pas. Je ne tracasserai pas mes domestiques. Je refuse de gâcher ma fête. Que cet odieux plaisantin aille se faire cuire un œuf ! Vous n'allez pas me croire, mais il n'est pas encore vingt-trois heures. Venez m'aider !

Ils se concentrèrent avec plaisir sur cette tâche amusante. Hilary avait choisi pour thème la couleur or, et ils accrochèrent un à un les ornements, les plus gros en bas, les plus minuscules tout en haut. L'arbre reçut enfin en son sommet un magnifique ange aux ailes dorées. Les branches ployaient sous les guirlandes, les bougies et les étoiles scintillantes. Le résultat était spectaculaire.

— J'ai même fait dorer les personnages de la crèche, raconta Hilary avec enthousiasme. J'espère que tante Bed n'en sera pas offusquée. Vous verrez, quand les bougies seront allumées, ce sera superbe !

— Et les cadeaux ? Je suppose qu'il y aura des cadeaux ?

— Ceux des enfants, tous enveloppés de papier doré, seront apportés par oncle Flea. Les nôtres seront mis de côté. Chacun devra trouver le sien, car oncle Flea ne pourra pas lire les étiquettes sans ses lunettes. Il se contentera de les transporter dans un petit chariot doré sur roulettes.

— Venant de l'extérieur ? Et si le temps est mauvais ?

— Si la tempête se lève, les cadeaux arriveront par le hall.

— Mais le colonel bravera le vent malgré tout, fit remarquer Troy.

— Pour rien au monde il ne modifierait cette mise en scène.

Vaguement mal à l'aise, Troy fit remarquer qu'elle le trouvait trop fragile pour résister sans dommage, habillé de sa tunique d'or, à une telle sortie, si brève fût-elle. Hilary répliqua qu'il pourrait mettre des gants. Mais la voyant peu convaincue, il s'empressa d'ajouter que Vincent tiendrait au-dessus de sa tête un parapluie, d'autant que personne ne voulait prendre le risque de laisser s'abîmer la perruque et la couronne de gui.

— Évidemment, ce serait plus joli s'il était saupoudré de neige. Mais elle finirait par fondre, et ce serait une catastrophe, conclut-il.

Il était perché sur la dernière marche de l'escabeau. Il contempla Troy à travers les branchages et les boules d'or.

— Vous n'approuvez pas, constata-t-il. Vous m'accusez en silence de manquer de cœur et de n'avoir aucun sens des valeurs spirituelles.

C'était à peu près cela, en effet.

— Vous avez peut-être raison, poursuivit-il sans lui laisser le loisir de répondre. Mais j'ai au moins le mérite d'être honnête. Je ne feins jamais. Je suis snob, par exemple. J'attache une importance énorme à mes ancêtres. Je n'aurais jamais demandé sa main à ma ravissante Cressida, si elle n'était issue d'une bonne famille. Je vénère les arbres généalogiques encore plus que les arbres de Noël. Et j'adore être riche, afin de pouvoir m'offrir le sapin tout en or de mes rêves.

— Je ne peux que m'extasier devant celui-ci.

— Je vous comprends parfaitement. Il faudra prier pour moi demain, dans la chapelle.

— Je n'en suis pas digne.

— Aucune importance, éluda-t-il. Vous ne connaissez pas la chapelle : je vous en réservais la surprise. Elle est magnifique.

— Êtes-vous croyant ?

— Je ne tiens pas à épiloguer sur ce sujet. Tenez... Si vous me passiez cette boule de verre ?

Les douze coups de minuit sonnaient lorsqu'ils eurent parachevé leur œuvre. Ils se placèrent, pour mieux l'admirer, devant le feu mourant à l'autre bout de la longue salle.

— L'unique éclairage sera celui des bougies, déclara Hilary. Ce sera magique. Comme dans un rêve. J'espère que les enfants tomberont sous le charme, pas vous ?

— Ils ne peuvent qu'être envoûtés par tant de beauté. Mais à présent, si vous me le permettez, je crois que je vais monter me coucher.

— J'ai eu beaucoup de plaisir à le décorer avec vous, affirma-t-il en la prenant par le bras. Cela m'a permis de ne plus songer à notre odieuse affaire. Je vous en remercie. Avez-vous vu la cloche de gui de Nigel ?

Ils étaient juste au-dessous. Redressant le menton, Troy reçut un baiser.

— Joyeux Noël !

Elle abandonna là son hôte et alla se réfugier dans ses appartements.

En ouvrant les portes de son armoire, elle fut surprise de percevoir un murmure de voix en provenance de la chambre des Forrester. La conversation était lointaine et inaudible, mais bientôt, alors qu'elle suspendait sa robe, elle perçut le bruit des pas du colonel.

— Non, ma chère, ma décision est irrévocable. Et si tu n'interviens pas, je me chargerai de tout expliquer.

Une porte claqua. Troy imagina que Mme Forrester s'enfermait dans la salle de bains, mais apparemment, elle revint un instant plus tard, tandis que le colonel s'éloignait à son tour. Troy ferma précipitamment son placard.

*

* *

Le jour de Noël se leva avec un pâle soleil. De sa fenêtre, Troy admira ce qui aurait pu être un tableau-tapisserie encadré de rouges-gorges, de guirlandes dorées et de houx. La neige adoucissait le paysage.

Tout en s'habillant, elle entendit les Forrester se quereller dans la pièce attenante. Elle en conclut que le colonel était de nouveau en pleine forme. Lorsqu'elle ouvrit son armoire, elle fut accueillie par le raclement désormais habituel des cintres de l'autre côté.

— Bonjour ! hurla Troy en frappant d'une main le mur mitoyen. Joyeux Noël !

Une voix d'homme lui répondit.

— Merci, madame. Je transmettrai vos vœux au colonel et à son épouse.

C'était Moult.

Il partit. Il y eut un échange verbal feutré, puis Moult se rapprocha, tapota discrètement la cloison.

— Le colonel et son épouse vous font leurs compliments, madame. Ils seraient ravis que vous passiez les voir.

— Je serai là dans cinq minutes, assura-t-elle. Merci !

Lorsqu'elle pénétra dans leur appartement, elle les trouva dans leur lit, tous deux assis, le dos très droit, sous un gigantesque parapluie doublé de toile verte comme ceux dont ne se séparaient jamais les bâtisseurs d'Empire et les missionnaires de l'ère victorienne. Tous deux étaient en robe de chambre rouge coquelicot, déployée comme une corolle autour de sa tige.

À l'unisson, ils souhaitèrent à Troy un joyeux Noël et l'invitèrent à s'asseoir.

— Vous qui êtes une artiste, dit Mme Forrester, vous ne vous vexerez pas d'être ainsi reçue, en toute simplicité.

À l'autre bout de la pièce, une porte s'ouvrait sur leur salle de bains, au fond de laquelle se trouvait un dressing ; là-bas, Moult s'occupait à brosser un costume.

— J'avais entendu parler du parapluie, avoua Troy.

— Nous n'aimons pas être agressés dès le matin par la lumière du soleil. Puis-je vous demander de fermer la porte de la salle de bains, je vous prie ? s'enquit Mme Forrester. Je vous en remercie. Moult entretient certaines manies que nous ne tenons pas à contrarier. Fred, mets ton appareil. J'ai dit : mets ton appareil !

Le colonel, qui jusqu'ici avait hoché le menton et souri sans comprendre un traître mot de la conversation, s'exécuta.

— C'est une invention merveilleuse ! proclama-t-il. Cela m'ennuie de devoir le porter ce soir, cependant. Bof ! Après tout, la perruque le cachera. Un druide dont on verrait l'appareil acoustique serait vraiment ridicule, ne trouvez-vous pas ?

— Avant tout, interrompit Mme Forrester, j'aimerais savoir s'il y a eu du nouveau après notre départ.

— Nous mourons d'envie de le savoir, ajouta le colonel.

Troy leur raconta l'épisode de M. Smith et du savon dans son genièvre. Mme Forrester se frotta le nez, agacée.

— C'est ennuyeux, car cela contrarie ma théorie. J'ai dit : cela contrarie ma théorie.

— Dommage pour toi, B.

— Et pourtant... Je n'en suis pas si sûre. Il s'agit peut-être d'une ruse, après tout, j'ai dit...

— J'ai mon appareil, B.

— Quelle est votre théorie ? voulut savoir Troy.

— J'étais certaine que Smith était l'auteur des lettres anonymes.

— Mais...

— Il a de grandes qualités, mais son sens de l'humour est féroce, et il déteste Cressida Tottenham.

— B, ma chérie...

— Ne me coupe pas la parole, Fred...

— Mais enfin ! Bert Smith n'aurait jamais pu m'adresser un mot comme celui-là, à ton sujet !

— À mon avis, il en aurait été parfaitement capable.

Le colonel s'assombrit.

— Mais ce n'est pas drôle.

— Hilary a eu du mal à ne pas rire, observa Mme Forrester d'un air indigné. Et vous ? Qu'avez-vous pensé ? Hilary a dû vous dévoiler le contenu du texte.

— Vaguement.

— Cela vous a-t-il amusée ?

— Au risque de me voir baisser dans votre estime, je dois avouer que...

— Parfait. Inutile de poursuivre, trancha la femme du colonel. C'était impertinent, oui. Et sans fondement, bien sûr. Grotesque, peut-être, mais moins impensable qu'on ne pourrait l'imaginer.

Troy aurait volontiers parié qu'une lueur de plaisir dansait dans les prunelles de Mme Forrester.

— Bert n'aurait pas poussé la plaisanterie jusqu'à se rendre malade ! protesta le colonel.

— Pourquoi pas ? riposta son épouse. Mais c'est un détail. Ce dont je voulais vous entretenir, madame Alleyn, c'est de la ligne de conduite que nous allons, du moins je le souhaite, tous adopter dans cette affaire. Fred, j'ai décidé de faire comme si de rien n'était. De tout ignorer.

Elle eut un large mouvement des bras, et le colonel se ratatina sur lui-même pour l'esquiver.

— Nous n'allons pas accorder à celui qui perpètre ces attaques la satisfaction de constater que ses cibles sont atteintes. Vous vous joindrez à nous, j'espère ?

— *Parce que*, précisa son mari, nous ne voulons pas gâcher la fête. Nous répéterons tout de suite après la messe, et nous devrons tous nous concentrer sur nos tâches respectives.

— Avez-vous bien récupéré, colonel ?

— Oui, oui, merci. C'est mon cœur qui vieillit, le pauvre. Il n'y a pas de quoi s'affoler.

— Tant mieux, murmura Troy en se levant. Je suis d'accord avec vous. Ignorons tout.

— Parfait. Voilà un problème résolu. Je me demande comment réagira ta glu, Fred.

— Elle ne m'appartient pas, B !

— Elle est sous ta responsabilité.

— Plus maintenant.

Il se tourna, rougissant, vers Troy et s'exprima à toute allure, comme s'il avait mémorisé un discours dont il voulait se débarrasser le plus vite possible :

— Cressida est la fille d'un officier que j'avais dans mon régiment. En Allemagne. 1950. Nous effectuions un exercice, et ma Jeep s'est retournée, narra le colonel, et ses yeux se remplirent de larmes. Savez-vous que ce cher garçon m'a sauvé la vie ? J'étais coincé, la face dans la boue, et il m'a sorti de là. Mais ensuite, ce fut le drame. L'explosion. Je lui ai promis de veiller sur sa fille.

— Elle a eu beaucoup de chance. Elle n'a manqué de rien. Elle a fait ses études en Suisse... Je n'ose parler du résultat.

— La pauvre petite ! Sa mère était morte en couches.

— Et aujourd'hui, assena Mme Forrester en fermant brusquement le parapluie... Aujourd'hui, c'est une théâtreuse.

— Elle est ravissante, vous ne trouvez pas ?

— Tout à fait, approuva chaleureusement Troy.

Elle prit congé et descendit prendre son petit déjeuner.

Hilary serait occupé toute la matinée, mais Troy voulait travailler sur le portrait avant de se préparer pour l'office.

Lorsqu'elle regarda par la fenêtre de la bibliothèque, elle se figea de surprise. Nigel avait achevé son œuvre. L'énorme caisse était cachée sous la neige glacée, et sur le dessus gisait une habile reproduction de l'ancêtre Bill-Tasman, mains croisées sur sa poitrine.

À dix heures trente précises, la cloche se mit à sonner avec frénésie de la tour dominant les écuries. Troy se rendit dans le hall, qu'elle traversa pour emprunter à sa droite le corridor desservant le boudoir, le bureau de Hilary et, nouvelle découverte, la chapelle.

C'était une chapelle somptueuse, emplie de trésors. Tous les meubles, tous les éléments de décor avaient été choisis avec un goût infaillible.

Blore, Mervyn, Nigel, Vincent, Pitipiti et son jeune assistant étaient déjà assis. Autour d'eux étaient rassemblés des inconnus : des travailleurs intermittents, sans doute, venus avec femmes et enfants. Hilary et Cressida s'étaient installés au premier rang. Les autres invités furent bientôt là, et l'office fut célébré en bonne et due forme. Le pasteur de la prison délivra un sermon court et bien construit. À la surprise de Troy et pour son plus grand plaisir, le colonel Forrester se mit à l'orgue pour accompagner les hymnes de circonstance. Hilary lut l'Évangile, et M. Smith, avec une assurance et une précision exemplaires, l'épître.

À quinze heures se déroula la répétition pour la cérémonie du sapin.

Tout avait été méticuleusement prévu. Les invités se réuniraient dans la bibliothèque, le portrait et les instruments de travail de Troy ayant pour l'occasion été provisoirement transportés dans le bureau de Hilary. Vincent, armé d'un parapluie et muni d'un adorable traîneau baroque rempli de paquets, se posterait juste à l'extérieur de la porte-fenêtre du salon. À vingt heures, les carillons joyeux enregistrés sur bande magnétique marqueraient le début des festivités. Deux par deux, en cortège, les enfants traverseraient le vestibule pour pénétrer dans le salon, où ils découvriraient le sapin brillant de tous ses feux dans le noir. Les adultes suivraient.

Ces formalités réglées, le colonel Forrester, dans son accoutrement de druide, sortirait du petit vestiaire attenant, où Cressida l'aurait aidé à se préparer. Il se glisserait dehors et se rendrait dans la cour, où il retrouverait Vincent. Musique, clochettes de traîneau et hennissements de rênes se succéderaient jusqu'au « Whoa ! » final. De l'intérieur, Blore et Mervyn ouvriraient la porte-fenêtre, et le druide apparaîtrait avec son chariot. Au son d'une fanfare, il entrerait, contournerait le sapin, y lâcherait son chargement, s'inclinerait devant ses spectateurs, puis, après avoir effectué un ou deux gestes ésotériques, il ressortirait. Rassemblant ses jupes, il courrait jusqu'au vestiaire, où Cressida le débarrasserait de tous ses atours, tunique dorée, barbe, sourcils, perruque et couronne. Il pourrait ainsi très vite venir se mêler comme si de rien n'était à l'assistance.

La répétition fut parsemée d'incidents, la plupart provoqués par l'excitation du personnage principal de toute cette mise en scène. Troy elle-même commençait à s'inquiéter de la santé du colonel, quand Mme Forrester, qui avait lourdement insisté pour être là, finit par supplier Hilary de mettre un terme à cette mascarade s'il voulait avoir un druide pour sa soirée. Ayant obtenu satisfaction, elle emmena son mari se reposer dans sa chambre, exigeant (ce qui l'agaça prodigieusement) qu'il gravît l'escalier à reculons et marquât une pause de dix secondes toutes les cinq marches.

Cressida, qui paraissait spécialement nerveuse, se rapprocha de Troy pour observer cette sortie au ralenti.

Le colonel les supplia de ne pas attendre davantage, et, sur proposition de Cressida, les deux jeunes femmes se réfugièrent dans le boudoir.

— Par moments, je me demande si je ne suis pas dans une maison de fous, avoua la future châtelaine. J'ai l'impression de vivre un happening, je veux dire. Nous en avons fait plusieurs, avec les expressionnistes organiques.

— Que sont les expressionnistes organiques ?

— C'est assez difficile à expliquer. L'E.O., c'est une chose pour les participants, une autre pour les spectateurs. En fait, c'est la recherche d'une libération émotionnelle spontanée. Zell, notre metteur en scène, notre *source*, attache une importance énorme à la spontanéité.

— Allez-vous vous réintégrer au groupe ?

— Non. Vous comprenez, Hilary et moi allons certainement nous marier au mois de mai. D'ailleurs, en ce moment, l'E.O. fait relâche.

— Quels rôles avez-vous joués dans ces spectacles ?

— Au début, je me contentais de me libérer. Mais ensuite, Zell m'a encouragée à exploiter le yin-yang. Vous savez bien, le masculin-féminin. J'avais une sorte de filet autour d'une jambe, et de longs filaments verts collés à ma joue gauche. La sensation était assez désagréable sur la peau, mais le côté algue érotique avait un certain succès.

— Que portiez-vous d'autre ?

— Rien. Le public venait à ma rencontre, je veux dire. C'est grâce à mon expérience avec les filaments que je peux prendre en charge la barbe d'Oncle Flea. Il me suffira de la coller.

— J'espère qu'il sera en forme.

— Moi aussi. Je le trouve très tendu. Il est merveilleux, n'est-ce pas ? Insensé. Je les adore tous les deux. Mais lui est incroyable, je veux dire. Malheureusement, je ne plais pas beaucoup à tante B.

Elle arpentait avec grâce la ravissante petite pièce. Elle s'empara d'une porcelaine, l'examina distraitement, la reposa.

— Il y a eu une dispute, en cuisine. Êtes-vous au courant ? Cela s'est passé ce matin.

— Ah ?

— D'une certaine manière, tout a commencé à cause de moi. Pitipiti se plaignait de ma phobie des chats, et les autres se sont moqués de lui. Je ne sais pas exactement comment se sont déroulés les événements, toujours est-il que la querelle a dégénéré. Moult s'en est mêlé. Ils le détestent tous.

— Comment l'avez-vous su ?

— J'ai tout entendu. Hilary m'avait demandé de descendre voir les fleurs qu'il avait commandées. Elles étaient dans une salle juste à côté de celle où se reposent les domestiques. Ils y allaient de bon cœur. Ils hurlaient, je veux dire. Je m'apprêtais à courir prévenir Hilary, lorsque j'ai entendu Moult, dans le corridor. Il s'est mis à crier : « Vous ! Vous n'êtes qu'une bande d'assassins ! » Blore a rugi comme un lion, lui intimant l'ordre de sortir avant qu'ils ne lui sautent dessus. J'ai tout raconté à Illy. Je pensais qu'il vous en avait peut-être parlé, il vous aime tant.

— Non.

— Enfin, je vais être franche, je ne tiens pas du tout à vivre dans une bagarre perpétuelle. Ce n'est vraiment pas mon truc. Si vous les aviez entendus ! Savez-vous ce qu'a dit Blore ? Il a dit : « Encore une vacherie, et je te découpe en morceaux ! »

— Qu'est-ce que cela signifie, selon vous ?

— Je sais l'impression que j'ai eue, en tout cas, répondit Cressida : qu'il n'hésiterait pas à tuer. Je veux dire, à tuer.

*

* *

Ce fut à partir de ce moment que Troy éprouva un réel malaise. Elle eut l'impression de se dédoubler, de se voir de haut, seule parmi tous ces inconnus dans une demeure entretenue par des assassins. Car c'était bien cela. Elle se mit subitement à souhaiter de tout son cœur pouvoir s'échapper de ce guet-apens pour passer Noël à Londres, seule ou avec des amis.

Le portrait était presque terminé. Voire complètement terminé. Elle se demandait si elle n'avait pas atteint ce stade où le plus sage était de laisser à quelqu'un d'autre le soin de lui confisquer le tableau afin qu'elle ne pût plus y toucher. Son mari avait souvent eu l'honneur de lui rendre ce service, mais il était à des milliers de kilomètres de là. Si sa mission aux antipodes se prolongeait, il ne serait pas de retour avant une semaine au moins. La toile n'était pas suffisamment sèche pour supporter de voyager. Mais Troy pouvait s'arranger pour la faire envoyer directement à l'encadreur et annoncer à Hilary son départ pour... pour quand ? Le lendemain ? Il s'en étonnerait. Il la soupçonnerait d'avoir peur, et il aurait parfaitement raison. Elle était terrifiée.

M. Smith avait annoncé qu'il retournerait à Londres le surlendemain. Peut-être pourrait-elle profiter de son départ ? Elle se rendit compte qu'en attendant, elle devrait se surveiller pour ne pas céder à la panique.

Elle devait avant tout se rappeler qu'il lui arrivait fréquemment, lorsqu'elle séjournait chez les autres, de ressentir tout d'un coup un besoin impérieux de s'échapper. C'en devenait même gênant, tellement elle s'agitait. Chacun de ses nerfs télégraphiait à son cerveau un message : « il faut que je sorte d'ici ! ». La crise pouvait survenir n'importe où, même au restaurant, si le serveur était trop lent à lui apporter la note, par exemple. Ce désir soudain de s'enfuir n'était-il pas une nouvelle manifestation semblable aux précédentes, exacerbée par la succession de bizarreries auxquelles elle était confrontée depuis son arrivée au manoir de Halberds ? Peut-être les domestiques étaient-ils inoffensifs, comme le répétait sans cesse Hilary. Cressida avait-elle transformé en menace d'homicide une banale dispute ?

Elle se remémora avec quelle rapidité les Forrester s'étaient remis de leurs émotions, ainsi que M. Smith, du moins jusqu'à l'épisode du concentré de savon. Refusant de se morfondre davantage, elle s'empara d'un foulard et d'un manteau, et sortit se promener.

L'air était glacial, en cette fin d'après-midi ; le ciel crépusculaire était dégagé. Troy alla examiner de plus près le gisant de Nigel, désormais aussi dur que son modèle d'origine en marbre. Nigel avait œuvré avec beaucoup d'habileté. Il avait obtenu avec de simples instruments de cuisine une netteté et une précision remarquables. Seule la partie tournée vers le nord, essentiellement composée de marches, semblait avoir déjà souffert des rafales et des averses occasionnelles. Il faudrait photographier l'ensemble avant que tout fût fondu, songea Troy.

Elle s'aventura jusqu'à l'épouvantail. Il se tenait penché, immobile et stupide, là où l'avait laissé le vent. Une grive chagrine s'était perchée sur son chapeau.

Lorsqu'elle revint à la maison, Troy se dit qu'elle avait suffisamment bien surmonté sa crise pour repousser toute décision au lendemain. Elle se surprit même à envisager avec plaisir la perspective de la fête.

La demeure tout entière semblait frémir d'impatience. Dans l'énorme hall, avec ses deux escaliers en courbe, de superbes guirlandes composées de branches de sapin, de gui et de houx, étaient accrochées le long des murs et des balustrades à l'aide de gros nœuds de satin rouge. Des bûches géantes brûlaient joyeusement dans les deux cheminées.

Hilary, qui tenait à la main un emploi du temps soigneusement rédigé, prodiguait aux domestiques ses ultimes recommandations. Il salua gaiement Troy et lui fit signe de s'approcher.

— Récapitulons, Blore : vous vérifierez que la porte du salon est bien fermée à clef. Sans quoi il sera envahi trop tôt par les enfants. Dès que tout le monde sera là — vous avez la liste des invités —, vous vous assurerez que Vincent est à son poste avec le traîneau. Vous attendrez dix-neuf heures trente, lorsque résonneront les premiers carillons : le colonel Forrester descendra dans le vestiaire, où l'attendra Miss Tottenham... Celle-ci l'aidera à mettre sa barbe. Pendant ce temps, Blore, vous récupérerez Nigel, et, à dix-neuf heures quarante-cinq, vous frapperez à la porte du vestiaire, afin que Miss Tottenham et le colonel Forrester nous sachent prêts. Est-ce clair ?

— Parfaitement, monsieur.

— Avec l'aide de Nigel, vous irez allumer les bougies du sapin et de la cloche de gui. Cela risque de vous prendre un certain temps. N'oubliez surtout pas de dissimuler l'escabeau et d'éteindre toutes les lumières. C'est *essentiel*. Bien... Cette tâche accomplie, vous renverrez Nigel au magnétophone dans le hall. Nigel : à dix-neuf heures cinquante-cinq précises, vous monterez le volume : nous voulons une maison qui vibre de bas en haut du son des cloches... Et maintenant, Mervyn, soyez attentif ! Lorsque vous entendrez ce concert, vous ouvrirez les portes du salon. Je vous en supplie, veillez à ne pas égarer la clef.

— Je l'ai sur moi, monsieur.

— Parfait. Donc... Vous, Blore, vous irez à la bibliothèque annoncer à nos invités que le sapin les attend. N'ayez pas peur de donner de la voix. Allez-y de bon cœur.

— Oui, monsieur.

— Une fois le salon ouvert, vous vous précipiterez avec Mervyn à la porte-fenêtre. Vérifiez que le colonel se trouve dehors comme prévu. Vincent l'aura rejoint : il agitera sa lampe de poche pour signaler leur présence. Attendez là... Et ce sera le moment crucial, poursuivit Hilary, surexcité. Chacun ayant pris place — je me chargerai de les installer, avec l'aide de Mme Alleyn —, vous, Blore, ferez signe à Vincent... Vincent, soyez aux aguets : il ne faudra pas que l'on puisse apercevoir trop tôt le chariot.

Il se tourna vers Troy :

— Au signal, la sonorisation extérieure se mettra en marche : j'ai placé des haut-parleurs dehors. Blore, Mervyn, je vous en supplie, ne perdez pas la tête. Restez calmes. Le secret, pour la réussite de cette entreprise, est de savoir conserver son sang-froid. *Attendez* de reconnaître votre propre voix sur la bande, Blore, *attendez* la cascade finale de clochettes, et *alors seulement*, ouvrez la porte-fenêtre pour permettre au druide d'entrer. Vincent, je compte sur votre œil de lynx : vous devrez à tout prix freiner le zèle du colonel, au cas où il tenterait de presser son arrivée. À la toute dernière minute, vous l'aiderez à enlever ses gants : il est obligé de les porter car il souffre d'engelures. Assurez-vous aussi que les rênes du traîneau sont bien placées sur son épaule : il a la fâcheuse manie de s'y entortiller. Tranquillisez-le.

— Je ferai de mon mieux, monsieur. Mais il a tendance à montrer le blanc des yeux, si je peux dire, quand il entre dans le box de départ.

— Je sais. Je compte sur votre tact, Vincent. Miss Tottenham le conduira du vestiaire à la sortie, où vous prendrez la relève. Ensuite, ce sera à vous de jouer.

— Oui, monsieur, répondit-il sans conviction.

Hilary embrassa du regard sa troupe de choc.

— Je crois vous avoir tout dit. Je vous remercie de votre collaboration.

Il s'adressa à Troy.

— Allons prendre le thé : la table a été mise dans le boudoir. Une fois n'est pas coutume, nous nous servirons nous-mêmes. J'espère que vous mourez d'impatience...

— Ma foi, oui, je trépigne, acquiesça-t-elle, non sans étonnement.

— Vous ne serez pas déçue, je vous le promets. L'expérience de ce soir restera unique dans vos souvenirs.

— Je n'en doute pas un seul instant, répliqua-t-elle en riant.

4

Le sapin et le druide

La clameur joyeuse des carillons submergea la maison tout entière : on se serait cru à l'intérieur d'un beffroi. Nigel respectait avec un zèle tout particulier les instructions de son maître : il n'avait pas hésité à monter le son.

— Ding ! dang ! dong ! Ding ! dang ! dong ! hurla un garçonnet surexcité, illustrant son refrain de dandinements et de grimaces extravagants.

Autour de lui, des fillettes serviles lui crièrent leur admiration.

Tous les enfants s'étaient levés d'un bond, mais furent aussitôt rappelés à l'ordre par leurs parents, Hilary et Troy. Deux des papas, qui étaient surveillants à la prison de Vale, se mirent à arpenter la pièce de long en large, l'œil sévère, ce qui eut pour résultat presque immédiat de ramener un semblant de calme.

— Les cloches, les cloches, les cloches ! chantonnèrent les petits.

Blore apparut. Il contempla brièvement son public, prit son souffle, et aboya :

— Le sapin est prêt, monsieur.

Un silence religieux accueillit cette déclaration. Les cloches s'estompèrent dans le lointain. Toutes les pendules de la vaste demeure sonnèrent vingt heures, puis, après quelques secondes de répit, les cloches reprirent, tout doucement, sur l'air de St. Leon Dane.

— Venez, dit Hilary.

Les yeux écarquillés, la bouche en cœur, métamorphosés en anges, les enfants se donnèrent la main. Tous plus adorables les uns que les autres.

Contre toute attente, Hilary se mit à chanter. Il avait une belle voix d'alto, et tout le monde l'écouta.

Oranges et citrons, disent les cloches de
St. Leon.
Vous nous devez cinq sous, disent celles de
St. Loup.

Deux par deux, ils quittèrent la bibliothèque et traversèrent le vestibule éclairé seulement du feu des cheminées ; la double porte du salon était grande ouverte, et ils pénétrèrent dans le royaume magique que leur avait préparé Hilary.

Oui, vraiment, songea Troy, tout cela était un enchantement. Le tableau était d'une beauté à couper le souffle. Au bout de la salle, suspendu dans le noir, scintillait le sapin frémissant de flammes, d'étoiles et d'angelots dorés. C'était l'arbre le plus magnifique au monde.

Quand allez-vous payer, disent les cloches de
St. Bailey ?
Quand nous serons riches, disent celles de
Shoreditch.

Les enfants s'installèrent par terre, à la lueur des bougies. Leurs aînés, invités et domestiques, s'écartèrent vers le fond et se perdirent dans les ombres.

Troy se dit qu'oncle Flea allait bientôt faire sa grande entrée.

Hilary, se dressant devant ses petits spectateurs, leva les mains pour exiger un silence total : il l'obtint sans difficulté. De l'extérieur, dans la nuit, parvinrent des sons qui auraient pu être ceux de flûtes de Pan dans le vent du nord. De la musique électronique, pensa Troy. L'effet était saisissant de vérité, elle en avait presque la chair de poule. Mais par-dessus la mélodie se mêla une cacophonie de clochettes de traîneau. De plus en plus près, de plus en plus fort... Au-delà de l'arbre, personne ne voyait rien, cependant Hilary avait parfaitement mis au point son plan pour éveiller les imaginations. Suivirent les trépignements de sabots, les hennissements des rennes, les cris répétés : « Whoa ! Whoa ! Whoa ! »... Pas un instant Troy n'associa cette voix à celle de Blore.

La porte-fenêtre s'ouvrit.

Un souffle d'air froid fit frissonner le sapin ; les flammes des bougies vacillèrent, les ornements s'entrechoquèrent délicatement.

La porte-fenêtre se referma.

Et, de derrière l'arbre, tirant son chariot rempli de cadeaux, surgit le druide.

Ce mélange d'anachronismes, de traditions et d'idées farfelues était aussi curieux qu'effronté, songea Troy, mais la réussite était totale.

La tunique à larges manches du druide, rigide, était en lamé or. Ses cheveux dorés cascadaient autour de son visage, et sa barbe dorée s'étalait tel un éventail sur son torse. Une impressionnante couronne de gui ombrageait ses yeux, qui luisaient dans le noir. Le personnage n'avait rien de comique. Il était étrange, mystérieux. C'était un peu comme si le roi Lear s'était amusé à se transformer en Ole-Luk-Oie, le Roi des Rêves. Au son des flûtes et des trompettes, il parcourut trois fois le périmètre autour du sapin.

Puis il lâcha les rênes du chariot, leva les bras, les agita frénétiquement, plongea en une large révérence.

Malheureusement, il avait oublié d'ôter ses gants, de vulgaires gants tricotés.

— *Fred, tes gants, j'ai dit...*

Mais il avait déjà disparu. Il était reparti d'où il était venu. Après une nouvelle incursion d'air froid, la porte-fenêtre se referma, le bruit des clochettes s'estompa.

Tout était fini.

*
* *

Le joyeux tohu-bohu qui éclata alors parmi les enfants fut habilement maîtrisé par Hilary et Troy. Sur le couvercle de chaque carton était incrusté en paillettes le nom d'une famille ; les petits se divisèrent en groupes, cherchèrent, trouvèrent, s'exclamèrent...

Mervyn se tenait tout près de l'arbre, un extincteur à portée de main, et surveillait de près les bougies. Hilary signala à Nigel qu'il pouvait allumer la lampe près de la table où étaient posés les paquets destinés aux adultes. Troy se retrouva au côté de Mme Forrester.

— Il était magnifique, dit-elle. Vraiment superbe.

— Il a oublié ses gants. J'en étais sûre.

— C'est sans importance, je vous assure. Sans importance aucune.

— Fred y accordera de l'importance, lui, répliqua son épouse, avant d'ajouter après une brève hésitation : je vais aller le voir.

Du moins est-ce ce que Troy crut l'entendre dire. Le brouhaha était tel que même la voix de Mme Forrester était difficile à distinguer. Adultes et domestiques se concentraient maintenant sur leurs propres présents. Nigel avait entrepris de circuler avec des coupes de champagne. L'alcool parut à Troy particulièrement enivrant.

Cressida se frayait un chemin dans leur direction. À la demande de Hilary, elle portait la même tenue que la veille, dont la couleur s'harmonisait si merveilleusement avec le décor de la fête. Elle agita la main au-dessus des têtes pour attirer l'attention de Mme Forrester. Troy fut frappée par son attitude, moins nonchalante que de coutume. Elle observa les deux femmes se rejoignant dans la foule. Cressida baissa la tête, et le rideau de ses cheveux blonds masqua son regard, mais Mme Forrester était en pleine lumière. Troy la vit froncer les sourcils, pincer les lèvres, puis se précipiter vers la porte sans se soucier des gens qu'elle bousculait sur son passage. Cressida s'avança jusqu'à Troy.

— Comment était-il ? Je n'ai pas réussi à le voir !

— Superbe, assura Troy.

— Tant mieux. Vous avez remarqué, bien sûr ?

— Pardon ?

— Vous avez remarqué ? J'ai dit... Bonté divine ! Voilà que je me mets à parler comme tante Bed. Vous avez bien vu, non ?

— Vu quoi ?

— Moult.

— *Moult ?*

— Ne me dites pas que vous ne vous êtes rendu compte de rien ! s'écria Cressida. Vous qui êtes si vive !

— Je ne sais pas de quoi vous parlez.

— Ce n'était pas...

Un éclat de rire non loin de là noya la phrase suivante de Cressida, mais elle pencha son ravissant visage vers Troy pour hurler :

— C'était Moult. Le druide. Moult.

— *Moult !*

— Oncle Flea a eu une attaque. Moult l'a remplacé au pied levé.

— Seigneur ! Comment va-t-il ?

— Qui ?

— Oncle... Le colonel !

— Je ne l'ai pas vu. Tante B est montée le voir. Je suppose qu'il va mieux. Ce devait être l'émotion.

— Oh ! s'apitoya Troy. Quel dommage !

— Oui, je sais. Ainsi va la vie.

Nigel surgit devant elles avec des coupes de champagne.

— Buvez, ordonna Cressida, et prenez-en une autre avec moi. J'ai besoin d'un remontant. Je vous en prie !

Hilary vint remercier Troy de son cadeau, une aquarelle signée de sa main et représentant l'épouvantail, vu de la fenêtre de sa chambre. Il était visiblement très touché par son geste et se répandit en éloges. Pour finir, il conclut :

— Tout s'est déroulé à la perfection, n'est-ce pas ? Sauf pour les gants d'oncle Flea. Comment a-t-il pu les oublier ?

À l'unisson, Cressida et Troy lui révélèrent leur secret. Hilary parut fort contrarié.

— Oh, non ! Ce n'est pas possible ! *Moult !*

Puis, après quelques exclamations variées :

— Je dois dire qu'il s'est bien débrouillé. Mon Dieu, il faut absolument que je l'en remercie ! Où est-il ?

Le garçonnet surexcité vint se planter devant eux et souffla avec sa trompette en carton dans la figure de Hilary. Sifflets et tambours dominaient maintenant toutes les conversations.

— Venez, dit Hilary.

Prenant Cressida et Troy chacune par un bras, il les entraîna dans le hall et ferma derrière eux les portes du salon. Un somptueux dîner était en cours de préparation pour les enfants sur une longue table à tréteaux. Pitipiti, son assistant et quelques femmes venues uniquement pour la circonstance ajoutaient les touches finales au buffet.

— Ouf ! Le calme après la tempête, soupira Hilary, soulagé. Je monte voir oncle Flea. Cette histoire va le mettre dans tous ses états. Mais avant tout, Cressida, ma chérie, raconte-moi ce qui s'est passé.

— Je suis allée au vestiaire comme prévu, pour le maquiller. Moult était déjà là, tout habillé pour le rôle. Il semble qu'il soit allé chercher oncle Flea dans sa chambre, et qu'il l'ait trouvé en proie à une crise. Moult lui a donc donné ses médicaments, mais le colonel n'était pas assez robuste pour entrer en scène. Ils ont décidé ensemble que Moult prendrait sa place. Après tout, ce n'était pas compliqué, il avait suivi les répétitions, il savait de quoi il retournait. Aussi, lorsque oncle Flea fut calmé — il refusait d'avertir tante B —, Moult a-t-il revêtu la tunique et la perruque. Je lui ai mis la barbe et la couronne, et il est allé dans la cour rejoindre Vincent.

— C'est gentil de sa part.

— Il s'en est bien sorti, n'est-ce pas ? Je suis arrivée juste pour son entrée. Je le voyais assez mal, car j'étais trop loin, mais il m'a semblé qu'il exécutait tous les mouvements prévus. Lorsqu'il est ressorti, j'ai couru le retrouver au vestiaire et je l'ai aidé à se déshabiller. Il était pressé de revoir oncle Flea. Je lui ai dit que j'allais prévenir tante B. Ce que j'ai fait.

— C'est très gentil à toi, ma chérie. Tout le monde s'est comporté avec un sang-froid exemplaire. À présent, je cours au chevet de ce cher oncle Flea afin de le consoler.

Il se tourna vers Troy.

— Quelle histoire ! soupira-t-il. Écoutez, mes charmantes demoiselles, continuez d'être des anges et occupez-vous des enfants. Dites à Blore de se servir de sa belle voix pour les inviter à passer à table. Dès qu'ils seront installés, ces dames prendront la relève, tandis que Blore et son équipe nous attendront dans la salle à manger. Il sonnera le gong. Si je suis en retard, tant pis. Emmenez les adultes : j'ai prévu des cartes marques-places, mais en fait, tout cela est très décontracté. Demandez à Blore de servir sans tarder le champagne. À tout à l'heure ! acheva-t-il en gravissant au pas de course l'escalier et en agitant la main au-dessus de sa tête.

— Il ne manquait plus que cela, marmonna Cressida. Je suis éreintée ! Enfin ! Allons-y.

À elles deux, elles suivirent à la lettre les instructions du maître de maison, et, bientôt, toutes les grandes personnes furent assises autour de leur propre table. Troy découvrit qu'elle avait pour voisin celui-là même qu'elle avait rencontré au cours de sa promenade dans la lande, le major Marchbanks. Il s'extasia poliment de la chance qu'il avait.

— J'étais trop intimidé pour vous l'avouer l'autre jour, dit-il, mais je suis un fervent admirateur de vos œuvres. Je possède même l'un de vos tableaux : qui me l'a offert, selon vous ?

— Je n'en ai pas la moindre idée.

— Votre mari.

— Rory !

— Nous sommes de vieux amis. Et associés. Il me l'a donné à l'occasion de mon mariage : c'était bien longtemps avant le vôtre, si je ne m'abuse. Peut-être ne vous connaissait-il pas encore.

— J'ai complètement changé de style, depuis ce temps-là.

— Pour le mieux et non le pire, je suppose.

— J'ose l'espérer, répondit-elle, flattée.

M. Smith était à sa gauche. Il avait entendu parler de la noble intervention de Moult et en était fort intrigué. Troy le sentait, à son coude, se trémousser d'impatience. Il tenta à plusieurs reprises d'attirer son attention par des toussotements discrets, mais, en pleine conversation avec le major, elle choisit de les ignorer. Lorsqu'elle en eut enfin l'occasion, elle se tourna vers M. Smith. Les pouces sous les aisselles, la tête inclinée, il la dévisagea, puis d'un coup de menton lui intima l'ordre de se rapprocher.

— Hep !

Troy avait bu un certain nombre de coupes de champagne.

— Hep ! vous-même ! répliqua-t-elle.

— Cette histoire de Moult jouant les Nabuchodonosor en robe de chambre est à marquer d'une pierre blanche.

Troy le fixa, les yeux écarquillés.

— Vous avez sans doute raison.

— Où est-il passé ?

— Je crois qu'il est là-haut, auprès du colonel.

— En principe, il devrait être en train de distribuer les tartelettes de Noël à tous ces petits anges dans le vestibule.

— C'est possible, marmonna Troy en prenant encore une gorgée de champagne.

Hilary était revenu et s'était assis près de la dame à la gauche du major Marchbanks. Il paraissait fort perturbé.

— Comment se porte le colonel ? s'enquit M. Smith.

— Mieux, merci.

— C'est donc sa femme qui lui tient compagnie ?

— Oui.

Hilary ajouta quelques phrases appropriées pour souligner la déception de son oncle, puis fit signe à Blore de venir. Ce dernier se pencha vers lui avec toute sa rigidité de majordome. Aucun des domestiques ne paraissait gêné par cette invasion de geôliers serviteurs de Sa Majesté. Peut-être s'amusaient-ils de devoir jouer devant eux leurs nouveaux rôles.

Hilary murmura quelques mots à l'oreille de Blore, mais Blore, qui était de toute évidence incapable de la maîtriser, prit sa voix de stentor :

— Il n'est pas là, monsieur... Je n'en sais rien, monsieur. Voulez-vous que je me renseigne ?

— S'il vous plaît.

Blore indiqua, d'un geste plutôt majestueux, à Mervyn de quitter la salle.

— C'est bizarre, grommela M. Smith. Je me demande où Alf est parti se cacher.

— Comment savez-vous qu'ils parlaient de Moult ?

— Oui, c'est bizarre, répéta-t-il, songeur, en se balançant légèrement sur sa chaise, le regard posé sur Hilary.

Troy se dit qu'il ne lui manquait plus qu'un cure-dents pour compléter son personnage. Elle but une nouvelle gorgée de champagne.

— Dites-moi, monsieur Smith, pourquoi... ou plutôt, com...

Mais M. Smith ne prêtait aucune attention à Troy. Il avait les yeux rivés sur Mervyn, lequel était revenu et discutait avec Blore. Une fois de plus, Blore se pencha vers son employeur.

— Moult n'est pas à son poste comme prévu dans le hall, Monsieur.

— Pourquoi diable n'y est-il pas ? s'indigna Hilary.

— Je ne saurais vous le dire, monsieur. Il avait reçu des ordres. Des ordres très clairs.

— Très bien, alors, *retrouvez-le* ! Blore, Le colonel le demande. Mme Forrester refuse de laisser son mari tout seul. Allez-y, Blore ! Retrouvez-le. Allez-y vous-même.

Blore haussa les sourcils. Il exécuta un petit salut, pivota sur ses talons, apostropha Mervyn, appela d'un doigt Nigel qui s'empressa de lui emboîter le pas. Mervyn resta, désormais seul maître à bord.

Hilary regarda ses hôtes et se plaignit, en français et en riant, que, décidément, ses sujets le tyrannisaient. Troy songea qu'une fraction seulement des invités avaient dû le comprendre.

Elle s'adressa au major Marchbanks. Elle était à présent certaine qu'il serait infiniment plus raisonnable, dans la mesure où elle tenait à garder la tête sur les épaules, de ne plus boire une goutte de champagne. Elle contempla sévèrement sa coupe et découvrit que celle-ci était pleine. Cette miraculeuse coïncidence l'amusa au plus haut point, mais elle décida de s'en tenir à ses bonnes résolutions.

— Qui est Moult ? s'enquit le major.

Troy fut rassurée de constater qu'elle pouvait lui répondre de manière cohérente :

— C'est une fête extraordinaire, non ?

— Sensationnelle, pour ne pas dire surréaliste. Pensez donc : il y a quatre heures à peine, je dégustais le repas de Noël de la prison, et me voici avec trois de mes surveillants, buvant un champagne Bill-Tasman que me versent vous savez qui.

— L'un d'entre eux, Blore, je crois, était au pénitencier de Vale, n'est-ce pas ?

— Oui. C'est un ancien de chez nous. C'est moi qui l'ai recommandé. Avec tous les avertissements d'usage, bien entendu. À mon avis, il prend plaisir à nous démontrer ses talents de maître d'hôtel. C'était un grand professionnel.

— Il m'a servi un peu trop à boire, fit Troy.

Le major la dévisagea, puis éclata de rire :

— Vous voulez dire que vous êtes pompette ?

— Ce serait exagéré, répliqua-t-elle avec dignité.

— Vous me paraissez dans un état normal.

— Tant mieux.

Hilary intervint par-dessus les voisins qui le séparaient de Troy.

— C'est ennuyeux, pour Moult. Tante Bed ne veut pas bouger, s'il ne monte pas prendre la relève.

— Que peut-il bien fabriquer ?

— Sans doute célèbre-t-il son succès. À vos jolis yeux, madame, ajouta-t-il en levant son verre dans sa direction.

— Je propose d'aller remplacer un moment Mme Forrester. Je vous en prie...

— Je ne peux...

— Mais si, mais si. J'ai terminé cet exquis repas. Surtout ne bougez pas... Ne vous dérangez pas pour moi.

Elle se leva et s'esquiva avec une célérité qui l'enchanta : elle tenait encore debout.

Dans le vestibule, les enfants avaient fini eux aussi de manger et retournaient dans le salon. Ils y rassembleraient leurs cadeaux, et de là, regagneraient la bibliothèque où ils se prépareraient à partir. Pour eux, la fête prenait fin à une heure raisonnable.

Au pied de l'escalier, Troy se trouva nez à nez avec Blore.

— Avez-vous retrouvé Moult ?

— Non, madame, répondit-il en grimaçant. Je n'y comprends rien, madame. C'est très étrange.

— Je vais relever Mme Forrester.

— Elle vous en sera reconnaissante, j'en suis sûr, madame. Mais si je puis me permettre, je trouve dommage que vous soyez mise à contribution.

— Ne vous inquiétez pas pour moi.

— *Moult !*

Pour une fois, Blore s'était exprimé à voix basse, mais avec tant de haine que Troy en éprouva un choc. Elle continua de monter et, souffrant d'une légère migraine, s'arrêta d'abord dans sa chambre. Là, elle prit deux cachets d'aspirine, plaqua un gant de toilette humide sur sa nuque, ouvrit sa fenêtre, et exhala un soupir de soulagement.

Deux flocons de neige caressèrent sa joue : tels les doigts de la Fée de Glace, dans le conte d'Andersen. La lune s'était levée. Troy marqua une pause, le temps d'embrasser du regard le paysage obscur, puis elle ferma la fenêtre, tira les rideaux et alla retrouver les Forrester.

*

*   *

Parfaitement éveillé, le colonel était adossé dans son lit contre une montagne d'oreillers ; il avait le visage propret d'un petit malade hospitalisé dans la section des enfants. Devant le feu de cheminée, Mme Forrester tricotait furieusement.

— Je pensais que c'était Moult.

Troy expliqua les raisons de sa présence. Au début, elle crut que Mme Forrester allait refuser sans discuter sa proposition. Elle ne voulait pas manger, décréta-t-elle, et, de toute façon, quelqu'un pouvait lui apporter un plateau.

— Descends, B, je t'en prie, intervint son époux. Je vais bien. Ne te tracasse pas pour moi, ma chérie. Se morfondre à mon chevet ne servira à rien.

— Je ne crois pas un instant qu'ils l'aient cherché, j'ai dit...

— Parfait ! Dans ce cas, va le chercher toi-même ! Vas-y ! Va les secouer. Je suis certain que vous le retrouverez.

Cette ruse du colonel eut l'effet désiré : Mme Forrester fourra son tricot dans son sac magenta et se mit debout.

— C'est très gentil à vous ! vociféra-t-elle à l'intention de Troy. La poupée dorée de Hilary n'y aurait pas songé. Merci. Je ne serai pas longue.

Lorsqu'elle eut disparu, le colonel se mordit la lèvre inférieure, tassa les épaules, roula des yeux. Troy lui répondit par une grimace, et il gloussa.

— Ah ! Je n'aime pas que l'on s'affole ainsi autour de moi. Et vous ?

— Moi ? J'aime assez. Vous sentez-vous mieux ? Vraiment ?

— Vraiment. Et je *commence* à me remettre de ma déception. Vous avouerez comme moi que c'est enrageant.

— Absolument.

— J'en étais sûr. Mais je suis heureux que Moult ait su me remplacer au pied levé.

— Quand avez-vous décidé de le laisser faire ?

— Oh ! À la toute dernière minute. J'étais dans le dressing, je revêtais ma tunique. Je me suis pris dedans, comme cela arrive parfois, vous savez, un bras en l'air, la bouche pleine de tissu... J'ai paniqué, et j'ai eu une crise. Une mauvaise crise. Il fallait agir vite. J'ai donc ordonné à Moult de prendre ma place, et il s'est exécuté, poursuivit le colonel comme il aurait décrit une bataille militaire. Il m'a ramené ici, il m'a couché, puis il est reparti mettre le costume. Et voilà... Qu'avez-vous pensé de sa performance ?

— Remarquable. Mais ce qui m'intrigue, c'est qu'il ne soit pas revenu depuis.

— Oui, c'est bizarre. Il aurait dû remonter immédiatement. Un mauvais point pour lui.

Le colonel, se redressant, fronça les sourcils.

— Peut-être est-il entré directement dans le dressing pour se déshabiller ? Ne peut-on y accéder par une porte donnant sur le corridor ?

— C'est exact, mais quand bien même, il aurait dû me faire son rapport. C'est inexcusable.

— Cela vous ennuie-t-il que je vérifie si la tunique est à sa place ?

— Du tout, du tout, du tout...

Mais il n'y avait aucune tunique dorée dans le dressing, et tout, dans la minuscule pièce, semblait parfaitement en ordre. Hilary l'avait décorée dans l'esprit de Bleak House : papier peint à petits motifs, meubles de style victorien, lourdes tentures de velours rouge accrochées par de gros anneaux de cuivre. Elle inspecta placards et tiroirs, en vain. Sous le divan, elle découvrit une valise métallique dont le couvercle portait, en lettres blanches, l'inscription « Col F F Forrester ». Se remémorant les explications de Hilary quant à leurs manies de voyageurs, elle se dit que celle-ci devait contenir leurs objets de valeur.

Au loin, une portière claqua. Troy crut percevoir un murmure de voix.

Elle écarta légèrement les rideaux ; d'autres portières claquèrent, des moteurs se mirent en marche. Les invités partaient. Les faisceaux des phares balayaient l'étendue de neige au-devant, les gens s'interpellaient, les klaxons résonnaient.

Troy se détourna et alla rejoindre le colonel.

— Elle n'est pas là-bas. Il a dû la laisser dans le vestiaire, en bas. Je poserai la question à Cressida : elle doit le savoir, puisque c'est elle qui l'a débarrassé de sa barbe.

— En tout cas, je suis furieux contre lui, marmonna le colonel, somnolent. Je vais devoir lui apprendre la discipline.

— S'est-il présenté devant vous ? Déguisé ? Avant de descendre ?

— Hein ? Heu... Oui, mais... À vrai dire, après ma crise, je me suis endormi. Cela m'arrive... après mes crises, je suis terriblement las.

Et, comme pour mieux le prouver, il sombra dans un sommeil profond, gonflant et dégonflant les joues et émettant de petits gémissements de bébé.

Tout était silencieux. La dernière voiture s'était éloignée, et Troy imagina que les habitants de la maison s'étaient rassemblés devant l'âtre dans le salon pour se féliciter de cette merveilleuse soirée. À moins qu'ils n'aient organisé une partie de chasse-à-Moult ? Peut-être l'avaient-ils débusqué dans un coin, assommé par un trop-plein d'alcool ?

Le colonel était perdu dans ses rêves, et la jeune femme pensa que sa présence auprès de lui n'était plus vraiment nécessaire. Elle éteignit toutes les lampes sauf celle de la table de chevet et sortit.

Dans le vestibule se tenait une sorte de conférence au sommet. Hilary s'adressait à son personnel tout entier rassemblé. Mme Forrester était à ses côtés. M. Smith, qui fumait un cigare, se tenait un peu à l'écart du groupe, élément perturbateur rôdant avant l'attaque. Cressida, visiblement épuisée, était écroulée sur une chaise, bras et jambes pendants.

— Tout ce que j'ai à vous dire, poursuivit Hilary, c'est qu'il faut le *trouver*. Il ne peut être loin, et il faut le *trouver*. Je sais que vous êtes surchargés de travail, je suis navré de vous ennuyer avec ça, c'est absurde, mais c'est ainsi. Peut-être avez-vous des suggestions ? Je suis tout ouïe.

De la marche sur laquelle elle s'était immobilisée, Troy contempla le public de Hilary. Blore, Mervyn, Nigel, Vincent. Pitipiti, son assistant. Juste derrière, les intermittents, hommes et femmes, venus seulement pour la soirée. De ces derniers, il n'y avait rien à dire sinon qu'ils paraissaient las et perplexes.

L'impression était tout autre, en revanche, pour ce qui était des membres permanents de l'équipe. Troy était convaincue de ne se laisser entraîner ni par sa folle imagination, ni par ses préjugés : d'une manière assez indéfinissable, ils semblaient s'être renfermés sur eux-mêmes, et ce, par peur. Tous arboraient un masque d'impassibilité totale. Mais n'étaient-ils pas inhabituellement pâles ? Ils regardaient droit devant eux, comme s'ils étaient au garde-à-vous.

— Alors ? Blore... Vous êtes le chef. Avez-vous une idée ?

— Je crains que non, monsieur. Nous avons, si je puis me permettre de le souligner, effectué une fouille approfondie des lieux. Très approfondie, Monsieur.

— Qui l'a vu pour la dernière fois ? glapit Mme Forrester.

— Oui. Très bien. Excellente question, tante Bed, bredouilla Hilary, apparemment bouleversé.

Le silence se prolongea, puis Cressida prit la parole :

— Je vous l'ai déjà dit, il me semble ! Quand il est sorti après son numéro de druide, je suis retournée comme prévu l'attendre dans le vestiaire. Il est entré, je lui ai enlevé la tunique, la perruque et la couronne. Il m'a annoncé qu'il allait faire son rapport au colonel, et moi, je vous ai rejoints dans le salon.

— En le laissant là ? s'exclamèrent à l'unisson Hilary et Mme Forrester.

— Pour l'amour du ciel, oui, je le répète ! En le laissant là.

Personne ne prêtait attention à Troy. Elle s'assit en se demandant ce que penserait son époux de ces débats.

— Bien. Oui. Très bien. Très bien, bégaya ce pauvre Hilary. Jusque-là, nous suivons. Continuons. Ma chérie, tu es ensuite venue ici dans le hall, n'est-ce pas ? Tu l'as traversé pour regagner le salon.

— Je ne me suis pas amusée à sortir contourner la maison pour entrer par la fenêtre.

— Non, bien sûr. Ha ! Ha ! Ha ! Heu... Voyons... les dames chargées de surveiller le dîner des enfants étaient là, je crois ?

Hilary jeta un coup d'œil suppliant dans leur direction.

— Il y avait aussi Pitip... Cooke, et tous ses assistants ?

— C'est exact, confirma Cressida. Ils étaient très affairés.

Elle ferma les yeux.

— Quelques-uns d'entre vous se rappellent-ils avoir aperçu Miss Tottenham lors de son passage dans le hall ?

Pitipiti s'indigna :

— Monsieur, comme l'a si bien fait remarquer Miss Tottenham, nous étions très occupés autour de la table, dressée au fond de la salle. En ce qui me concerne, je n'ai rien vu, j'avais d'autres soucis. Cependant, monsieur, je me souviens d'avoir entendu une remarque.

— Ah ? questionna Hilary, en observant à la dérobée Cressida qui ne daigna pas soulever ses paupières.

— Je lui ai demandé si ses maudits chats étaient enfermés, murmura-t-elle.

— Ah, je vois.

Mme Forrester ajusta ses épaisses lunettes sur le bout de son nez pour mieux examiner Cressida.

— Ce que j'aimerais savoir, s'empressa de poursuivre Hilary, c'est si l'un d'entre vous aurait par hasard aperçu Moult au moment où il quittait le vestiaire. Après Miss Tottenham. Il aurait dû la suivre de peu, emprunter l'escalier de droite pour aller se présenter devant le colonel, puis redescendre s'occuper des enfants.

L'allusion de Hilary à l'escalier provoqua dans l'assemblée un mouvement général : tous se tournèrent, et furent surpris d'y découvrir soudain la présence de Troy. Mme Forrester s'affola :

— S'est-il... ?

— Il va bien, la rassura précipitamment Troy. Il dort.

Apparemment, personne n'avait vu Moult sortir du vestiaire. Pitipiti ajouta que le hall était vaste et sombre, et que tous s'étaient concentrés sur les tâches à accomplir. Lorsqu'il leur fut demandé s'ils ne s'étaient pas interrogés sur le fait que Moult ne revenait pas prendre son service comme il en avait reçu l'ordre, Blore répliqua d'un ton agressif que cela ne les avait en rien étonnés.

— Pourquoi ? aboya Mme Forrester.

Pitipiti minauda, Blore se réfugia dans le mutisme. L'une des femmes ricana. M. Smith retira de sa bouche son cigare.

— Il était noir ? lança-t-il à la cantonade, et, ne recevant aucune réponse, il précisa : ce que je veux dire, c'est... n'avait-il pas bu un ou deux verres pour fêter son triomphe ?

— Justement, intervint Cressida. Il était mort de trac à l'idée de jouer ce rôle. C'était ridicule, vraiment, car il n'avait pas de texte. Il n'avait qu'à tourner trois fois autour du sapin, lever les bras et repartir. Mais il était terriblement tendu. Et quand je lui ai collé la barbe, son haleine empestait le whisky.

— Nous y voilà ! fit M. Smith.

— Tante Bed, Moult cède-t-il parfois... ?

— De temps en temps, concéda-t-elle.

— Je crois qu'il avait son flacon sur lui, expliqua Cressida. Je ne peux pas l'affirmer, mais il s'est... tapoté. Vous comprenez ?

— Il portait déjà sa tunique, lorsque tu es entrée le maquiller, non ?

— Exactement. Il l'avait revêtue en haut, m'a-t-il raconté, pour qu'oncle Flea puisse le voir.

— Mais il ne l'a pas vu, car il s'était endormi, déclara Troy.

— Moult n'a rien dit à ce sujet. Remarquez, je ne suis restée avec lui que quelques instants. Fixer une barbe n'a rien de compliqué : deux ou trois gouttes de colle, et le tour était joué. Mais j'insiste, il était très nerveux : il tremblait comme une feuille.

— Vincent ! s'écria soudain Hilary.

L'intéressé sursauta violemment.

— Pourquoi n'y ai-je pas pensé plus tôt ? Vincent, vous avez vu Moult, dehors, lorsqu'il a quitté le salon, non ? Après son numéro ?

Vincent acquiesça d'une voix inaudible.

— Et alors ? Vous a-t-il dit quelque chose ? A-t-il eu une réaction quelconque ? Allons, Vincent ! Parlez !

Mais non. Vincent n'avait même pas reconnu Moult, derrière sa barbe de druide. Ce dernier avait surgi dans le froid après sa prestation et, se recroquevillant pour affronter le vent, avait couru vers l'entrée de la maison. Vincent l'avait vu pénétrer dans le vestiaire.

— Ce qui ne nous avance nullement, dénonça Mme Forrester d'un air entendu.

— Franchement, Illy, vous faites trop d'histoires ! intervint Bert Smith. Alf Moult cuve son vin.

— Où ? glapit Mme Forrester.

— Où, où, où ? est-ce que j'en sais quelque chose, moi ? Où vous voulez. N'importe où. Les cachettes ne manquent pas, ici ! Tiens : avez-vous pensé à inspecter la chapelle, par exemple ?

— Mon cher oncle Bert, il ne...

— Et toutes ces écuries et cabanes, au fond du parc ! Y êtes-vous allés ?

— Alors ?... s'enquit Hilary auprès de son personnel.

— Je suis passée dans la chapelle, annonça Mme Forrester.

— Quelqu'un est-il sorti ? Avez-vous inspecté les buanderies, les écuries et le reste ?

Apparemment, personne n'y avait songé, et Vincent fut aussitôt délégué à la tâche.

— S'il dort là-bas, l'entendit grommeler Troy, il aura gelé sur place !

— Et le dernier étage ? Les greniers ? demanda M. Smith.

— Non, Monsieur, nous y sommes allés, répondit Blore, s'adressant exclusivement à son maître.

Troy eut l'impression que les domestiques détestaient tout autant M. Smith qu'Alf Moult.

Un lourd silence suivit, obstiné chez les uns, hébété chez les autres. Tous étaient épuisés. Hilary finit par libérer ses assassins, non sans les avoir remerciés et félicités de leur comportement exemplaire tout au long de la soirée. Il espérait vivement que leur association se poursuivrait avec autant de succès l'année suivante.

Les intermittents purent rentrer chez eux, tandis que les invités se retranchaient dans le boudoir, seule pièce habitable de la demeure, selon Hilary.

C'est là, après de longues et douloureuses tergiversations, que tout le monde, sauf Troy qui avait horreur de l'alcool, décida d'accepter un petit digestif. Hilary prépara deux grogs pour les Forrester, que tante Bed voulait monter dans sa chambre.

— Si ton oncle s'est réveillé, il en voudra un. Sinon...

— Sinon, vous les achèverez tous les deux, tante Bed.

— Et pourquoi pas ? Bonne nuit, madame Alleyn. Merci de votre gentillesse. Bonne nuit, Hilary. Bonne nuit, Smith.

Elle dévisagea attentivement Cressida.

— Bonne nuit.

— Qu'est-ce que je lui ai fait ? s'affola la jeune femme, lorsque l'épouse du colonel eut disparu. Ta famille est impossible, honnêtement !

— Ma chérie, tu connais tante Bed. Il suffit d'en rire.

— Ha ! ha ! ha ! Un peu plus, et elle m'accusera d'avoir saoulé Moult et de l'avoir enfermé dans un placard... A propos, a-t-on fouillé les placards ?

— Voyons, mon ange, que fabriquerait-il dans un placard ? Tu en parles comme d'un cadavre ! s'exclama Hilary, blêmissant d'un seul coup.

— Je sais qu'on ne me demande pas mon avis, cependant j'avoue que vous me paraissez vous mettre dans tous vos états pour trois fois rien, décréta M. Smith. Il n'y a pas de quoi devenir insomniaque. Alf Moult est assez grand pour savoir ce qu'il a à faire. Et maintenant, je vous salue bien bas. Jolie soirée, Illy. Les traditionalistes n'auraient peut-être pas apprécié cet amalgame de druide, de clochettes, de crèche et d'anges, mais les enfants étaient en-chan-tés ! Bonne nuit à tous.

Lorsqu'il fut parti, Hilary s'adressa à Troy.

— Voyez ce que je vous disais au sujet d'oncle Bert : c'est un puriste. A sa façon.

— En effet.

— Je le trouve extraordinaire, dit Cressida. Je veux dire... il est sain à la base.

Hilary parut légèrement agacé, mais, soudain, Cressida rit aux éclats et alla se pendre à son cou. Il se figea. Elle lui chuchota quelques mots à l'oreille ; tous deux eurent un petit rire. Troy jugea que le moment était venu pour elle de se retirer.

A la porte, elle se retourna à demi en se demandant si elle lancerait un « bonne nuit » à la cantonade. Sans lâcher Cressida, Hilary releva la tête pour gratifier son invitée d'honneur d'un clin d'œil ostensible.

Sur son chemin, elle découvrit que le vestibule était déjà presque entièrement débarrassé. Des voix lui parvinrent du salon : Hilary avait tout le plaisir d'organiser la fête, sans en subir les désagréments... ses assassins s'en chargeaient.

Elle atteignit sa chambre, où brûlait un joyeux feu de cheminée. Son lit était prêt, chemise, peignoir et chaussons l'attendaient sagement. Quand Nigel avait-il trouvé le temps de veiller à ces détails ?

Elle accrocha sa robe dans l'armoire et entendit qu'au loin, les Forrester bavardaient tranquillement. Elle alla se coucher, mais se trouva trop agitée pour dormir. Les événements se succédaient à vive allure, depuis quelques jours. Les messages anonymes. Le piège, la dispute des domestiques dans leur salle de repos. Les crises d'oncle Flea. Moult jouant le rôle de druide. Moult disparaissant... Existait-il un lien quelconque entre tous ces éléments ? Qu'en penserait Rory ? Brusquement, Troy eut la sensation qu'il prendrait le tout très au sérieux.

Comme chez beaucoup de couples heureux, Troy et son époux, lorsqu'ils se trouvaient séparés géographiquement, éprouvaient par moments une sensation intense de complicité par la pensée. Elle fut rassurée : peut-être aurait-elle des nouvelles le lendemain.

Minuit sonna. Quelques minutes plus tard, Cressida longea le corridor en chantonnant « Les cloches de St. Leon ».

Troy bâilla. La chambre était surchauffée. Elle se leva pour entrouvrir sa fenêtre. Le vent du nord s'était levé, il poussait sauvagement les nuages dans le ciel. La lune, très haute, projetait l'ombre du manoir sur l'étendue de neige immaculée. Mais le paysage n'était pas complètement désert : car voilà qu'apparaissait, au détour de la maison, Vincent. Il poussait devant lui sa brouette, où gisait la dépouille du sapin de Noël. Il s'avança jusque sous la fenêtre du dressing des Forrester, puis fut englouti par la nuit. Troy entendit le bruissement de l'arbre glissant à terre parmi les détritus de la serre en ruine.

Frissonnante, à bout de forces, Troy revint dans son lit et s'endormit.

5

Alleyn

Troy fut réveillée le lendemain matin par Nigel, qui attisait le feu de sa cheminée. Il avait placé comme de coutume son thé matinal sur la table de chevet.

Elle n'eut pas le courage de lui adresser tout de suite la parole, mais, lorsqu'il tira les rideaux de sa fenêtre, elle se sentit obligée de lui souhaiter le bonjour.

Il marqua une pause, cligna des paupières, lui rendit sa politesse.

— Il neige encore ? s'enquit-elle.

— Comme ci, comme ça, madame. Il y a eu de la pluie verglaçante cette nuit, qui s'est ensuite transformée en neige.

— Moult a-t-il reparu ?

— Je ne le crois pas, madame.

— Comme c'est curieux !

— Très, madame. Est-ce tout, madame ?

— Oui, merci.

— Je vous en prie, madame.

Comme tout cela sonnait faux ! Cette façon de s'exprimer n'était pas la sienne : sans doute avait-il parlé tout autrement, à l'époque où il fabriquait des chevaux de bois ou des personnages de cire. Alors qu'il s'apprêtait à sortir, elle l'arrêta :

— Je trouve que vous avez merveilleusement réussi votre catafalque.

Nigel se figea.

— Merci.

— Je suis impressionnée par votre souci de la précision et du détail : le matériau n'était pourtant pas facile à manier.

— La neige était glacée.

— Tout de même... Avez-vous déjà travaillé la pierre ?

— Tout ce que je fabriquais sortait de moules. Mais j'ai toujours pris plaisir à sculpter.

— Cela ne m'étonne pas.

— Merci, répéta-t-il.

Il la regarda droit dans les yeux, puis disparut.

Troy prit un bain, s'habilla, et s'offrit comme chaque matin quelques minutes de contemplation du paysage. La neige avait tout recouvert, et les arbres avaient des allures de sapins de fête. Quelqu'un avait redressé l'épouvantail, à moins qu'il ne se fût remis tout seul d'aplomb, au gré d'une bourrasque. Il paraissait, si cela était possible, plus humain encore qu'auparavant. De nombreux oiseaux s'y perchaient.

Hilary et M. Smith étaient déjà attablés lorsque Troy arriva dans la salle à manger. Le maître de maison ne perdit pas une seconde : il attaqua sans préambule le sujet qui le préoccupait.

— Toujours pas de Moult ! La plaisanterie a assez duré. Oncle Bert en convient avec moi, n'est-ce pas, oncle Bert ?

— Oui, c'est très étrange. Voire même inquiétant, étant donné les circonstances.

— Quelles circonstances ?

— Pose-toi la question.

— C'est à vous que je la pose.

Mervyn entra avec une assiette de toasts chauds.

— *Pas devant les domestiques**, minauda M. Smith. Mervyn se retira.

— Pourquoi pas devant eux ? demanda Hilary, agacé.

— Sers-toi de tes méninges, mon garçon.

— Je ne comprends rien à vos mystères, oncle Bert.

— Ah non ? Dommage !

— Oh, la barbe ! explosa Hilary en se tournant vers Troy. Il n'est nulle part, ni dans la maison ni dans les autres bâtiments. S'il s'est aventuré dans le domaine, il n'a pas quitté l'allée ni les sentiers balayés, puisque aucune trace de pas n'est visible sur la neige.

— A-t-il pu s'endormir sur la banquette arrière d'une voiture et être emmené sans que personne ne s'en rende compte ?

— A cette heure-ci, il doit s'être réveillé et annoncé, vous ne croyez pas ?

— Ce n'est pourtant pas une mauvaise idée, marmonna Smith. Imaginons qu'il soit monté à l'arrière d'une familiale appartenant à l'un des surveillants de Vale et qu'il ait repris connaissance derrière les barreaux ? Ce serait une sacrée surprise, non ?

— Trop drôle, ironisa Hilary. Bien ! Que faire maintenant ? Je n'en sais rien. Les Forrester commencent à me poser de sérieux problèmes : je suis passé leur dire bonjour, tout à l'heure. Tante Bed essaie d'aider oncle Flea, mais elle fait tout de travers. Qui plus est, elle est folle de rage, parce qu'elle ne peut pas ranger ses bijoux.

— Pourquoi ?

— Il semble qu'elle les mette dans une valise métallique, dissimulée sous le divan de leur dressing.

— Oui, je sais : je l'ai vue.

---

* En français dans le texte (*N.d.T.*).

— C'est Moult qui a la clé.

— Ils sont cinglés, déclara M. Smith. Vraiment siphonnés. Enfin, réfléchissez : elle trimbale tous ses trésors avec elle dans une boîte à gâteaux, dont elle confie la clé à un fantôme ! Non, franchement, c'est...

— D'accord, d'accord, oncle Bert. Nous savons tous que les Forrester sont un peu farfelus. Le problème n'est pas là. Ce que nous avons à décider, c'est...

La porte s'ouvrit en grand, et Mme Forrester entra, blême de colère. Elle était vêtue de son uniforme matinal habituel : jupe Harris en tweed, chemisier, trois cardigans superposés en un camaïeu de gris. Un assortiment de broches de bric et de broc ornait cet ensemble. Autour du cou, elle arborait un somptueux collier victorien, élément vedette de sa toilette de la veille. L'attirail était complété par une incroyable collection de bagues et de bracelets, ainsi qu'une montre suspendue à un nœud en diamants et émeraudes. Elle scintillait (la comparaison était inévitable) comme un sapin de Noël.

— Regardez-moi ! exigea-t-elle.

— Oh ! Mais nous vous regardons, tante B, répondit Hilary. Et nous sommes stupéfaits.

— Vous pouvez l'être. Vu la situation, Hilary, je me sens obligée de porter sur moi tous mes joyaux.

— Vous ne crouliez pas sous toute cette pacotille, hier soir, madame F ! intervint M. Smith.

— En effet : j'avais fait tout sortir, afin d'effectuer mon choix. Les pièces rejetées auraient dû être remises à leur place. Par Moult. Elles ne l'ont pas été, je préfère donc les garder sur moi. Mais ce n'est pas ce qui me tracasse ! Hilary !

— Tante Bed ?

— Quelqu'un a tenté de forcer notre coffre.

— Mon Dieu ! Que voulez-vous dire ?

— J'en ai la preuve. Un instrument, un tisonnier semble-t-il, a été introduit dans la boucle du cadenas.

— Il ne manquait plus que cela ! soupira Hilary en se cachant le visage dans les mains.

— Je n'ai rien dit à ton oncle : je ne tiens pas à le contrarier. Quelles mesures te proposes-tu de prendre ?

— Moi ? Que voulez-vous que je fasse ? Pourquoi... pourquoi cachez-vous cette boîte sous le divan du dressing ?

— Parce qu'elle ne tient pas sous notre lit, lequel est ridiculement bas.

— Alors, où en sommes-nous ? questionna M. Smith. Alf Moult aurait-il essayé de vous voler et, prenant peur devant son échec, se serait-il enfui ?

— Emportant avec lui la clé dans sa poche ? vociféra Mme Forrester. Vous n'êtes pas bien réveillé, ce matin, Smith.

— C'était une plaisanterie.

— Ha ! Je ris !

Blore entra.

— Le téléphone, monsieur, pour Mme Alleyn.

— Pour moi ? De Londres ?

— Oui, madame. C'est M. Alleyn, madame.

— Oh, c'est merveilleux ! s'écria-t-elle malgré elle. S'étant confondue en excuses, elle se rua vers l'appareil.

*

* *

— ...nous avons donc bouclé l'affaire par quarante degrés à l'ombre, et me voici. Joyeux Noël, ma chérie. Quand te verrai-je ?

— Bientôt, bientôt. Le portrait est terminé, je crois. Je n'en suis pas tout à fait certaine.

— Quand tu as des doutes, mieux vaut t'arrêter, non ?

— J'en ai bien envie. Mais il y a une petite chose...

— Troy ? Qu'est-ce qui ne va pas ?

— Heu... Ce n'est pas moi, c'est... ici.

— Tu sembles sur tes gardes : ne peux-tu en parler ?

— Ce n'est peut-être pas très prudent.

— Je vois. Bien... Quand, alors ?

— Je... Rory, ne quitte pas, veux-tu ?

— Je suis là.

Hilary était entré sur la pointe des pieds. Elle ne l'avait pas vu tout de suite, mais, à présent, il agitait les bras et grimaçait affreusement.

— S'il vous plaît... Vous permettez ?

— Je vous en prie.

— Je viens d'avoir une idée : ce n'est pas drôle pour Alleyn de rester tout seul dans une maison vide au moment des fêtes. Je vous en supplie, invitez-le à vous rejoindre ici. Je serais enchanté de le connaître. Peut-être même pourrait-il nous donner quelques conseils en ce qui concerne notre affaire. A moins que cela n'aille à l'encontre du protocole ? Mais... Voulez-vous... ?

— Je pense que...

— Non, non, surtout pas ! Le mieux est de ne pas penser du tout. Invitez-le.

Troy transmit à son époux le message. Il parla tout bas.

— Est-ce ce que tu souhaites ou préfères-tu rentrer ? Je sens qu'il y a eu un problème. Prends une voix naturelle, ma chérie, et réponds-moi. Veux-tu que je vienne ? C'est possible. Je suis disponible.

— C'est possible ? Tu es disponible ?

— Oui. Alors ?

— Je... je n'en sais rien, bredouilla-t-elle, puis elle rit ; oui, viens.

— Quand partirais-tu, si je ne venais pas ?

— Je n'en sais rien, répondit-elle d'un ton qu'elle espérait taquin.

— Que me caches-tu ? Enfin ! Il semble que tu ne puisses m'en dire davantage.

Hilary avait recommencé à gesticuler, mais plus modestement. Il se désigna du doigt et mima « puis-je ? ».

— Hilary veut te parler.

— Passe-le-moi. A moins que ce ne soit déjà fait ?

— Le voici. Rory, je te présente Hilary Bill-Tasman.

Elle lui tendit le combiné. Hilary s'exprima avec beaucoup de subtilité : il se montra gentil, sans être trop insistant, mais sans non plus vraiment laisser à son interlocuteur le choix d'un éventuel refus. Sans doute se servait-il de ces techniques pour traiter ses affaires, songea Troy. Elle imaginait, à l'autre bout du fil, le sourcil haussé de son mari.

— Vous êtes libre, n'est-ce pas ? disait maintenant Hilary. Pourquoi ne pas venir ? Le portrait sera votre récompense : il est superbe. C'est oui ? J'en suis enchanté. Bien, pour le train, vous avez juste le temps...

Lorsque tout fut organisé, il se tourna, radieux, vers Troy, et lui rendit l'appareil.

— Félicitez-moi !

Et il disparut, agitant comme de coutume une main au-dessus de sa tête.

— C'est de nouveau moi, fit Troy.

— Tant mieux.

— Je viens te chercher à la gare.

— Trop aimable.

— Je suis si contente de te revoir !

— C'est réciproque.

— A plus tard.

Quand Hilary annonça que Vincent revêtirait son uniforme de chauffeur pour l'accompagner en ville, Troy répliqua qu'elle irait volontiers toute seule. Cette proposition parut lui convenir tout à fait, et elle crut comprendre qu'une inspection approfondie du parc était prévue, tâche pour laquelle l'aide de Vincent pouvait se révéler précieuse.

— J'ai peu d'espoir, mais il faut essayer, murmura Hilary.

Sitôt après le déjeuner, Troy monta se préparer pour partir. Attirée par des bruits sous sa fenêtre, elle s'y précipita.

Vincent et trois autres hommes fouillaient vaguement parmi les glaces brisées et la végétation sauvage de la serre en ruine. A l'aide de fourches et de bêches, ils poussaient et rejetaient les détritus.

— C'est absurde, marmonna Troy.

Hilary l'attendait dans le vestibule pour la saluer et l'escorter jusqu'à la voiture. Il la dévisagea longuement :

— Vous avez le regard de quelqu'un à qui l'on vient d'offrir un cadeau merveilleux.

— C'est exactement ce que je ressens.

Il la fixa avec une telle intensité et si longtemps qu'elle se sentit obligée de reprendre la parole :

— Qu'y a-t-il ?

— Rien, je suppose. Du moins, je l'espère. Je m'interrogeais... Enfin ! Faites attention au verglas. Ce n'est pas le moment de vous amuser à rater les virages. Bonne route !

Il la regarda démarrer, tourna les talons et rentra d'un pas vif dans la maison.

Au cours de ses promenades à pied, Troy avait toujours emprunté les sentiers menant à la lande, le « pays au-delà de l'épouvantail », se plaisait-elle à l'appeler. Aujourd'hui, elle longeait une allée interminable qui s'élargirait bientôt en avenue. Les conducteurs des bulldozers ne travaillaient pas pendant les fêtes. Leur monticule et le lit de leur lac étaient recouverts de neige. Les engins paraissaient sombres et menaçants, sous leurs bâches. Un peu plus loin s'élevait un bosquet d'arbres ayant visiblement appartenu au domaine d'origine, puis des prés se succédaient en pente douce, s'écartant des collines pour rejoindre une campagne plus humaine. Parvenue au grand portail, Troy traversa un pont surplombant un ruisseau, dont Hilary se servirait plus tard pour alimenter un jardin sur l'eau.

Un parcours d'une vingtaine de kilomètres la mena à destination. Le soleil de cette fin d'après-midi continuait de briller courageusement, et une atmosphère bon enfant régnait dans la petite ville de Downlow. Troy suivit la rue principale jusqu'à la gare, arrêta son véhicule et alla sur le quai. Là, parmi les affiches et les odeurs de colle et de désinfectant, elle se sentit revivre ; Halberds était loin.

Elle était en avance, aussi arpenta-t-elle le quai, d'une part pour se réchauffer, d'autre part pour tenter de calmer son impatience. Toutes sortes d'idées étranges lui venaient à l'esprit. Elle se demanda, par exemple, si, dans une dizaine d'années, Cressida trépignerait ainsi d'excitation après avoir été séparée trois semaines de son mari. Cressida était-elle amoureuse de Hilary ? Tenait-elle absolument à devenir la maîtresse du manoir de Halberds ? Mais peut-être les jeunes époux passeraient-ils le plus clair de leur temps dans leur appartement de S.W.1, lequel devait être magnifique. Emmèneraient-ils avec eux quelques-uns de leurs assassins pour les servir ? Soudain, Troy éprouva envers Cressida un sentiment de malaise mêlé de pitié.

Le signal d'alarme rugit. Un portier et deux autres personnes apparurent, tandis que retentissait le sifflet strident du train de Londres.

*

* *

— Si cela m'ennuie ? Bien sûr que non ! fit Alleyn. Je craignais d'avoir à traîner tout seul à la maison en attendant ton retour, et nous voilà au contraire réunis, à bord d'une voiture qui ne nous appartient pas et traversant un paysage digne d'un conte de Noël. Que demander de plus ?

— Je ne me plains de rien.

— J'aimerais pourtant que tu m'expliques ce qui se passe chez Bill-Tasman. Ce matin, au téléphone, tu semblais très perturbée.

— Oui, heu... Je te conseille de t'installer bien confortablement, car tu vas avoir du mal à me croire.

— J'ai entendu parler de l'expérience que tente Bill-Tasman avec les assassins. D'après ta lettre, j'ai cru comprendre que c'était un succès.

— C'était au début. Il y a une semaine. Je ne t'ai plus écrit ensuite, car je n'en ai pas eu le temps. Donc, voici ce qu'il en est...

Troy en était au tiers de son récit, lorsque son mari l'interrompit :

— Tu es bien certaine de ne pas inventer cette histoire au fur et à mesure ?

— Je t'assure que je n'ai rien exagéré. Qu'est-ce qui te paraît le plus aberrant ?

— Je suis abasourdi par l'ensemble, mais j'avoue être plus particulièrement rebuté par tante Bed. Je ne sais pas pourquoi. Elle donne l'impression de s'être créé de toutes pièces son personnage de farfelue.

— Cette théorie s'accorderait davantage à M. Smith.

— Ah oui, M. Smith. Je le connais, celui-là. La société Bill-Tasman et Smith tient les toutes premières places du commerce d'antiquités, non seulement en Grande-Bretagne, mais aussi en Europe. Le casier de M. Smith est blanc comme neige. Il nous est déjà arrivé, de temps à autre, de solliciter leur avis sur des questions de fraude, de vols d'objets d'art et de faux. Il est parti de rien, mais il avait du flair, et, grâce à l'aide de Bill-Tasman Senior, il a su gravir tous les échelons jusqu'au sommet. C'est une histoire assez banale, ma chérie, bien que l'exemple y soit poussé à l'extrême. Poursuivons.

Troy accéléra et reprit sa narration. Ils atteignirent le panneau indiquant la direction de Vale, et gravirent les premières pentes de la lande. La campagne était recouverte d'un tapis de neige.

Alleyn s'était réfugié dans un silence songeur, qu'il ne brisait de temps en temps que pour poser une brève question. Troy en était aux messages anonymes et au piège, quand elle s'exclama subitement :

— Tu vois ces volutes de fumée, au-delà des arbres ? Nous y sommes presque. C'est le domaine de Halberds.

— Peux-tu garer la voiture ? J'aimerais que tu finisses ton exposé tranquillement.

— Bien.

Elle se rangea sur le bas-côté et arrêta le moteur. Le ciel s'était assombri, le brouillard surgissait des creux, embuant le pare-brise.

— Tu dois mourir de froid, après le plein été de Sydney.

— J'ai trois pulls et mon thermolactyl. Continue, mon amour.

Dix minutes plus tard, Troy concluait :

— Et voilà ! Quand je suis partie tout à l'heure, Vincent et quelques hommes martelaient les débris de la serre à coups de fourche et de bêche.

— Bill-Tasman a-t-il prévenu la police locale ?

— Je ne le crois pas.

— Il a eu tort.

— Je pense qu'il voulait avoir ton avis d'abord.

— Mon avis, c'est qu'il doit appeler la police. Que peut-il faire d'autre, pour l'amour du ciel ? Comment est-il, ce Bill-Tasman ? Au téléphone, je lui ai trouvé un ton un peu précieux.

— Il a des airs de beau dromadaire. C'est un bon sujet pour un portrait.

— Si tu l'affirmes, ma chérie...

— Il est intelligent, maniéré, et très charmant.

— Je vois. Et ce Moult ? Tu m'as dit qu'il buvait ?

— Selon tante Bed, cela lui arrive de temps en temps.

— C'est Jim Marchbanks qui dirige le pénitencier de Vale.

— Ah, oui ! J'ai oublié de te préciser que nous sommes devenus copains, tous les deux.

— Vraiment ? Il est adorable, non ?

Ils demeurèrent silencieux quelques secondes, puis Alleyn décréta que le nez de son épouse était aussi glacé qu'une cerise surgelée, mais moins rouge. Après une nouvelle pause, elle annonça qu'il était temps de rentrer.

Blore et Mervyn vinrent à leur rencontre. Tous deux parurent à Troy particulièrement moroses, mais leur comportement était irréprochable. Mervyn, qui s'était emparé de la valise d'Alleyn, les conduisit au dressing attenant à la salle de bains de Troy.

— M. Bill-Tasman est dans le boudoir, madame, dit Mervyn, le dos tourné à Alleyn.

Il jeta un coup d'œil plutôt affolé à la jeune femme et s'éclipsa.

— Ce type ne s'appelle-t-il pas Cox ?

— Je n'en sais rien.

— Mervyn Cox. Piège. Il a tué Warty Thompson, le cambrioleur. C'est bien lui.

— Est-ce toi qui... ?

— Non. C'est Fox qui était chargé de cette affaire. Je m'en souviens à l'instant.

— Je suis certaine qu'il n'est pour rien dans l'incident dont j'ai été victime.

— Tu as probablement raison. Soupçonnes-tu quelqu'un d'autre ?

— Non. À moins que...

— À moins que ?

— Ce serait tellement tiré par les cheveux... Mais il semble qu'il y ait eu une querelle entre Moult et les membres du personnel.

— Moult aurait-il pu imaginer ces subterfuges, piège et lettres anonymes, pour confondre ses ennemis ? Par pure méchanceté ?

— Le hic, c'est que je ne lui ai pas trouvé l'air spécialement méchant.

— Non ?

— De toute évidence, il vénère le colonel.

— Et comment est-il, physiquement ?

— Heu... assez affreux, le pauvre. Son visage est barré de cicatrices. Des brûlures, m'a-t-il semblé.

— Viens ici près de moi.

— Je pense qu'il est temps pour moi de te présenter Hilary.

— Qu'il aille au diable !... Bon. Tu as sans doute raison.

Troy comprit tout de suite à leur arrivée dans le boudoir, d'après l'expression de Hilary, qu'un événement grave était venu s'ajouter à tous les précédents. Il accueillit Alleyn avec un enthousiasme fervent. Il se répandit en compliments sur le portrait — qu'ils admireraient dans un moment, assura-t-il —, et s'extasia sur les qualités de Troy, laquelle évita soigneusement le regard de son époux. Il se félicita ensuite de ces heureuses circonstances qui ramenaient Alleyn des antipodes plus tôt que prévu. Et pour finir, s'efforçant sans succès d'adopter un air décontracté, il demanda à Troy si elle avait fait part à son mari de leur « petite affaire ». Elle lui répondit par l'affirmative.

— Non mais vraiment, quelle histoire ! J'ai horreur des énigmes, pas vous ? Sans doute pas, puisque vous passez votre vie à les résoudre.

— Y a-t-il du nouveau ? s'enquit Troy.

— Oui, justement. J'allais vous en parler. Je... Je n'ai encore rien dit : je préférais...

Cressida entra, et Hilary se précipita sur elle comme s'ils ne s'étaient pas vus depuis huit jours. Elle le dévisagea, ahurie. Ayant été présentée à Alleyn, elle s'accorda environ deux secondes pour le considérer de bas en haut. Puis, le jugeant apte, elle attaqua sa campagne de séduction, laquelle durerait jusqu'à la fin de leur séjour au manoir de Halberds.

Troy fut bien obligée de convenir que Cressida agissait avec une subtilité remarquable. Sa méthode était tout en nuances : écoute attentive, ébauche d'un sourire entendu, coup d'œil rare mais étudié, frôlements de mains parfaitement accidentels, notamment lorsqu'elle se faisait allumer sa cigarette.

Troy se demanda si elle était toujours ainsi en présence d'un homme séduisant, ou si elle avait eu pour Alleyn un irrésistible coup de foudre. Hilary était-il sensible à ces manifestations ? Non, Hilary avait d'autres préoccupations, et son agitation s'accrut lorsque Mme Forrester fit irruption dans la pièce.

À sa façon, la femme du colonel attaqua elle aussi une campagne de séduction envers Alleyn, mais sa technique était fort différente. Elle attendit à peine de lui avoir été présentée.

— Je suis contente que vous soyez là. Il était temps que vous veniez à notre rescousse. Nous allons enfin savoir où nous en sommes.

— Tante Bed, nous ne pouvons...

— Voyons, Hilary, ne dis pas de bêtises ! Pourquoi l'as-tu invité ?... Évidemment, ajouta-t-elle après réflexion, il doit être heureux de revoir son épouse.

— Très, confirma Alleyn.

— On le serait à moins ! s'écria ardemment Hilary.

Décidément, il ne se montrait pas sous son meilleur jour, songea Troy.

— Alors ? insista Mme Forrester en haussant un sourcil.

Hilary intervint. Retrouvant un semblant d'autorité, il proposa à son hôte un tête-à-tête dans son bureau. Comme sa tante cherchait à s'interposer, il lui ordonna de se taire et, prenant Alleyn par le coude, le propulsa hors de la pièce.

— Ma chérie ! s'exclama Cressida avant que la porte ne fût fermée. Votre mari est... je veux dire... et je suis sincère... Il est extra !

Le bureau jouxtait le boudoir. Hilary s'affaira, alluma les lampes, proposa à Alleyn une tasse de thé ou un verre.

— C'est une heure à laquelle on ne sait jamais de quoi l'on a envie. Êtes-vous sûr de ne rien vouloir ?

— Oui, répliqua Alleyn. Ainsi, vous voulez que nous parlions de votre affaire. Troy m'a tout raconté. À mon avis, vous devriez prévenir la police.

— C'est ce qu'elle pensait que vous me répondriez. Mais je préférais vous consulter auparavant. J'espère que cela ne vous ennuie pas ?

— Pas du tout. Cependant, si je ne me trompe, il s'est écoulé vingt-quatre heures depuis la disparition : je vous conseille vivement de prendre les choses en main. Peut-être vaudrait-il mieux vous adresser directement au commissaire du comté. Le connaissez-vous ?

— Oui. Il est on ne peut plus antipathique. Odieux pour mon personnel. C'est impossible.

— Bien. Quel est le commissariat le plus proche ? Celui de Downlow ?

— Je crois que oui.

— N'est-ce pas là que sévit un type sensationnel, un dénommé Wrayburn ?

— Je... J'avais pensé prendre contact avec le major Marchbanks. Vous savez, le directeur de la prison.

— Il vous donnera les mêmes conseils que moi.

— Oh ! s'exclama Hilary. Je suis persuadé que vous avez raison, mais cela m'ennuie tellement. Vous ne pouvez pas comprendre, bien sûr, mais les domestiques... cela ne leur plaira pas non plus. Des policiers envahissant la maison, posant des questions, fouillant partout... Ça va les perturber terriblement.

— Je crains qu'ils ne soient obligés de le supporter.

— Oh, la barbe ! gémit Hilary avec une moue d'enfant gâté. Bien. Je vous prie de m'excuser, Alleyn, je suis désagréable.

— Téléphonez à Wrayburn et finissez-en. Après tout, il se peut que Moult soit allé jusqu'à la route et se soit fait conduire au commissariat le plus proche. A-t-on vérifié si son manteau et son portefeuille sont dans sa chambre ?

— Oui. C'est votre femme qui a eu l'idée de le vérifier. Il ne manquait rien.

— Bon ! Appelez Wrayburn.

Hilary le contempla longuement, poussa un profond soupir, s'assit derrière son bureau et entreprit de feuilleter son répertoire.

Alleyn se dirigea vers la fenêtre. Au-delà de son image, qui se reflétait dans le carreau, il pouvait distinguer une masse informe de verre brisé, de détritus, de mauvaises herbes piétinées et un jeune sapin. Troy lui avait montré la vue de leur chambre, et il se rendit compte que c'était le conifère dont il avait déjà aperçu le sommet, à hauteur de la fenêtre du dressing des Forrester. C'était à peu près par là qu'aux alentours de minuit Troy avait vu Vincent se débarrasser de l'arbre de Noël. C'est à cet endroit aussi que Vincent et ses acolytes avaient fouillé au moment où Troy s'apprêtait à partir pour Downlow. Alleyn se prit le visage entre les deux mains pour mieux observer la nuit. Il repéra le sapin déchu, auquel s'accrochait encore un lambeau de guirlande dorée.

Hilary avait obtenu sa communication. Le dos tourné à Alleyn, il fit sa déposition auprès du commissaire Wrayburn de la police de Downlow. Son récit était plutôt cohérent, constata Alleyn. Combien de fois avait-il lui-même été contacté par des personnes comme Hilary, mais dont les explications étaient incompréhensibles ?

À présent, il abordait les détails. Les noms. Les heures. Une description. Apparemment, M. Wrayburn prenait des notes.

— Je vous en suis très reconnaissant, dit Hilary. Ah ! Une précision, commissaire, j'ai ici près de moi...

— Et c'est reparti pour un tour, marmonna Alleyn entre ses dents.

Tournant son fauteuil vers lui, Hilary grimaça.

— Oui, oui. En fait, c'est sur ses conseils que je vous ai appelé. Oui, il est là. Voulez-vous lui dire un mot ? Je vous en prie.

Il tendit l'appareil à son invité de marque.

— Allô ? Monsieur Wrayburn ?

— Êtes-vous bien l'inspecteur principal Alleyn ?

— En personne.

— Tiens, tiens ! À quand remonte notre dernière rencontre ? C'était en 65, il me semble.

— Exactement. Comment allez-vous, Jack ?

— J'aurais tort de me plaindre. Si j'ai bien compris, vous avez des ennuis par chez vous ?

— Il semble que oui.

— Que faites-vous là ?

— Je suis là par hasard.

— Et vous estimez que nous devrions venir jeter un coup d'œil ?

— Cela vaudrait mieux, en effet.

— La vie est dure, trop dure ! Moi qui comptais passer des fêtes tranquilles ! Tu parles ! Une église cambriolée, un incendie criminel, trois accidents mortels, la moitié de mes hommes au fond de leur lit avec la grippe. Et maintenant... Mais vous, vous tenez bon, n'est-ce pas ?

— Alors, Jack, vous venez ?

— Oui.

— Tant mieux. Ah, Jack ! Prévoyez un ratissage.

— Merci pour le renseignement. Terminé !

Alleyn raccrocha. Pivotant sur lui-même, il découvrit Hilary qui le contemplait par-dessus ses mains croisées.

— Voilà, c'est fait, constata Hilary.

— C'est plus prudent.

— Vous ne me demandez rien. Vous ne me posez aucune question. Rien.

— Ce n'est pas mon affaire.

— Vous parlez comme un médecin ! s'indigna Hilary.

— Ah ?

— L'étiquette. Le protocole.

— Nous avons les nôtres.

— C'eût été tellement plus plaisant, j'étais décidé à... je... je...

— Écoutez, trancha Alleyn, si vous avez la moindre information, je vous en supplie, transmettez-la à Wrayburn. Tout à l'heure, dans le boudoir, vous disiez qu'il y avait eu du nouveau.

— Je sais. Mais Cressida est entrée.

— Bien. Surtout n'oubliez pas d'en parler à Wrayburn. Si c'est sans importance, il n'en adviendra rien.

— Attendez ! s'écria Hilary. Attendez !

D'un geste, il invita Alleyn à s'asseoir ; lorsque ce fut fait, il alla verrouiller la porte et tirer les rideaux, puis il revint vers son bureau et s'agenouilla.

— C'est un meuble magnifique, le complimenta Alleyn. Un Hepplewhite ?

— Oui. Il était impeccable. Je n'ai pas eu à y toucher.

Hilary avait extirpé de sa poche une clé. Il l'enfonça dans une serrure et la tourna. Alleyn entendit un petit déclic. Observant l'inspecteur à la dérobée, Hilary enroula un mouchoir autour de sa main, puis tâtonna devant lui durant quelques secondes. Enfin, il s'assit sur ses talons.

— Regardez.

Sur le tapis, aux pieds d'Alleyn, il déposa un paquet. Alleyn se pencha en avant, et Hilary écarta les feuilles de papier journal, révélant un court tisonnier muni d'un manche sculpté.

Alleyn l'examina.

— Oui ? Où l'avez-vous trouvé ?

— C'est ce qui m'a troublé, avoua Hilary, puis, d'un coup de menton, il désigna la fenêtre. Il était là-bas. À l'endroit où vous regardiez, pendant mon coup de téléphone. Dans le sapin.

— Le sapin de Noël ?

— Non, le jeune sapin. Dedans. À plat sur les branchages. Pris par son manche.

— De quand date cette découverte ?

— Cet après-midi. J'étais ici et je me demandais si je devais ou non contacter le major Marchbanks ou la police, tout en répugnant à appeler quiconque à cause des domestiques. Vous le comprenez aisément. Je me suis approché de la fenêtre, sans but précis, et, tout d'un coup, j'ai aperçu dans l'arbre un objet qui accrochait la lumière. Je n'ai pas compris tout de suite de quoi il s'agissait. J'ai ouvert, je me suis incliné, et, pour finir, j'ai passé un pied par-dessus le rebord pour m'en emparer. Je n'ai malheureusement pas pensé à ce moment-là aux empreintes digitales.

Alleyn n'avait pas bougé.

— Le reconnaissez-vous ? Savez-vous d'où il provient ?

— Évidemment ! C'est moi qui l'ai acheté. Il appartient à un ensemble. Irlandais, fin du XVIIIe.

— Où est le reste ?

— Dans le dressing d'oncle Flea.

— Je vois.

— En êtes-vous sûr ? Troy vous a-t-elle parlé de la valise métallique des Forrester ?

— Mme Forrester prétend que quelqu'un a tenté de forcer le cadenas, n'est-ce pas ?

— Exactement ! Avec un tisonnier ! Elle a parlé d'un tisonnier ! Enfin, elle a dit : « un tisonnier, semble-t-il ». Et ce ne pouvait être Moult, puisque Moult, croyez-le ou non, avait une clé. Pourquoi se serait-il servi d'un tisonnier ?

— En effet.

— Et regardez ces marques foncées, au bout. Regardez bien. Ne serait-ce pas de la laque noire ? La valise est laquée noir.

— Auriez-vous une loupe, par hasard ?

— Bien sûr que j'ai une loupe ! répliqua Hilary d'un ton agressif. Dans mon métier, c'est un instrument essentiel. Tenez. Une seconde...

Il en trouva une dans le bureau et la tendit à Alleyn.

Elle n'était pas très puissante, mais elle permit de voir au bout du tisonnier une tache sombre striée d'égratignures : un dépôt légèrement visqueux auquel avait adhéré une aiguille de conifère. Alleyn approfondit son examen.

— Alors ? s'enquit Hilary.

— Avez-vous observé cet instrument de près ?

— Non : je m'attendais à tout instant à voir surgir tante Bed. C'est une championne des entrées tapageuses. Elle voulait me harceler, une fois de plus, et je ne tenais pas à amplifier sa colère en lui montrant ceci. Je l'ai donc enveloppé et dissimulé. Juste à temps, d'ailleurs. Elle a fait irruption ici, toute hérissée de fureur.

— Mais vous aviez tout de même examiné ces marques ?

— Oui. Vaguement.

— Ce n'est pas de la laque.

— Non ?

— Je crains que non.

— Vous craignez ? C'est-à-dire ?

— Tenez !

Alleyn donna la loupe à Hilary, qui le dévisagea, puis se mit à genoux devant le papier froissé et son trophée.

— Ce n'est pas ce que vous aviez imaginé, n'est-ce pas ? Concentrez-vous. Le dépôt est gluant, une aiguille de conifère s'y est collée. Et au-dessous — M. Wrayburn préférera sans doute que vous n'y touchiez pas —, il y a un fil doré. Le voyez-vous ?

— Oui, oui... Je crois que oui.

— Dites-moi, questionna Alleyn, quelle était la couleur de la perruque du druide ?

*

* *

— Je vais te dire ce que je pense de tout cela, confia Alleyn à son épouse. Cette affaire prend des allures qui ne me plaisent pas du tout, et je ne veux pas que tu y sois mêlée. Tu sais ce qui s'est passé la dernière fois.

— Si ton intention est de m'envoyer dans un pub de Downlow, je proteste.

— Mon intention est de nous ramener tous les deux à Londres.

— Avant que la police locale ne pense à solliciter tes services ?

— Exactement.

— C'est un peu tard, non ? Où est M. Wrayburn ?

— Dans le bureau, je suppose. J'y ai laissé Bill-Tasman en contemplation devant son tisonnier en lui disant qu'il avait tout intérêt à rencontrer seul le commissaire. L'idée ne l'enchantait guère, mais tant pis !

— Pauvre Hilary !

— Oui, pauvre Hilary. Sa tour d'ivoire est secouée d'un drôle de tremblement de terre.

— Que penses-tu de lui, Roy ?

— Je n'en sais rien. Je lui en veux d'agir sottement, mais... au fond, en d'autres circonstances, je l'aurais sans doute trouvé fort sympathique. Pourquoi ?

— Il est étrange. Quand je le peignais, toutes sortes de pensées saugrenues me traversaient l'esprit.

— Par exemple ?

— Oh... J'avais des visions de dromadaires, de faunes et d'autres créatures.

— A quoi ressemble le portrait ?

— Au début, au dromadaire, mais il semble qu'en chemin, le faune s'y soit immiscé.

— Dans ce cas, il semble avoir rencontré sa nymphe.

— Elle t'a littéralement sauté dans les bras !

— Si je décelais chez toi le moindre soupçon de jalousie, ma chérie, je serais fier comme un coq.

— Nous ferions mieux de nous préparer. Hilary nous attend. L'apéritif est servi à dix-neuf heures. Tu feras ainsi la connaissance de M. Smith et des Forrester.

— Je meurs d'impatience !

On frappa à leur porte.

C'était Nigel, les yeux baissés, venu présenter les compliments de Monsieur à M. Alleyn et lui demander de bien vouloir rejoindre Monsieur dans le bureau.

— Dans cinq minutes, répondit Alleyn.

Nigel disparut.

— Lequel était-ce ? voulut-il savoir.

— Celui de la femme scandaleuse.

— Je m'en doutais.

Il se changea en un éclair, embrassa sa femme et descendit.

Le commissaire Wrayburn était blond, grand, plutôt osseux. Ses traits les plus remarquables consistaient en une paire de sourcils dignes d'un scotch-terrier pure race, et un teint criblé de taches de rousseur.

Alleyn le trouva en grande discussion avec Hilary. Le tisonnier, remballé, gisait sur le bureau. Le maître de maison avait devant lui un porto, M. Wrayburn avait préféré une généreuse portion de whisky. Alleyn en conclut qu'il ne savait pas encore à quoi il devait s'en tenir. Wrayburn, visiblement soulagé de voir son collègue, se félicita d'une telle coïncidence.

Hilary se lança dans des explications compliquées : l'apéritif serait servi aux invités de la maison à dix-neuf heures dans le salon ; mais peut-être pourraient-ils rejoindre les autres un peu plus tard, et profiter de cet intermède pour... M. Alleyn boirait sans doute volontiers quelque chose ?

— Oui, merci. Je ne suis pas en service, moi, ajouta-t-il d'un ton léger.

M. Wrayburn s'empourpra.

— Heu, moi non plus. Du moins pas encore. Enfin, je l'espère.

Hilary annonça que le commissaire, retenu à Downlow, venait à peine d'arriver. Il avait souffert du froid sur la route et avait besoin de se réchauffer. La neige tombait de nouveau. Quant à lui, Hilary, il s'apprêtait justement à raconter à M. Wrayburn leur « mésaventure ». Il hésita nettement en prononçant ce mot.

— Bien sûr, acquiesça Alleyn.

M. Wrayburn sortit son carnet de notes, et, en guise d'introduction, Hilary narra l'épisode du remplacement au pied levé de Moult dans le rôle de druide.

— Le vestiaire où il s'est changé est situé à droite, lorsqu'on entre dans la maison, à l'angle du hall et du salon. Ce qui était très pratique. On peut y accéder du hall, ou directement du porche, où l'on laisse ainsi ses bottes sales. C'est le meilleur moyen d'éviter les traces de boue sur les sols.

— Bien sûr, approuva M. Wrayburn. Donc, quand a-t-il été vu pour la dernière fois ?

— Au moment où, s'étant débarrassé avec l'aide de Miss Tottenham de son costume et de son grimage, il a quitté le vestiaire avec l'intention avouée de monter faire son rapport au colonel.

— Est-il sorti par la porte donnant sur le hall, monsieur ?

— C'est vraisemblable : pourquoi serait-il passé par l'extérieur ?

— Pourquoi, en effet ? Et personne ne l'a vu monter ?

— Non. Mais cela n'a rien d'étonnant : ils s'affairaient tous autour du buffet des enfants, et j'avais donné l'ordre que la seule lumière fût celle des bougies. Comme vous avez pu le constater, il y a deux escaliers. Celui qui se trouve juste en face de la porte du vestiaire est à l'opposé de l'endroit où était placée la table. Les domestiques n'avaient aucune raison de remarquer Moult s'il n'attirait pas sur lui leur attention. En fait, Moult...

Hilary eut un moment d'hésitation, puis reprit précipitamment :

— En fait, Moult aurait dû participer avec eux à ces préparatifs. Mais nous avions compté sans le malaise du colonel.

— Je comprends parfaitement. Que trouve-t-on dans ce vestiaire, monsieur ? Manteaux, imperméables, parapluies, bottes en caoutchouc ?

« Bravo, Jack ! », songea Alleyn.

— Oui, oui. Vous vous demandez si...

— Nous devons envisager toutes les hypothèses, n'est-ce pas, monsieur Bill-Tasman ?

— Bien sûr, bien sûr. Bien sûr.

— Mais vous n'avez aucune raison d'imaginer que Moult aurait pu, pardonnez-moi l'expression, sauter le mur ?

— Non, non. Aucune. D'ailleurs...

Hilary jeta un coup d'œil affolé en direction d'Alleyn.

— Vous n'avez pas entendu la suite.

Il décrivit l'épisode de la valise métallique, épisode qui surprit manifestement M. Wrayburn, puis, en guise de coup de théâtre, produisit le tisonnier.

Alleyn avait attendu avec impatience ce moment. Il fut amusé par le changement d'attitude de M. Wrayburn, qui se raidit soudain, sur le pied de guerre. Il porta son regard de Hilary à l'objet exhibé sur le bureau. La loupe était à portée de main.

— Vous permettez ?

Le commissaire s'en empara d'un geste cérémonieux, examina longuement la pièce à conviction, puis se tourna vers Alleyn.

— Je suppose que vous l'avez déjà vu ?

Alleyn opina du chef.

Hilary poursuivit son récit, tandis que M. Wrayburn, se dirigeant vers la fenêtre, prenait des notes. Il semblait souhaiter une intervention d'Alleyn, et dut être déçu par son silence.

Leur tournant le dos, Hilary feignit d'attiser le feu, mais le contact de son propre tisonnier dut lui déplaire, et il s'arrêta aussitôt.

Wrayburn prononça quelques « oui » neutres, puis reconnut que l'affaire prenait effectivement une tournure inquiétante. Ayant promis de faire ce qu'il pourrait, il demanda à Hilary de lui procurer un carton, afin d'y ranger leur principal indice. Hilary voulut appeler un domestique, mais Wrayburn l'en dissuada. Le maître de maison fouilla donc son bureau en quête d'un emballage adéquat, qu'il finit par débusquer sous la forme d'une boîte contenant des cartes routières. M. Wrayburn s'adressa ensuite à l'inspecteur principal : celui-ci aurait-il l'amabilité de le conduire au vestiaire ? Hilary protesta, déclarant qu'il s'en chargerait lui-même, puis se tut et haussa les épaules.

— J'ai compris, soupira-t-il. Comme vous voudrez.

Alleyn suivit le commissaire jusqu'à la porte.

— Commissaire Wrayburn !

— Monsieur ?

— Je suis certain que vous allez parler à mon personnel.

— J'allais simplement poser quelques questions de pure routine... Il me faut les noms de vos invités et de vos domestiques. Ce sont des formalités obligatoires, monsieur.

— C'est possible. Parfait ! Tous les renseignements nécessaires vous seront fournis. Mais je tiens à vous le préciser tout de suite : quoi qu'il arrive, et quelle que soit votre théorie au sujet de cette disparition, en aucun cas je ne tolérerai que mes hommes soient tracassés. Sur ce point, je serai intransigeant.

— Voilà qui est dit avec fermeté, fit Wrayburn.

— J'insiste.

6

La tempête se lève

— C'est une bien belle demeure, remarqua le commissaire Wrayburn.

Ils s'attardèrent un instant dans le hall désert. De superbes branchages de sapin étaient restés accrochés à la balustrade de la galerie. Deux énormes feux brûlaient dans les cheminées.

— Oui, reprit Wrayburn, c'est même une demeure très impressionnante. Regardez.

Il désigna près de l'entrée, encadré, un plan des lieux.

— Très pratique, observa-t-il.

Ils l'étudièrent un moment puis, le dos tourné à l'imposante porte d'entrée, tentèrent de « s'imprégner de l'atmosphère générale », comme le dit Wrayburn. À leur gauche, un corridor desservait la bibliothèque, la salle du petit déjeuner, le bureau, et tout au bout, la chapelle ; cet ensemble composait l'aile est. À leur droite se succédaient salon, salle à manger, office et, au nord-ouest, la cuisine. Au fond du vestibule, entre les escaliers jumeaux qui grimpaient en courbe à l'étage, deux portes matelassées, dont une battante, s'ouvraient sur un couloir : là se trouvaient les quartiers des domestiques, ainsi que divers offices, dont la salle des fleurs.

— Et ce vestiaire ? demanda Wrayburn. J'aimerais y jeter un coup d'œil avant de poursuivre.

— Pourquoi pas ? Tenez, nous y sommes.

Comme l'avait expliqué Hilary, le vestiaire était doté de deux portes, l'une donnant sur le salon, l'autre sur l'extérieur.

— D'après le plan, intervint Alleyn, il doit y avoir une pièce de forme identique de l'autre côté. La maison est symétrique.

— Ainsi, murmura Wrayburn, songeur, il aurait dû, en sortant, se diriger vers l'escalier de droite et le gravir jusqu'à la mezzanine.

— Pour rejoindre ensuite le corridor est menant à l'aile réservée aux invités. Où il se serait volatilisé ?...

— C'est une hypothèse. Allons-y !

Ils entrèrent dans le vestiaire et fermèrent la porte derrière eux. Serrés côte à côte, ils restèrent prudemment sur le seuil.

Alleyn eut la sensation d'être transporté d'un seul coup dans les coulisses d'un théâtre ; dans cette loge de fortune dominait un parfum de crème pour le visage et de colle à faux cils. Ils examinèrent l'étagère recouverte d'une serviette sur laquelle trônait une glace. D'un côté de cette tablette, soigneusement étalées en éventail, gisaient la barbe dorée et les moustaches du druide. La perruque, coiffée de sa couronne de gui, avait été posée sur l'abat-jour d'une petite lampe.

Une paire de gants de laine traînait non loin de là.

Chaussures, bottes en caoutchouc et cannes-sièges avaient été repoussées afin de libérer une place pour l'ample tunique. Près de la porte s'ouvrant sur le porche, il y avait un minuscule lavabo. La pièce était glaciale.

Sous la table de maquillage, parfaitement rangée, ils virent une paire de bottes fourrées, dont les traces en provenance du dehors étaient encore visibles.

— Mieux vaudrait ne pas s'en approcher, dit Alleyn.

De la place où il se tenait, il se pencha vers la tablette, poussa la lampe, et, sans toucher à la perruque, il la retourna. Celle-ci avait été saupoudrée, comme la barbe, de poussière d'or. Mais à un endroit, là où les longs cheveux auraient dû cacher la nuque, il y avait une marque sombre.

Wrayburn la montra du doigt.

— C'est mouillé. Ce pourrait être de la neige, non ? Il est sorti dans la neige, il me semble. Mais le reste, acheva-t-il en tâtant la couronne, le reste est à peine humide.

Alleyn attira l'attention du commissaire sur le carton qu'il serrait sous son bras.

— Avez-vous bien observé cet objet ? demanda-t-il.

— Mais oui ! s'exclama Wrayburn, répondant ainsi à la question que ne lui posait pas Alleyn. Vous avez parfaitement raison ! Voilà qui change tout ! Il me semble que nous avons sur les bras une affaire sérieuse.

— En effet.

— Bien, soupira Wrayburn en haussant les épaules et en redressant le menton. Il va donc falloir revoir notre approche, n'est-ce pas ?

Il plaça son paquet sur l'étagère avec tout le respect dû à une précieuse porcelaine.

— Il va falloir faire des analyses, bien entendu, et des comparaisons. Je vais devoir en référer au Yard. Mais auparavant, je voudrais...

Il jeta un coup d'œil en direction d'Alleyn, tout en extirpant de sa poche une petite règle métallique, qu'il inséra sous la chevelure dorée pour la soulever.

— Regardez. C'est mouillé, évidemment, mais de quoi s'agit-il, selon vous ?

— Difficile à dire.

— Je vais donc...

Wrayburn ne prit pas la peine de finir sa phrase. Saisissant une mèche, il en isola un cheveu entre le pouce et l'index, et tira. La perruque bascula, et la couronne tomba. Wrayburn émit un juron.

— C'est solide ! constata Alleyn.

Il remit la perruque d'aplomb, et Wrayburn, enroulant cette fois le cheveu autour de sa règle, tira de nouveau. Alleyn lui offrit une enveloppe, dans laquelle il glissa son précieux indice avant de l'empocher.

— Examinons la tunique, proposa Alleyn.

Il s'empara du cintre et le fit tourner lentement. Une fermeture Éclair dans le dos séparait en deux le col montant, lequel était lui aussi souillé et effiloché.

— Flûte ! s'exclama Wrayburn. Nous allons devoir condamner ce vestiaire.

— Oui.

— Regardez ! Qu'est-ce que c'est que ça ? Il est évident que le cheveu du tisonnier vient de là, et il n'y a plus guère de doute au sujet du dépôt visqueux : c'est bien du sang. Mais sur la perruque ? Et sur le col ? Ce n'en est pas. Donc ?... Donc, ils ont été nettoyés. Avec quoi ? De l'eau ? Ont-ils été simplement essuyés, ou rincés ? Quand ? Et où ?

— Le train est en marche, Jack.

— Cela a dû se passer ici, quand la jeune fille l'a quitté. À moins que... à moins que ce soit *elle*, et qu'elle l'ait laissé déjà refroidi, auquel cas, qui s'est débarrassé du corps ? Pas elle ! Heu... ou alors ?...

— L'avez-vous rencontrée ?

— Non.

— Elle ne me paraît pas femme à traîner des cadavres.

— Bon. Revenons-en à la perruque. Pour commencer, une partie de cet attirail se trouve à l'étage, dans un dressing. Nous supposons donc que Moult s'est habillé, et qu'il descend ici, où la demoiselle lui pose barbe et perruque. Elle se rend dans le salon, tandis que lui sort par cette porte pour rejoindre la cour, où l'attend Vincent. Il pénètre dans le salon, fait son numéro de papa Noël. Il effectue le même trajet en sens inverse, la demoiselle lui enlève barbe et perruque et l'abandonne. À partir de là, personne ne le revoit. Bien... Imaginons que quelqu'un, le sachant là, arrive par l'extérieur avec le tisonnier pour le tuer. Lui est là, tranquille, sa perruque sur la tête : c'est facile. L'assassin le traîne ensuite au-dehors pour s'en débarrasser. Dieu sait où ! Mais... Attendez ! Qu'y a-t-il, dehors ? Un traîneau ! Et ce type, Vincent, est là, lui aussi !

— Oui.

— Eh bien, c'est un début, non ? s'écria Wrayburn. Mais ma théorie ne tiendra peut-être pas la route. Et j'ai lu votre livre : je sais ce que vous pensez des conclusions précipitées.

— C'est un début, concéda Alleyn.

— Poursuivons. L'assassin, avant de s'éclipser, constate le mauvais état de la perruque. Il la nettoie dans le lavabo, et la pose sur l'abat-jour avec sa couronne, là où nous les avons découvertes tout à l'heure. Puis il va jeter le tisonnier dans le sapin de la serre, et se débarrasse, Dieu sait où — et dans l'hypothèse, toujours, d'un homicide —, du corps. Qu'en pensez-vous ? Allons ! N'hésitez pas à me contredire !

— Mon cher, votre hypothèse me paraît raisonnable.

— Ah bon ?

— Cependant, j'y relève quelques incohérences.

— Ah, bon ?

— Prenez le sol, par exemple. Le tapis. Nous n'y avons repéré que des traces de bottes humides. Rien ne laisse supposer qu'un cadavre ait été tiré par terre jusqu'à la porte. Admettons qu'il ait été transporté : c'est possible, mais alors, les traces de pas se croiseraient, non ?

Wrayburn fixa d'un air morose le tapis couleur de paille. Il prit l'une des bottes et la plaça dans l'empreinte la plus proche.

— Elle correspond, c'est déjà cela, marmonna-t-il. Et elle est encore mouillée. Il fait si froid ici que rien ne peut sécher, et ça ne date que d'hier soir. Alors ? Que nous reste-t-il ? L'autre solution : il monte se faire assommer là-haut.

— Avec sa perruque sur la tête ?

— D'accord. Avec sa perruque sur la tête. Dieu sait pourquoi, mais nous envisageons cette hypothèse. Il se rend directement dans le dressing. Quelqu'un l'y abat à l'aide du tisonnier. Et... attendez ! Attendez ! Le coupable jette l'arme du crime par la fenêtre, et celle-ci se prend dans le sapin !

— C'est une possibilité.

— Ah bon ?

— Et le cadavre ? S'il est mort ? demanda Alleyn.

— Par la fenêtre, aussi ? Doucement. Ne me pressez pas.

— Pour rien au monde. Le corps est-il toujours coiffé de sa perruque, pour le grand plongeon ?

Wrayburn avala sa salive.

— Satanée perruque. Oublions-la pour l'instant. Bien. Je sais que cette bande de tueurs a soi-disant fouillé le domaine. Je le sais. Mais imaginons... imaginons que ce soit l'un d'entre eux, et qu'il ait déjà dissimulé le mort ? Pendant la nuit ? Qu'en dites-vous ?

— Je vous suis : il s'est débarrassé du cadavre, et pour confondre les enquêteurs, a rangé la perruque au vestiaire.

— Oui, cela me plaît assez, murmura Wrayburn avec un semblant de modestie. Enfin ! C'est une hypothèse parmi d'autres. Il a neigé ici, depuis. Nous ne relèverons rien d'intéressant sur le sol, c'est dommage.

— Du moins, pas avant que tout soit fondu.

— C'est vrai ! C'est tout à fait vrai !

Wrayburn s'éclaircit la gorge.

— C'est grave.

Puis, après un silence prolongé :

— Comme je le disais tout à l'heure, c'est du ressort du Yard. Il faut que je prévienne notre inspecteur principal, et je sais d'avance ce qu'il va me dire. Il va me dire d'effectuer un ratissage. Je m'en occupe tout de suite. Attendez-moi ici, voulez-vous ?

— Heu...

— Je vous en serais très reconnaissant.

— Comme vous voudrez.

Wrayburn partit donc téléphoner à son supérieur, tandis qu'Alleyn, en proie à de sombres pressentiments, restait seul dans le vestiaire.

Le commissaire revint bientôt, ragaillardi.

— Et voilà ! annonça-t-il. C'est bien ce que je pensais : il en parle à ses gars. En attendant, c'est moi qui prends la direction des opérations. Je dois organiser un ratissage et demander au major Marchbanks de nous prêter ses chiens. Vous ne nous abandonnez pas, j'espère ?

Wrayburn disparut de nouveau, et Alleyn en profita pour examiner une fois de plus la perruque, dont il arracha un cheveu, puis la tunique. Il était perdu dans ses pensées, lorsque Wrayburn l'en arracha brutalement.

— Pas de chance, grommela-t-il. Les gars de l'inspecteur principal sont débordés. Vol avec effraction *et* coups et blessures ! Il m'en envoie tout de même quelques-uns, et le major me prête ce qu'il peut. Ils seront là d'ici une heure... Il va falloir prendre des dépositions, ajouta-t-il. C'est le grand jeu.

— C'est une belle affaire pour vous.

— Vous plaisantez ? Ça ne durera pas. Dès que le Yard interviendra, on me renverra à mes ivrognes. Écoutez ! explosa-t-il subitement. Je ne pense pas que mon équipe puisse mener à bout cette affaire. Pas sans aide, en tout cas. Comme je vous l'ai dit, nous manquons de personnel, et nous sommes surmenés. Je suis prêt à parier que mon I.P. aura contacté le commissaire principal avant une heure.

— Votre inspecteur principal ralliera des hommes du comté.

— Il ferait mieux de s'adresser directement au Yard.

Alleyn ne répliqua pas.

— Vous comprenez ce que je veux dire.

— Oui, et je le regrette. La situation est beaucoup trop incongrue. Ma femme et moi-même sommes des invités dans cette demeure. Je suis le dernier à pouvoir me mêler d'une telle enquête. Je l'ai dit à Bill-Tasman. Si vous voulez l'assistance du Yard, c'est votre problème. Mais ne vous adressez pas à moi. Vous pouvez bien entendu demander sa déposition à mon épouse. C'est la procédure normale. Mais ensuite, si rien ne s'y oppose, c'est avec joie que je l'emmènerai loin d'ici. C'est mon dernier mot. Je vous laisse travailler. Vous allez devoir condamner cette pièce avant de vous mettre à l'ouvrage. Y a-t-il une clé ? Oui ! La voici.

— Mais...

— Mon cher ami, non. N'en parlons plus. Je vous en prie.

Alleyn sortit précipitamment dans le hall.

Il y rencontra Hilary, à quelques mètres à peine, l'air à la fois embarrassé et méfiant.

— Je ne sais pas ce que vous allez penser de moi, déclara-t-il. Vous allez sans doute m'en vouloir. Voyez-vous, je viens de bavarder avec notre inspecteur principal. Et avec votre patron.

*
* *

— C'est que, bredouilla Hilary, le hasard fait que je le connaissais. Peu après l'arrivée de mes domestiques, il s'est rendu au pénitencier de Vale. Marchbanks l'a amené ici prendre le thé. Mon expérience l'intéressait énormément. Mais ne le faisons pas attendre.

— Il est toujours en ligne ?

— Oui. Il souhaite vous parler. Vous avez un appareil, juste là. Je *sais* que vous finirez par me pardonner.

« Vous êtes bien sûr de vous ! », songea Alleyn. Il s'accorda quelques secondes pour reprendre son calme, puis décrocha. Hilary s'éclipsa, discret. Alleyn se demanda s'il allait écouter subrepticement la conversation, d'un autre téléphone.

— Alors, mon cher Rory ? Décidément, vous ne prenez jamais de vacances ! s'exclama le sous-directeur d'une voix teintée d'ironie.

— Je vous assure, monsieur, que je ne l'ai pas cherché.

— C'est bien ce que je pensais. Êtes-vous seul ?

— Ostensiblement.

— Parfait. L'inspecteur principal local m'avait déjà contacté avant Bill-Tasman. Il semble que ce soit l'affolement général, là-bas : un cambriolage meurtrier dans un supermarché. Ils y envoient le plus possible de leurs hommes, mais ils sont à court. Or, d'après ce que j'ai compris au sujet de votre affaire...

— Ce n'est pas la mienne.

— Un instant ! Si j'ai bien compris, ce pourrait être assez sérieux, n'est-ce pas ?

— C'est possible.

— Oui. Votre hôte souhaite que vous preniez les choses en main.

— Mais l'inspecteur principal local est au courant, monsieur. Et en attendant son intervention, c'est le commissaire Wrayburn, de la police de Downlow, qui monte la garde.

— L'inspecteur principal a-t-il annoncé son intention de faire front tout seul ?

— Il ronchonne, semble-t-il...

— Exactement. Il veut l'aide du Yard.

— Mais il doit s'adresser au commissaire principal, avant de...

— Le commissaire principal est aux Bermudes.

— Enfer et damnation !

— La ligne est très mauvaise. Que dites-vous ?

Alleyn se retint de répliquer.

— Vous énerver ne servira à rien, Rory.

— Écoutez, monsieur, mon épouse, Troy, est une invitée dans cette demeure. Moi aussi. C'est une situation assez embarrassante, vous ne trouvez pas ?

— J'y ai déjà songé. Troy aurait intérêt à rentrer tout de suite à Londres, je crois. Transmettez-lui mes amitiés, et dites-lui surtout que je regrette de lui infliger tant de tracas.

— Mais, monsieur, si je suis obligé de retenir les autres... Enfin ! Vous devez bien vous rendre compte combien tout cela est grotesque !

— Prenez leurs dépositions et lâchez-les si vous ne voyez aucune raison de les retenir. Vous êtes déjà sur une piste prometteuse, non ?

— Rien n'est moins sûr. Les circonstances sont tellement étranges. Voire folles.

— Vous faites allusion aux domestiques assassins ? Quel bel exemple, quoique extrême je vous l'accorde, de plan de réinsertion ! Évidemment, il pourrait se trouver parmi eux un récidiviste. Rory, reprit le sous-directeur en changeant brusquement de ton, je suis navré, mais nous sommes débordés en ce moment. Cette mission doit être entreprise immédiatement par un homme de votre envergure.

— Est-ce un ordre ?

— Je crains que oui.

— Bien, monsieur.

— Pour vous consoler, nous vous enverrons l'inspecteur Fox. Voulez-vous lui dire un mot ?

— Ne le dérangez surtout pas, répliqua sèchement Alleyn. Mais... attendez !

— Oui ?

— Je crois que Wrayburn a une liste du personnel employé dans cette maison. Il me faudrait leurs dossiers.

— Bien sûr. Votre commissaire est-il dans les parages ? Comment s'appelle-t-il, déjà ? Wrayburn ? Passez-le-moi, voulez-vous ?

— Oui, monsieur.

— Merci. Désolé. Bonne chance.

Alleyn partit à la recherche de sa femme. Elle n'était pas dans leurs appartements, où elle était apparemment passée se baigner et se changer. Il resta quelques minutes penché à sa fenêtre, à examiner les ruines au-dessous, puis redescendit. En traversant le hall, il croisa Blore, le visage de marbre, portant un plateau chargé de cocktails.

— Ils sont tous dans la bibliothèque, monsieur, déclara le majordome. M. Bill-Tasman m'a justement demandé de vous en avertir. Par ici, je vous prie, monsieur.

Tous les invités étaient déjà rassemblés. Troy l'accueillit d'une grimace. Hilary se répandit en exclamations de joie.

— Mes amis, quel soulagement pour moi !

Mains tendues, il s'avança vers Alleyn qu'il saisit par les bras pour le secouer amicalement.

— Mon cher ami ! continua-t-il avec ferveur. J'étais en train de dire... Vous ne pouvez vous imaginer combien nous sommes tous enchantés ! Si, si ! Je vous en prie, je vous en prie.

Le colonel s'approchait déjà. Il serra vigoureusement la main du policier et lui assura qu'ils pouvaient dédaigner les présentations officielles, Troy ayant été « si bonne » pour eux. Il ajouta qu'ils étaient « terriblement inquiets » au sujet de Moult.

— Vous savez ce que c'est. Il est avec nous depuis... depuis plus d'années que nous n'aimons en compter. Sans lui, nous sommes perdus. C'est un type gentil. Je... nous..., balbutia-t-il en jetant un coup d'œil vers son épouse. Nous sommes très attachés à lui. Nous l'aimons beaucoup. Et nous pouvons vous assurer qu'il est inoffensif. Moult est inoffensif.

— Je comprends votre désarroi, répondit Alleyn.

— C'est affreux de penser qu'il est peut-être atteint de cette maladie, vous savez ? Et qu'il erre dans la nature ? Par ce froid ! J'ai dit à mon neveu que nous devrions demander à ce Marchbanks de nous prêter ses chiens. Ils en ont sûrement plusieurs. Quel est votre avis ?

— C'est une excellente idée, approuva Alleyn avec sincérité.

Ce fut au tour de M. Smith de se précipiter vers lui.

— Nous nous sommes déjà rencontrés, affirma-t-il en lui donnant une vigoureuse poignée de main. Je n'avais pas fait le rapprochement, si vous voyez ce que je veux dire. Quand était-ce ? Il y a une dizaine d'années ? C'est moi qui vous ai fourni les preuves, dans l'affaire du faussaire Blake. Vous vous en souvenez ?

Alleyn se rappelait parfaitement M. Smith.

Cressida, en tailleur-pantalon de velours vert au savant décolleté mis en valeur par une broche somptueuse, remua les doigts sous le nez du détective.

— Coucou !

Hilary proposa au nouveau venu un cocktail, et fut très surpris par son refus.

— Vous ne prenez rien ?

— Hélas ! Jamais en service.

— Mais... Non ! Vraiment ! Dans ces conditions, vous pouvez sans doute faire une exception, pour une fois. Ce n'est pas comme si vous... Enfin ! Vous me comprenez, je suppose.

— Parfaitement, acquiesça Alleyn. Cependant, je préfère m'en tenir à la règle et m'efforcer de suivre les procédures normales.

— Oui, oui, mais...

À court d'inspiration, il adressa un regard suppliant à Troy.

— C'eût été fort agréable pour moi d'être ici un simple visiteur, reprit Alleyn. Malheureusement, ce n'est pas le cas. Je suis un policier en mission, et je me dois d'adopter le comportement adéquat.

Un silence pesant suivit cette déclaration. Ce fut Hilary qui le brisa enfin, par un petit rire.

— Voilà qui me paraît raisonnable, constata Mme Forrester, avant de se tourner vers son neveu. On ne peut pas tout avoir, Hilary. Il va bien falloir que tu t'y habitues.

— Bien, bien, bredouilla-t-il. Comment cela va-t-il se passer, alors ? Que voulez-vous de nous ?

— Pour l'instant, rien. Avant tout, naturellement, nous allons effectuer un ratissage dans l'espoir de débusquer le disparu. Wrayburn disposera pour cela d'une équipe renforcée ; ses hommes devraient être là d'ici une heure. Ensuite, je demanderai à chacun d'entre vous sa version la plus détaillée possible des faits. Mais avant cela, je voudrais d'une part m'entretenir en privé avec M. Wrayburn, et d'autre part inspecter la chambre de Moult, ainsi que le dressing du colonel Forrester. J'aurai aussi un mot à dire aux domestiques. Auriez-vous la gentillesse de les en prévenir ?

— Mon Dieu ! soupira Hilary. Oui, sans doute. Je n'ai guère le choix. Mais rappelez-vous leur position plutôt... heu... délicate.

— Pour employer un euphémisme ! lança M. Smith.

— C'est tout pour le moment, conclut Alleyn. Si vous voulez bien m'excuser...

— Vous vous joindrez à nous pour le dîner, j'espère ? Si, si ! J'insiste.

— Vous êtes très aimable, mais le temps presse.

— C'est impossible ! s'écria Cressida. Vous n'allez tout de même pas vous laisser mourir de faim ! Il ne peut pas se laisser mourir de faim ! Il ne peut pas se laisser mourir de faim, Hilary !

Elle se tourna vers Troy, mais celle-ci n'eut pas le loisir d'intervenir, car le maître de maison se répandait en exhortations : qu'il vienne dès qu'il le pourrait, qu'il goûte la tourte à la viande, qu'il accepte au moins quelques sandwichs ! Tirant frénétiquement sur le cordon de la sonnette, il parut très soulagé par l'apparition de Blore.

Ce dernier resta figé au seuil de la pièce, le regard fixé au-dessus de leurs têtes, sur un point à l'horizon.

— Blore ! M. Alleyn a bien voulu nous aider. Il va prendre l'affaire en main et nous devons tous coopérer dans la mesure de nos possibilités. Je sais que je peux compter sur vous et vos collègues. M. Alleyn ne dînera peut-être pas avec nous. Voulez-vous lui préparer un repas froid ? Il mangera dès qu'il en aura le loisir. Prévoyez pour lui une collation dans la salle à manger.

— Bien, monsieur.

— Et Blore, tout à l'heure, M. Alleyn vous demandera, à vous et aux autres, de rapporter à votre manière le récit des événements. Au cas où j'aurais oublié un détail ou commis une erreur. Avertissez les autres, je vous prie.

— Oui, monsieur.

— Merci.

Lorsque le majordome eut disparu, Cressida s'exclama :

— Je ne sais pas si c'est mon imagination, mais je l'ai trouvé particulièrement nerveux !

— Ils le sont sans doute tous plus ou moins, concéda Hilary. Mais personne ne conclura précipitamment, n'est-ce pas ? C'est pourquoi nous vous sommes si reconnaissants de nous avoir pris sous votre aile, ajouta-t-il à l'intention d'Alleyn.

— C'est une curieuse manière de définir les fonctions d'un inspecteur de police, mais je vous remercie de chercher à arrondir les angles.

Hilary émit un rire tonitruant puis, se noyant dans les salamalecs, assura une fois de plus qu'il était prêt à tout, à *tout* pour lui rendre service.

— Je n'ai besoin de rien pour l'instant, merci. L'exposé de Troy m'a déjà considérablement éclairé. Cependant, puisque vous êtes tous réunis, il y a une...

— Oui, oui ? coupa Hilary.

— Il semble que personne n'ait reconnu Moult dans le rôle du druide. Vous l'avez pourtant tous vu à l'œuvre ?

Ils répondirent en chœur : ils s'étaient d'abord mêlés aux autres invités et aux enfants, qu'ils avaient retrouvés dans la bibliothèque, puis suivis au salon. Ils avaient ensuite assisté au ballet du druide, puis, rejoints par Cressida, s'étaient concentrés sur leurs cadeaux.

Alleyn demanda si l'un d'entre eux, hormis les Forrester, avait parlé à Moult pendant la journée. Les regards se perdirent dans le lointain. Personne ne se souvenait de lui avoir adressé la parole, sinon peut-être pour lui souhaiter un joyeux Noël.

— Bien. Je vous remercie. À présent, si vous voulez bien m'excuser, je vais voir Wrayburn. À propos, pouvez-vous me prêter votre loupe ? Je me sentirai mieux armé.

— Volontiers ! Je...

— Ne bougez pas. J'y vais. Elle est sur votre bureau. Une dernière chose : puis-je visiter vos appartements, colonel ?

— Certainement. Si vous voulez que je vous montre quoi que ce soit, je serai heureux de...

— Ah non, Fred ! Pas de bêtises ! Tu ne vas pas t'amuser à courir dans les escaliers à la recherche d'indices. J'ai dit...

— Je sais, B. La question n'est pas là.

— Si j'ai besoin d'un renseignement, je descendrai, promit Alleyn.

— Oui, oui. Si je puis me rendre utile, ce sera avec plaisir, assura le colonel. N'hésitez pas.

Alleyn alla chercher la loupe, puis Wrayburn qu'il emmena avec lui à l'étage. Troy, dans un état d'indifférence qui la surprit, suivit le cortège des invités jusqu'à la salle à manger.

*
* *

La chambre de Moult, située à l'étage supérieur du manoir de Halberds, témoignait par son confort du respect qu'éprouvait Hilary pour ses domestiques. Cependant, il y régnait cet ordre pathologique commun aux casernes de militaires, dominé par l'odeur du cirage, du cuir et de la toile rustique. Manteau, costume civil, chaussures, chapeau et gants étaient parfaitement rangés. Moult avait mis sa valise vide dans le fond du placard, et ses chemises soigneusement pliées sur la tablette. Sur sa table de chevet s'empilaient quelques revues plus ou moins pornographiques. Une mallette en cuir gravé à ses initiales était ouverte sur la commode : elle contenait deux brosses anciennes à manche d'argent, un peigne et une carte. Alleyn la montra à Wrayburn. « Le Lt. Col. F. Fleaton Forrester »... *Pour A. Moult, à l'occasion du vingt-cinquième anniversaire d'une collaboration fidèle et dévouée. F. F.*

Son porte-monnaie, dans un tiroir, était lui aussi en cuir gravé à ses initiales. Cette fois, Alleyn et Wrayburn y découvrirent une carte de Mme Forrester, beaucoup moins lyrique : *A Moult. 1946-1971. B. F.* Il ne contenait pas d'argent, mais une liste de numéros de téléphone et trois photos. La première représentait le colonel en uniforme, perché sur son cheval, et le sergent Moult, à terre, le saluant. Un homme au faciès de singe marqué de cicatrices. La seconde représentait le colonel et son épouse admirant un paysage, sous l'œil respectueux de Moult. La troisième, passée, nettement plus ancienne, montrait un Moult plus jeune, tenant par la main une fillette d'environ quatre ans.

— C'est toute l'histoire de sa vie, murmura Wrayburn.

— Oui. Vous avez remarqué les cicatrices...

— Marié ? Un enfant ?

— Pas forcément. Ce pourrait être la fille de n'importe qui.

— Ouais...

— Quand les hommes arriveront, nous prendrons des empreintes, annonça Alleyn. Et dès que nous aurons les chiens, nous leur montrerons une de ces chaussures. Tiens, tiens ! Qu'est-ce que c'est que ce vacarme ?

Un sifflement étrange résonnait dans la cheminée.

— C'est Buster, le vent du nord-est. Très mauvais.

— Pourquoi ?

— Parce que par ici, il apporte la pluie. Beaucoup de pluie.

— Pas de neige ?

— Non, non, des trombes d'eau. Écoutez plutôt.

En effet, un carreau vibra, fouetté par l'averse.

— Superbe temps pour une chasse à l'homme, marmonna Alleyn. Enfin ! On ne sait jamais, c'est peut-être aussi bien. Nous allons fermer cette porte à clé et descendre chez les Forrester. Venez.

Ils gagnèrent l'étage au-dessous et suivirent le couloir au tapis épais desservant les chambres des invités. Tout était calme, seul un tiers des appliques y diffusaient leur lumière tamisée. Les bruits de la tempête étaient étouffés. Alleyn supposa que Hilary et ses hôtes étaient tous à la salle à manger, et s'aperçut tout d'un coup qu'il mourait de faim. Il s'apprêtait à l'avouer à Wrayburn, lorsque, tout d'un coup, un détail attira son attention. Il fit signe à son collègue de se taire et désigna du doigt le rai de lumière filtrant sous l'une des portes.

Alleyn les compta toutes. Troy lui avait expliqué où logeaient les uns et les autres. Ils étaient maintenant devant la porte s'ouvrant sur son dressing, relié à la salle de bains et au-delà à la chambre de Troy. Venaient ensuite les appartements des Forrester, chambre, salle de bains, dressing. Au-delà étaient celui de M. Smith et, dans le coin avant de l'aile est, celui de Cressida. Troy n'avait pas su lui dire où dormait Hilary.

La pièce éclairée était la chambre des Forrester.

Alleyn tendit l'oreille mais ne perçut rien d'insolite. Prenant une décision subite, il indiqua à Wrayburn de ne pas bouger, tandis que, d'un geste ferme, il ouvrait.

Un épouvantable fracas l'accueillit à son entrée.

Un homme à la fenêtre se retourna brusquement : un homme blond et pâle, qu'Alleyn avait déjà aperçu plus tôt, vêtu d'un pantalon et d'une veste en alpaga sombre.

— Re-bonsoir, dit Alleyn. Je me suis trompé : je croyais être dans la chambre de ma femme.

— A côté.

— C'est idiot de ma part, bien sûr. Vous êtes sans doute Nigel.

— C'est exact, monsieur.

— J'ai admiré votre œuvre dans la cour. C'est superbe.

— Merci, répondit le valet, tout bas.

Derrière lui, les vitres ruisselaient d'eau de pluie. Il avait la tête, le visage et le torse trempés.

— Vous avez été pris de court, constata Alleyn.

— C'est tombé d'un seul coup. Je... J'étais en train de fermer la fenêtre, monsieur. Elle est très dure.

— C'est dommage pour votre sculpture de neige.

— C'est peut-être une punition ! déclara soudain Nigel.

— Une punition ? En quel honneur ?

— Le péché est partout. On ne sait jamais.

— Ah ?

— Ces pratiques païennes... Déguisées en traditions chrétiennes. Si l'on y regarde de plus près, c'est du blasphème.

— Vous pensez au sapin ?

— Pratiques païennes, mais images pieuses. Cabrioles. Mascarade. Voyez ce qui lui est arrivé.

— Que lui est-il donc arrivé ? s'enquit Alleyn tout en se demandant s'il n'avait pas en face de lui un illuminé.

— Il est parti !

— Où ?

— Ah ! Où ? Voilà où mène le péché. Je le sais. Mieux que quiconque. J'y suis passé moi-même.

Sur la figure de Nigel s'opéra alors une métamorphose extraordinaire : bouche grande ouverte, narines frémissantes, cils battants, il fondit en larmes.

— Voyons, voyons, marmonna Alleyn.

Mais Nigel poussa un rugissement douloureux et s'enfuit en courant.

Wrayburn surgit.

— Qu'est-ce que c'est que ça ?

— C'était Nigel, le second valet. Celui qui fabriquait des personnages de cire mais qui, devenu fanatique religieux, assassina une femme scandaleuse. On le prétend guéri.

— Guéri !

— M. Bill-Tasman a cependant admis qu'il lui arrivait de sangloter au souvenir de son crime. Or, il vient à l'instant d'évoquer ce par quoi il était lui-même passé.

— Oui, j'ai vaguement entendu.

— Je me demande pourquoi il s'est penché par la fenêtre.

— Ah ?

— Du moins, c'est ce que j'en déduis : il était trop mouillé pour s'être contenté de la fermer. Le tapis est à peine humide : c'est donc lui qui l'avait ouverte.

— Bizarre !

— Oui, bizarre. Voyons cela, voulez-vous ?

Ils ne trouvèrent rien d'intéressant dans la chambre des Forrester, sinon le parapluie tropical. Nigel avait préparé leur lit, sorti leurs chemises et attisé le feu. Les fenêtres étaient toutes closes.

— Pourquoi ne se contentent-ils pas des radiateurs ? Quel travail, d'entretenir tous ces feux !

— Le maître des lieux aime l'authenticité.

— Il a de la chance d'être aidé par ce fou !

Ils passèrent dans la salle de bains, où Wrayburn s'emporta de nouveau :

— Ces salles de bains ! On ne les compte plus ! On se croirait dans un hôtel quatre étoiles. C'est incroyable !

La découverte, dans le dressing, d'un radiateur allumé, n'atténua en rien son mépris :

— Regardez-moi ça ! Il a de quoi payer l'électricité !

— Voici les ferronneries irlandaises. Le tisonnier en moins. L'ensemble est magnifiquement astiqué, et, bien entendu, flambant neuf. A mon avis, Jack, il est intéressant de noter les emplacements du lit, de la cheminée, de la fenêtre et de la porte. Si vous venez de la salle de bains, la fenêtre est à votre droite, la porte donnant sur le couloir à votre gauche, le lit en face, et la cheminée au-delà. Si j'étais assis par terre, de l'autre côté du lit et que vous arriviez par là, vous ne me verriez pas.

— Ah non ?

Alleyn alla se poster au bout du lit, un meuble imposant de l'ère victorienne privé de son baldaquin. Le patchwork, qui caressait le sol, était gonflé sur un côté. Le relevant, Alleyn découvrit la valise en métal laqué noir du colonel. Elle était très nettement cabossée autour du cadenas.

— J'ai horreur de mener une enquête sans mon attirail, commenta-t-il en s'asseyant sur ses talons. J'ai l'impression de n'être qu'un vulgaire amateur. Enfin ! Fox me l'apportera, et, d'ici là, je me servirai de la loupe de Bill-Tasman. Regardez-moi ça, Jack ! Quand je vous parle d'amateurisme ! Ce n'est certes pas l'œuvre d'un cambrioleur professionnel !

Wrayburn s'accroupit à ses côtés.

— Une tentative fort maladroite, en effet, constata-t-il. Qu'espérait-il obtenir ? C'est idiot.

— Oui... il s'est servi d'un instrument pour essayer de dégager la boucle.

— Un tisonnier, par exemple ?

— A première vue, pourquoi pas ? Nous allons nous occuper de cela. Je vais en parler au colonel.

— Que contient cette valise ?

— Selon moi, elle est assez grande pour contenir tous les joyaux de la couronne, mais je suppose que la part du lion est en ce moment autour du cou de Mme Forrester. D'après Troy, ils y mettent des documents. Mais vous avez sans doute appris que Moult avait la clé ?

La voix de Wrayburn trahit son désespoir.

— Non ! Je ne le savais pas ! Bien... Que faire ? Leur casser le cadenas ?

— Pour nous, sinon pour eux. Je vais consulter le colonel. Entre-temps, il ne faut pas que quelqu'un puisse y accéder.

Wrayburn montra la laque griffée.

— Ma parole ! C'était sûrement le tisonnier.

— Ah ! Si seulement j'avais mon matériel !

— Nous supposons donc, persista Wrayburn, lancé sur son idée, qu'un vilain inconnu ait été surpris en train d'essayer de forcer cette valise à l'aide d'un tisonnier.

— Et qu'il y ait eu mort d'homme ? Par tisonnier interposé ? Après une bagarre ? C'est un peu tiré par les cheveux, vous ne trouvez pas ? Et lorsque vous dites « un inconnu »...

— Je pensais probablement à Moult.

— Lequel aurait préféré s'amuser en vain avec un outil de fortune, plutôt que d'utiliser sa clé ?

— Exactement. Nous éliminons donc cette hypothèse. Elle est absurde. Et si Moult, après son numéro autour du sapin, avait surpris le voleur en flagrant délit et reçu en guise de remerciement un coup sur la tête ?

— Ensuite ?...

— Il aurait été poussé par la fenêtre. Le tisonnier aurait suivi.

— Dans ce cas, le cadavre aurait été éliminé avant la fouille de la serre. Jetons un coup d'œil à la fenêtre.

C'était une fenêtre à guillotine dotée d'un loquet fixant le châssis du haut à celui du bas.

— Mieux vaut ne toucher à rien. Le problème, dans une demeure comme celle-ci, c'est que tout est impeccable. Mais si vous vous penchiez par là, Jack, vous verriez la cime du jeune sapin dans lequel Bill-Tasman a retrouvé le tisonnier. Son bureau est directement au-dessous de nous. Et si vous vous incliniez vers la gauche... Une seconde ! Tenez !

— Qu'y a-t-il ?

Alleyn s'agitait. Il appuya la tempe contre la vitre.

— Éteignez, voulez-vous, Jack ? J'aperçois quelque chose, là... oui, près du sommet. Quelque chose qui accroche la lumière. Voyez vous-même.

Le commissaire Wrayburn mit sa main en visière pour contempler la nuit.

— Je ne vois rien du tout. A moins que ce ne soit cette espèce de fil brillant.

— Oui. Tout près de nous. Dans les branchages.

— Ce pourrait être n'importe quoi ! Un bout de ficelle.

— Ou de guirlande ?

— Pourquoi pas ?

— Donc ?

— Donc, rien, selon moi. C'est un détail sans importance. Nous devons avancer. Il nous faut un rapport détaillé sur le déroulement de la soirée d'hier. Mme Alleyn nous sera sans doute d'une aide précieuse.

— Vous savez quel est mon point de vue à ce sujet, répliqua Alleyn d'un ton sévère.

— Oui, mais c'était avant que vous ne preniez l'affaire en main.

— En effet. Et me voici obligé à la fois d'être plein de tact et d'entamer une procédure de routine auprès de ma propre femme.

— Peut-être en rira-t-elle ? suggéra Wrayburn, sans grande conviction.

Alleyn le dévisagea.

— Au fond, vous avez raison. Je ne serais pas du tout étonné qu'elle prenne tout cela avec humour. Et j'avoue humblement qu'elle sera, comme de coutume, dans le vrai. Venez. Pressons-nous. Mais avant de descendre, je veux examiner une dernière fois ce cadenas.

Il était à genoux devant la valise, Wrayburn observant ses gestes par-dessus son épaule, lorsque surgit le colonel Forrester.

— Ah ! Vous l'avez trouvée ! Bien, bien, bien.

Il était entré par la salle de bains, derrière eux. Il était essoufflé, mais son regard était plein de vivacité. Il paraissait au comble de l'excitation.

— Je n'ai pas rejoint ces dames, expliqua-t-il. J'ai préféré monter vous proposer mes services. Peut-être avez-vous des questions précises à me poser ? Me voici donc, mais si je vous gêne, surtout dites-le-moi. Si j'étais moins inquiet sur le fond, je me passionnerais pour votre enquête. Ah ! A propos, votre épouse me dit que vous êtes le frère de George Alleyn. Je l'ai connu, autrefois, dans la brigade. Il était porte-étendard. Drôle de coïncidence, non ? Qu'est-il devenu ? Il voulait s'intégrer aux services diplomatiques, il me semble ?

Alleyn lui répondit le plus brièvement possible tout en restant courtois. Le colonel s'assit sur le lit, tout sourire ; il semblait éprouver encore quelques difficultés à respirer, mais était visiblement enchanté de se trouver là. Alleyn lui présenta le commissaire Wrayburn.

— Mais je vous dérange, reprit le colonel. Vous étiez en plein travail, avec votre loupe. Dites-moi : qu'avez-vous pu observer sur ma valise ?

— J'allais justement vous interroger à ce sujet, répondit Alleyn. Une tentative maladroite, ne trouvez-vous pas ?

— Maladroite ? Oui, évidemment. Mais comment pourrait-il en être autrement ? Un tisonnier, c'est encombrant.

— Vous êtes au courant ?

— Et comment ! Hilary nous en a parlé.

— Que vous a-t-il raconté ?

— Qu'il en avait trouvé un dans le sapin de la serre. C'est un drôle d'endroit pour ranger un tisonnier, non ?

— Vous l'a-t-il décrit ?

Le colonel fixa intensément Alleyn pendant plusieurs secondes.

— Pas de manière précise. Mais de toute façon, quand nous avons repéré les marques sur la valise, avec B, nous avons tout de suite pensé « tisonnier ».

— Et pourquoi cela, monsieur ?

— Je n'en sais rien. C'est comme ça. Nous avons pensé « tisonnier ». Enfin, c'est B qui y a pensé, mais c'est du pareil au même. Tisonnier.

— Aviez-vous remarqué que celui appartenant à cette pièce avait disparu ?

— Ah, mon Dieu ! non. Non, non, pas sur le moment.

— Colonel, Troy me dit que vous n'avez pas vu Moult après qu'il eut revêtu son costume de druide.

— Mais si ! s'exclama-t-il, les yeux écarquillés. Je l'ai vu !

— Ah ?

— Enfin, je l'ai vu... J'étais dans mon lit, vous savez, je somnolais. Il s'est présenté au seuil de la chambre, à la porte de la salle de bains. Il portait la tunique et la perruque. Il a tenu sa barbe devant le menton, pour me montrer l'effet produit. Il me semble l'avoir entendu dire qu'il repasserait avant de descendre. J'ai dû lui rappeler de ne pas oublier la fenêtre ;

ensuite, je crois que je me suis endormi. Il a dû revenir comme prévu, et repartir sans me réveiller. Il me semble bien, je répète, il me semble bien l'avoir entendu regarder au-dehors.

— Vous l'avez entendu ? Regarder au-dehors ?

— Oui. Je lui avais conseillé de se pencher par la fenêtre du dressing, d'où il devait pouvoir apercevoir Vincent, avec le traîneau, au coin de la maison. Si Vincent était là, c'était le signal qu'il fallait y aller. Voilà ce que nous avions organisé. Il devait être pile dix-neuf heures trente à l'horloge de l'écurie.

— Quoi ? s'écria Alleyn. Vous voulez dire que... ?

— J'aime m'en tenir à un emploi du temps strictement calculé, et il en est de même pour Hilary. Toutes nos montres et nos pendules étaient synchrones. Et je me rappelle à l'instant que j'ai effectivement entendu la fenêtre s'ouvrir et l'horloge de l'écurie sonner la demie aussitôt après. À cet instant, donc, Vincent a dû signaler à Moult que le moment était venu de descendre mettre sa barbe. Et voilà. La phase numéro un de l'exercice était accomplie.

— Je vois. Pardonnez-moi d'insister, mais c'est important : il ne s'est pas présenté à vous après son numéro ?

— Non. Non, non. J'en suis absolument certain, marmonna le colonel d'un ton dubitatif.

— Peut-être dormiez-vous ?

— Bon sang ! Mais oui, bien sûr ! hurla le colonel. Je dormais peut-être !

M. Wrayburn soupira.

— Vous comprenez, reprit le colonel, après mes crises, j'ai tendance à sommeiller. Ce doit être le médicament que me donne mon toubib.

— Bien. Et les bottes fourrées : les aurait-il mises ici, ou dans le vestiaire ?

— Dans le vestiaire : elles m'y attendaient déjà. Je tenais à m'habiller ici pour pouvoir me regarder dans la grande glace, mais je n'avais pas besoin des bottes.

— Je comprends.

— Vous pensez que nous allons le retrouver ?

— Sans doute. Je l'espère.

— Je vais vous dire mon avis, Alleyn, dit le colonel avec un visage de clown triste. Je crains que le pauvre bougre ne soit mort.

— Vraiment, monsieur ?

— Il est trop tôt pour affirmer quoi que ce soit, mais... Je ne sais pas. J'ai la sensation que mon cher Moult est mort. Il avait d'innombrables défauts, mais nous nous entendions à merveille. Quelle est votre opinion ?

— Il y a une autre solution, proposa prudemment Alleyn.

— Je sais ce que vous allez me dire : l'amnésie.

— Il se peut que, pour une raison inconnue, il soit sorti du vestiaire par la porte s'ouvrant sur le porche, et qu'il se soit égaré dans la nuit. Miss Tottenham nous a signalé qu'il empestait le whisky.

— Ah oui ? Oui, heu... ce n'est pas impossible.

— Pourquoi ?

— Parce que lorsqu'il m'a trouvé empêtré dans mon déguisement, en pleine crise, et qu'il m'a transporté jusqu'à mon lit, j'ai senti moi aussi son haleine... Mais si c'était le cas, où est-il maintenant ? Perdu dans la lande ? S'il y est, il faut impérativement le retrouver ! Il faut commencer par là : le retrouver.

Alleyn expliqua au colonel qu'une équipe venait en renfort effectuer un ratissage des alentours. Lorsqu'il annonça que le major Marchbanks prêterait aux hommes des chiens policiers, le colonel approuva, comme s'il en avait donné l'ordre lui-même. Alleyn avait de moins en moins l'impression d'être en face d'un niais. Le colonel Forrester était peut-être excentrique, mais il n'était pas sot.

Comme Alleyn reparlait de la valise métallique, il lui coupa la parole :

— Vous allez devoir condamner cette pièce, je suppose. Je vais dire à Moult... Ah ! Les habitudes ! marmonna-t-il. Que je suis bête ! Je vais transférer mes affaires dans la chambre.

— Je vous en prie ! Ne vous dérangez pas, nous nous en chargeons. Mais, si cela ne vous ennuie pas, j'aimerais savoir ce que contient cette valise.

— Voyons... des papiers. Mon brevet. Des journaux intimes. Mon testament... Un de mes testaments, corrigea-t-il. Des bons d'investissement.

Il parut méditer quelques secondes, puis :

— Des actes notariés. Une partie de l'argent de B. Elle aime avoir un peu de liquide sur elle. C'est une manie commune aux femmes, paraît-il. Et les bijoux qu'elle ne porte pas. Oui, c'est à peu près tout.

Alleyn déclara qu'il aurait à prendre des empreintes digitales, et le colonel lui demanda s'il pouvait observer la procédure.

— Cela me fascine ! Je lis énormément de romans policiers. Ce n'est peut-être pas de la grande littérature, mais c'est palpitant. B les lit à l'envers, mais je lui interdis de déflorer l'intrigue.

Alleyn parvint à dévier la conversation, et ils s'accordèrent enfin pour placer la valise, telle quelle, dans l'armoire du dressing, jusqu'à l'arrivée de l'équipe londonienne. Les effets du colonel ayant été transportés dans la chambre, armoire et dressing seraient fermés, et Alleyn conserverait les clés sur lui.

Mme Forrester fit irruption avant la fin du déménagement.

— J'en étais sûre ! vociféra-t-elle à l'intention de son mari.

— Je vais bien, B. L'affaire est sérieuse, mais je vais bien. Vraiment.

— Que faites-vous de cette valise ? Bonsoir, ajouta-t-elle en saluant Wrayburn d'un coup de menton.

Alleyn prit la parole. Mme Forrester le dévisagea d'un regard luisant de colère, mais ne l'interrompit pas.

— Je vois, dit-elle enfin. Moult aurait-il été surpris en train de forcer le cadenas alors qu'il avait la clé dans sa poche ?

— Mais non, B. L'hypothèse est absurde, nous en avons tous convenu.

— Peut-être pensez-vous qu'il a été assassiné et dissimulé dans la valise ?

— Ma chérie, franchement !

— Cette proposition est aussi ridicule que la précédente.

— Nous ne les retenons ni l'une, ni l'autre, B. N'est-ce pas, Alleyn ?

— Madame Forrester, que s'est-il passé, selon vous ? Avez-vous une idée ?

— Aucune. Ce n'est pas mon métier, répliqua-t-elle. Pas plus que le tien, Fred. Cependant, je vous signale, au cas où cela pourrait vous intéresser, que Moult était à couteaux tirés avec les assassins de Hilary.

— Pourquoi ?

— Pourquoi ? Mais parce que Moult n'éprouve pour eux que du mépris. Ils ne sont pas du même monde. Lui est l'exemple type du soldat-serviteur. Il a fait l'Indonésie. Il aime que tout soit fait selon les règles établies par la reine. Il respecte la hiérarchie. Il les prend pour une bande de vauriens et n'hésite pas à le leur dire.

— J'ai essayé de l'aider à envisager le problème avec plus d'ouverture d'esprit, mais le pauvre bougre en était incapable, renchérit le colonel.

— Était-il marié ?

— Non, répondirent en chœur les Forrester. Pourquoi ?

— Il y a dans son portefeuille une photo de...

— *Vous l'avez retrouvé !* s'exclama-t-elle avec une telle violence que tout le monde en fut abasourdi.

Alleyn la détrompa.

— Oh ! C'est probablement une fillette du quartier des couples mariés, dit le colonel. L'enfant d'un de ses camarades soldats. Il adore les enfants.

— Viens te coucher, Fred.

— Ce n'est pas l'heure, B.

— Si, Fred, pour toi, c'est l'heure.

M. Wrayburn, qui durant toute cette conversation avait continué de déplacer les affaires du colonel, revint leur annoncer que tout était, du moins l'espérait-il, en ordre. L'air sévère, Mme Forrester entraîna son époux dans sa chambre, laissant ouvertes les deux portes de la salle de bains. Sans doute tenait-elle malgré tout à être tenue au courant des événements.

Alleyn et Wrayburn soulevèrent précautionneusement la valise pour la ranger dans l'armoire, qu'ils fermèrent à clé. Alleyn se dirigea vers la fenêtre, grimpa sur un tabouret victorien et examina, avec la loupe de Hilary, le loquet.

— Voilà au moins un endroit où ils n'ont pas épousseté, marmonna-t-il. Et c'est tant mieux pour nous.

Le colonel, en pyjama et robe de chambre, surgit dans la salle de bains. Il leur adressa une grimace désolée et, d'un coup de tête, indiqua sa femme. Puis, se mordant la lèvre, il ferma.

— Sacré personnage, commenta Wrayburn.

Alleyn, qui avait quitté la fenêtre pour arpenter la pièce, se rapprocha soudain de son collègue.

Il pleuvait toujours, avec violence, et les cadres du haut et du bas s'entrechoquaient au rythme des rafales. Alleyn éteignit la lumière, ce qui leur permit d'entrevoir la scène au-dehors. La cime du sapin ployait, battue par le vent et la pluie. Un faisceau de phares balaya l'ensemble, puis disparut.

— Ce sont les gars de Vale, ou les miens.

— Regardez ce sapin !

— Quelle tempête ! Buster est en colère.

— Quelque chose s'est pris dedans ! Voyez-vous ce filament brillant ?

— Ce pourrait être n'importe quoi.

— Oui, vous avez sans doute raison. Nous ferions mieux de descendre. Précédez-moi, Jack. Je ferme. N'oubliez pas la chaussure de Moult, pour les chiens, bien que je n'aie pas grand espoir.

— Et si nous nous servions d'une des bottes fourrées, dans le vestiaire ?

Alleyn hésita un instant, puis répondit :

— Après tout, pourquoi pas. Si vous voulez.

— À tout de suite.

Wrayburn disparut. Alleyn ferma les rideaux et attendit un moment dans l'obscurité ; il s'apprêtait à partir, quand la porte de la salle de bains s'ouvrit. Il se figea. Une voix, à peine articulée, chuchota :

— Oh !

Et ce fut tout. Alleyn patienta encore un instant. Puis il entendit un robinet couler. Il verrouilla la porte de la salle de bains, et, une fois sorti, celle du corridor. Troy pénétrait à cet instant précis dans leur appartement.

Il l'y rejoignit et la trouva debout devant le feu.

— Ne me dévisage pas de cet air méfiant. Ne t'inquiète pas. Tu n'es pas ici, ma chérie. Nous n'y pouvons rien. Tu n'es pas ici avec moi.

— Je sais.

— C'est bête. C'est grotesque.

— Je me tords de rire.

— Troy ?

— Oui. Bon. Je t'attendrai quand je te verrai. Je sais.

— Ce ne sera pas...

Troy avait levé la main.

— Quoi ?

Elle montra du doigt l'armoire.

— Si tu vas là-dedans, et qu'ils ont laissé la leur ouverte, tu pourras entendre les Forrester, dit-elle.

Il alla y passer la tête et perçut les murmures d'une conversation tranquille. Le colonel était tout près, Mme Forrester plus loin. Dans la salle de bains, probablement. Soudain, les cintres raclèrent la tringle, et le colonel s'exclama :

— ... Difficile à remplacer !... Oui, d'accord, je sais. Cesse de me harceler !

Silence. Alleyn revint dans la chambre.

— La nuit de Noël, dit Troy, juste après minuit alors que je suspendais mes vêtements, je les ai entendus se disputer.

— Ah ?

— Enfin, se disputer... le colonel s'est emporté, ce qui est contraire à sa nature, et puis elle a claqué une porte. J'ai eu le plus grand mal à m'arracher à mon poste d'observation.

— C'est curieux, murmura Alleyn puis, après un moment de réflexion : j'y vais.

Il avait traversé la première moitié de la pièce quand Mme Forrester poussa un hurlement.

7

Au travail

Le colonel Forrester gisait en tas, face au sol, sous la fenêtre. Il paraissait minuscule et terriblement fragile. Sa femme, enveloppée de son peignoir rouge coquelicot, était agenouillée près de lui. Lorsque Alleyn et Troy entrèrent, elle essayait de le hisser en position assise. Le détective l'y aida.

— Il a des remèdes, je crois ? s'enquit Troy.

— Oui. Sur la table de chevet. Et un verre d'eau.

Il s'appuyait maintenant contre son épouse, et, les yeux écarquillés de terreur, dodelinait de la tête au rythme irrégulier de sa respiration.

— Je ne vois rien.

— Ils ne peuvent être que là. Ce sont des cachets. Des gélules. Il les a rangés là lui-même. Vite !

— Fouillez la poche de sa robe de chambre, si vous pouvez l'atteindre, suggéra Alleyn. Attendez ! J'y suis.

Mais il n'y trouva rien.

— Je les ai vus. Je lui ai recommandé de ne pas oublier de les prendre. Vous n'avez pas bien cherché. Fred ! Fred ! Tout va bien, je suis là.

— Je vous assure que je ne vois rien, insista Troy. Et si on lui donnait une rasade de cognac ?

— Oui. Dans la commode. Sa flasque est dans le tiroir du milieu.

Cette fois, l'objet convoité était à sa place. Troy dévissa le capuchon et tendit le flacon à Mme Forrester. Alleyn entreprit une rapide inspection de la pièce.

— Voilà. Tu verras, ça ira mieux. Fred ?

Troy apporta un verre d'eau, mais celui-ci fut ignoré. Mme Forrester maintenait le goulot entre les lèvres du colonel.

— Bois, Fred. Juste une gorgée. Bois. Il le faut. Oui... Encore !

— Tenez !

Alleyn, paume ouverte, leur présenta les cachets.

— Fred, regarde ! Ton remède. Allons, mon vieux !

Le temps paraissait s'être figé. Seul le souffle rauque du colonel brisait le silence.

— Ah !... ah !... ah !...

— Avale. Oui ! Là ! Tu reprends déjà des couleurs !

En effet, l'affolement dans son regard s'estompa. Il émit quelques gémissements, puis un murmure.

— Quoi ? Que dis-tu ? s'enquit son épouse.

— Moult, chuchota-t-il.

Mme Forrester retint un cri. Elle repoussa une mèche de cheveux rebelle et effleura d'un baiser le front de son mari.

— J'ai encore eu une crise...

— Oui.

— Ça va s'arranger très vite.

— Bien sûr.

— Debout.

— Pas tout de suite, Fred.

— Si, si ! Debout !

Il tenta faiblement de se redresser. Mme Forrester dévisagea Troy d'un air désemparé, puis se tourna vers Alleyn.

— Colonel, proposa celui-ci, me permettez-vous de vous transporter jusqu'à votre lit ?

— Gentil. Inutile.

Troy alla entasser les oreillers et retourner les couvertures, puis s'écarta pour céder le passage à Alleyn.

— Et voilà ! soupira-t-il en déposant avec précaution son chargement.

Le colonel grimaça :

— Effondrement de la vieille garde !

— Vieux fou, grommela sa femme.

Alleyn ricana.

— Vous vous en sortirez. Vous vous en sortirez merveilleusement.

— Je n'en doute pas.

Mme Forrester prit les mains de son mari dans les siennes. Alleyn se saisit de la fiole contenant le médicament du colonel et la tint à la lumière.

— Où était-elle ? s'enquit Troy.

D'un coup de tête, il désigna la corbeille à papier sous la coiffeuse. Ce geste pourtant discret n'échappa pas à Mme Forrester.

— *Là-dedans ?*

— Dans quoi puis-je transférer ces gélules ? Si cela ne vous ennuie pas, je préférerais garder le récipient.

— Je ne sais pas... Prenez cette boîte à épingles, sur la commode.

Il s'exécuta. Il étala son mouchoir et y emballa soigneusement le précieux indice ainsi que son bouchon.

— Le coup de la porte de l'écurie, ronchonna Alleyn en mettant le paquet dans sa poche.

— Que racontez-vous là ? vociféra Mme Forrester qui récupérait toujours très vite.

— Ça ne me plaît pas du tout.

Le colonel, d'une voix plus ferme, réclama de l'air. Le rideau n'était pas tiré, devant la fenêtre sous laquelle ils l'avaient trouvé. La pluie battait toujours aussi violemment les carreaux.

— Y tenez-vous ? demanda Alleyn.

— Nous l'ouvrons toujours par le haut, expliqua Mme Forrester. C'est Moult qui s'en charge, avant que nous nous couchions. Il la baisse de cinq centimètres, par le haut. Toujours.

Le loquet était débloqué. Rassemblant toutes ses forces, Alleyn appuya sur le cadre du haut. En vain. Il tenta l'opération inverse. Sans plus de succès.

— Il faut remonter celui du bas pour arriver à baisser celui du haut, déclara Mme Forrester.

— C'est précisément ce que j'essaie de faire.

— Je n'en ai pas l'impression : le système fonctionne parfaitement.

— Pas tant que ça.

— Turlututu !

Alleyn tripota le loquet, fit courir ses doigts à la jonction des deux cadres.

— C'est coincé.

— Comment cela ?

— Une cale a été enfoncée dans la fente.

— Sortez-la !

— Une seconde, madame Forrester, patientez une seconde !

— Pourquoi ?

— Parce que je vous l'ordonne ! répliqua Alleyn.

Et, à son immense surprise, Troy constata que cette mise en demeure enchantait la femme du colonel.

— Je suppose que vous savez à quoi vous jouez.

— Que se passe-t-il, B ? La fenêtre ne s'ouvre plus ?

— On s'en occupe.

— Elle est très dure. Très, très dure.

Alleyn revint vers le lit.

— Colonel, vous êtes-vous battu avec cette fenêtre ? Les bras au-dessus de votre tête ?

— Ce n'est pas la peine de remuer le couteau dans la plaie.

— Fred ! s'écria son épouse. Que vais-je faire de toi ? J'ai dit...

— Pardon, B.

— Je vais ouvrir l'autre, annonça Alleyn. Je ne veux plus que l'on touche à celle-ci. Je vous en prie, c'est important. Vous comprenez tous deux, n'est-ce pas ? Vous n'y touchez plus du tout ?

— Bien sûr, bien sûr, bien sûr ! ronronna le colonel, paupières closes.

Il somnolait presque. Mme Forrester remonta les couvertures sous son menton, lui adressa un regard sévère, puis rejoignit Alleyn et Troy à l'autre bout de la chambre.

— Qu'est-ce que c'est que cette histoire de cale ?

— Le valet, ou...

— Nigel, vous voulez dire.

— Nigel : il a peut-être glissé un bout de carton dans la fente pour éviter le bruit provoqué par la tempête.

— C'est possible.

— Si c'est le cas, il n'en a bloqué qu'une.

Et comme pour confirmer cette déclaration, une rafale de vent secoua la seconde.

— Les nôtres n'ont pas été manipulées, observa Troy.

— Pas plus que celle du dressing. Puis-je vous emprunter cette paire de ciseaux, s'il vous plaît ? Merci.

Alleyn tira une chaise jusqu'à la fenêtre, se débarrassa de ses chaussures, grimpa sur son perchoir, et, par de petits mouvements précis, réussit à extirper le carton poussé entre les deux châssis. Le tenant par une extrémité, il alla le déposer sur la coiffeuse.

— On dirait l'emballage d'un flacon de pilules. Le reconnaissez-vous ? Surtout n'y touchez pas.

— C'est celui des cachets du colonel. Il était tout neuf.

Alleyn prit sur le bureau une enveloppe, y glissa la cale de fortune, et l'empocha.

Il remit ses chaussures, rangea la chaise.

— Laissez cette fenêtre, et empêchez Nigel de s'en approcher. Avez-vous besoin de quoi que ce soit, madame Forrester ? Pouvons-nous vous laisser ?

Elle s'assit devant sa coiffeuse et s'accouda, ses maigres cheveux gris tombant sur ses épaules. Elle paraissait vieille et fatiguée, tout d'un coup.

— Oui, merci. Tout ira bien.

— Vous en êtes certaine ? insista Troy, frôlant son épaule d'une caresse amicale.

— Oui, oui, ma chère. Ne vous inquiétez pas pour nous. Vous avez été adorable.

Elle se redressa juste assez pour accorder à Alleyn un de ses regards perçants.

— Vous aussi, d'ailleurs, ajouta-t-elle.

— À votre place, madame Forrester, je fermerais les portes à clé. Je ne crois pas que vous teniez à être dérangés.

Elle le dévisagea longuement, sans ciller, puis hocha le menton.

— Je sais à quoi vous pensez.

*

* *

Lorsqu'il descendit, Alleyn fut accueilli par une scène d'intense activité. Le commissaire Wrayburn, équipé de bottes et d'un ciré, donnait ses instructions à cinq hommes tout aussi bien protégés. Au seuil de la maison attendaient deux gardiens de la prison avec leurs chiens. Hilary, debout devant l'un des feux de cheminée, était au comble de l'agitation.

— Ah ! s'écria-t-il. Vous voilà enfin ! Nous nous demandions où...

Alleyn expliqua qu'il avait eu deux ou trois détails à régler là-haut, que le colonel avait eu une nouvelle crise mais qu'il allait mieux, et qu'il s'était retiré pour la nuit dans ses appartements avec Madame.

— Seigneur ! soupira Hilary. Il ne manquait plus que cela ! Êtes-vous certain qu'il aille mieux ? Pauvre oncle Flea. Quelle catastrophe !

Alleyn se rapprocha de Wrayburn, lequel s'empressa d'aligner ses troupes pour une revue dans les normes. Puis il attira Alleyn à l'écart pour lui confier en un murmure que les conditions météorologiques, épouvantables, ne leur permettraient pas d'effectuer un ratissage du domaine tout entier. Il proposait cependant une exploration systématique du terrain entourant immédiatement la demeure. Quant aux chiens, Alleyn était-il d'accord pour les lâcher après leur avoir donné à flairer l'une des bottes fourrées du vestiaire ? Lui-même n'avait aucun espoir d'un quelconque résultat, mais...

Alleyn acquiesça.

— Le temps est abominable, contentez-vous de faire de votre mieux avec ce que vous pouvez. Vous comprenez notre position, je suppose. Il s'agit d'un disparu. Il est peut-être blessé. Il est peut-être mort. Il se peut que nous ayons affaire à un meurtre. Quoi qu'il en soit, il est urgent d'agir. Si nous avions pu attendre l'aube, nous n'aurions pas hésité. Bien, vous savez tout. M. Wrayburn prend le relais. Merci d'avance de participer à une mission aussi désagréable.

Il s'adressa ensuite aux gardiens de Vale.

— D'après les éléments que nous avons rassemblés, il a été vu pour la dernière fois dans ce vestiaire. Il a pu aller dehors, ou monter dans les étages. Nous ne savons pas dans quelle direction il est parti. Ni comment. Ni dans quel état. Dans ces conditions, vos chiens ne découvriront rien dans le parc. Cependant, si vous remarquiez sur le perron des traces de pas qui se croisent, par exemple, ce serait intéressant. Je vous conseille aussi de contourner l'aile est et de fouiller la serre en ruine. Lorsque vous y serez, je vous y rejoindrai. D'ici là, je vous laisse entre les mains de M. Wrayburn.

— Bien, monsieur.

— Jack, à vous de jouer !

Wrayburn brandit la botte fourrée, objet incongru et plutôt pitoyable qu'il sortit de sous son manteau. Les portes d'entrée s'ouvrirent, cédant le passage aux rugissements de Buster. Les équipes de secours se dispersèrent, les faisceaux de leurs torches balayant le rideau de pluie. Alleyn referma et se tourna vers Hilary.

— À présent, si vous permettez, je vais parler à vos domestiques.

— Bien. Je vais sonner...

— Sont-ils dans leurs quartiers ?

— Oui, sans doute. Oui, oui.

— J'y vais.

— Voulez-vous que je vous accompagne ?

— C'est inutile.

— Alleyn, je vous en supplie, ne... ne...

— Je me comporterai avec eux comme je me comporte avec chacun d'entre vous. Sans me soucier des préjugés, et sans conclure précipitamment.

— Ah bon. Oui. Tant mieux. Mais écoutez, ne tournons pas autour du pot. Je veux dire... Vous êtes à peu près persuadé que... qu'il y a eu...

— Lorsqu'on trouve du sang et un cheveu au bout d'un tisonnier, l'on est en droit de se poser des questions, il me semble.

— Oh, mon Dieu ! gémit Hilary. Mon Dieu ! Mon Dieu ! Quel ennui ! Quelle barbe !

— C'est une façon comme une autre de décrire la situation. Les quartiers du personnel sont par là, je crois ? Je me débrouillerai.

— Je vous attends dans le bureau.

— Entendu.

La double porte battante s'ouvrait sur un corridor menant de la chapelle, au fond de l'aile est, aux offices et à la cuisine derrière la salle à manger de l'aile ouest. Guidé par un murmure étouffé de voix, Alleyn s'arrêta devant la porte du milieu.

— Puis-je ?

La pièce, vaste et confortable, était dotée d'un feu de cheminée, d'une radio et d'un poste de télévision. Les murs étaient décorés de reproductions post-impressionnistes choisies, certainement, par Hilary. Les étagères remplies de livres trahissaient l'espoir que le maître de maison avait de stimuler l'intellect de ses employés ; sur une table centrale s'entassaient pêle-mêle toutes sortes de revues reflétant sans doute davantage les tendances réelles de leurs lecteurs.

Le jeune assistant aux joues roses regardait une émission, tandis que les cinq autres s'étaient rassemblés devant l'âtre. Lorsque Alleyn entra, ils se levèrent tous d'un bond, avec des airs affolés. Blore s'avança de quelques pas vers lui, puis s'immobilisa.

— J'ai pensé qu'il serait plus facile pour nous d'évoquer notre affaire ici, où personne ne serait susceptible de venir nous déranger. Pouvons-nous nous asseoir ?

Blore jeta un bref coup d'œil à ses camarades, avant d'offrir à Alleyn la chaise du milieu. Alleyn l'en remercia et s'installa. Les autres se trémoussaient.

— Qu'est-ce que vous attendez ? beugla une voix de l'autre côté de la pièce.

— Éteins ce poste et viens ici ! ordonna Blore.

L'aide obéit aussitôt et se rapprocha, rougissant, épaules voûtées.

— Asseyez-vous, je vous en prie, dit Alleyn. Je n'en ai pas pour longtemps.

Ils s'assirent, et Alleyn put enfin les observer l'un après l'autre tranquillement. Blore, le maître d'hôtel qui avait assassiné d'un coup de couteau l'amant de sa femme et échappé de peu à la pendaison : rondouillard, chauve, le teint basané, l'air supérieur. Mervyn, ex-peintre d'enseignes, spécialiste du piège meurtrier, pâle, au regard furtif. Cooke, l'amateur de chats surnommé Pitipiti, à la grande bouche. Bêcheur et Malin, alanguis à ses pieds. Nigel, blanc comme une endive, presque albinos, fanatique religieux qui avait voulu donner une leçon à une femme scandaleuse. Et pour finir Vincent, qu'Alleyn voyait pour la première fois au manoir de Halberds, et qu'il reconnaissait parfaitement pour l'avoir arrêté le jour où il avait enfermé une vieille dame dans une serre vaporisée à l'arsenic. À l'issue de son procès, il avait fait appel, prétextant qu'il n'avait pas vu la victime cachée par un palmier, et avait été acquitté. À cette époque, la nouvelle avait ravi Alleyn.

Aucun d'entre eux n'osait le regarder.

— Pour commencer, j'ai à vous dire ceci. Vous savez que je sais qui vous êtes, ce que vous avez fait, et quelles furent vos condamnations respectives. Vous, précisa-t-il à l'intention de Vincent, vous croyez peut-être différent des autres puisque vous avez été innocenté, mais, en ce qui concerne notre affaire, au stade où elle en est, vous êtes *tous* innocents. J'entends par là que votre passé, pour le moment, ne m'intéresse nullement et que je ne m'y attarderai pas, à moins d'y être forcé par des circonstances indépendantes de ma volonté. Un homme a disparu. Nous ne savons ni pourquoi ni comment, ni quand ni où, et nous devons le retrouver. Pour employer un cliché, nous le voulons, mort ou vif. En vous disant mon espoir que vous pourrez nous être utiles, je ne vous soupçonne pas, je répète, je ne vous *soupçonne pas* d'être pour quoi que ce soit dans cette histoire. Je suis sincère : si je suis ici maintenant, c'est pour vous demander de réfléchir aux détails, si infimes fussent-ils, qui pourraient nous mettre sur une piste. Je vous considère donc au même titre que tous les habitants de cette maison. Est-ce clair ?

Le silence fut si long qu'il finit par se demander si quelqu'un se déciderait un jour à lui répondre. Ce fut Blore qui prit enfin la parole.

— C'est *clair* pour tout le monde, je crois, monsieur.

— C'est clair, mais vous n'y croyez pas vraiment. N'est-ce pas ?

Cette fois, personne n'intervint.

— Je ne peux guère vous en vouloir, soupira Alleyn. Vous avez une réaction normale. J'espère simplement que vous accepterez ma proposition.

Il se tourna vers l'adolescent, lequel se tenait à l'écart, sur ses gardes.

— Vous êtes du pays, si je ne m'abuse ?

Il parvint, non sans mal, à lui soutirer quelques renseignements : il s'appelait Thams Appelby, était fils d'agriculteur et travaillait au manoir pour la période des fêtes. Il n'avait jamais adressé la parole à Moult ; il était entré avec ses collègues dans le salon pour le sapin, mais n'avait pas su reconnaître le druide. Après avoir reçu son cadeau, il avait réintégré la cuisine dès la fin de la cérémonie et n'avait aucune information à donner. Alleyn lui dit qu'il pouvait aller se coucher, invitation que le jeune garçon parut accepter à contrecœur.

Lorsqu'il fut parti, Alleyn dit aux autres ce qu'il savait déjà de leurs activités au cours de la soirée.

— Si je ne me trompe, c'est vous, Cooke, qui étiez dans le hall avec plusieurs aides, en train d'achever les préparatifs de la table des enfants quand Miss Tottenham est revenue au salon. Vous n'avez pas vu Moult, cependant. Est-ce bien cela ?

— Oui, monsieur, répondit Pitipiti. Je m'occupais de mes affaires, si je puis dire, monsieur. Je n'avais vraiment pas le temps de me soucier du reste.

— Bien entendu. Et vous, Vincent, vous avez suivi à la lettre les ordres qui vous avaient été donnés pour l'interlude du sapin. À dix-neuf heures trente précises, vous vous êtes posté au coin de l'aile est. Oui ?

Vincent opina du chef.

— Dites-moi, pendant que vous attendiez, quelqu'un a-t-il ouvert une fenêtre de ce côté pour se pencher au-dehors ? En avez-vous le souvenir ?

— Mais oui ! s'exclama-t-il avec un accent dont il était impossible de déceler l'origine exacte. Exactement comme prévu. À dix-neuf heures trente.

— Était-ce le colonel ? Ou Moult ?

— Comment voulez-vous que je le sache ? J'ai cru que c'était le colonel, puisque c'était le colonel que j'attendais.

— Portait-il déjà sa barbe ?

— Je n'ai pas fait attention. Il était tout noir, contre la lumière.

— A-t-il agité la main ? Signalé sa présence ?

— C'est moi qui lui ai fait signe, pour qu'il descende. Comme prévu. Ils étaient tous dans le salon. Il a répondu, et moi je suis allé à l'avant de la maison. Comme prévu.

— Parfait. Ensuite, vous avez traversé la cour avec le traîneau et rejoint Moult que vous avez pris pour le colonel Forrester. Où, exactement, l'avez-vous rencontré ?

Apparemment, ils s'étaient retrouvés derrière le catafalque de Nigel. Vincent avait échangé le parapluie du druide contre les rênes du chariot, et avait attendu là le retour du druide.

— Vous n'avez donc pas vu le spectacle ?

— De toute façon, ça ne m'intéressait pas.

— Vous l'avez attendu à cet endroit, vous avez récupéré le chariot, et lui s'est engouffré par la porte du vestiaire. Bien.

— C'est ce que j'ai expliqué à M. Bill-Tasman, et c'est ce que je me tue à répéter.

— Lui avez-vous rendu son parapluie ?

— Non. Il a fichu le camp tout de suite.

— Où étiez-vous, précisément, quand vous l'avez vu entrer dans le vestiaire ?

— Où j'étais ? Où pouvais-je être ? Dehors, dans la neige, pardi !

— Derrière le catafalque ?

— Dites donc ! s'emporta Vincent. Vous vous moquez de moi ? Vous me prenez pour un singe ? Vous avez dit que vous seriez réglo.

— Je ne cherche pas du tout à me moquer de vous. J'essaie simplement d'imaginer le tableau.

— Comment l'aurais-je vu, si j'avais été derrière ce maudit mausolée ?

Blore intervint, de sa voix de stentor, et Pitipiti s'indigna :

— Vincent !

— Surveille ton langage !

— Vous auriez pu vous pencher de côté ou par-dessus, suggéra Alleyn.

Le chauffeur-jardinier, vexé, finit par dévoiler qu'il avait vu Moult entrer dans le vestiaire à l'instant précis où il s'apprêtait à dissimuler le traîneau au coin de l'aile est.

Alleyn voulut ensuite savoir quand avait été défait le sapin de Noël. Blore déclara que cette tâche avait été confiée à Vincent, Nigel et l'adolescent, pendant que les invités dînaient. Les enfants ayant fini de manger avaient été lâchés dans la bibliothèque avec leurs jouets. Les ornements avaient été rangés dans leurs cartons. Quant à l'arbre, il avait été poussé dehors, sur sa base à roulettes, par l'une des portes-fenêtres, et les rideaux tirés l'avaient caché.

— Il est donc resté là jusqu'à quand ?

De nouveau, un long silence.

— Eh bien ? Il n'y est plus, reprit Alleyn d'un ton enjoué. Il est dans la serre. Qui l'y a mis ? Vous, Vincent ?

Celui-ci fut réticent à répondre, mais finit par dire qu'il y avait en effet transporté le sapin.

— Quand ? s'enquit Alleyn, se rappelant ce qu'avait remarqué Troy de sa fenêtre, aux alentours de minuit.

Vincent ne sut être précis. Après avoir débarrassé les tables, fait la vaisselle et tout rangé, le personnel permanent et les intérimaires s'étaient installés pour savourer un souper tardif. Vincent, dont le front perlait de grosses gouttes de transpiration, déclara avoir reçu de M. Bill-Tasman l'ordre de disposer du sapin parce que, ainsi dénué de tous ses atours, il était vraiment trop triste. Mais il avait été tellement débordé qu'il n'y avait plus pensé, jusqu'au moment où il s'était apprêté à se coucher.

Il avait donc remis bottes et ciré, cherché une brouette dans la cabane à outils, et y avait chargé l'arbre pour l'emporter.

— Pourquoi l'avez-vous mis là ?

D'un air étrange, trahissant à la fois l'agressivité et la peur, Vincent riposta qu'à une heure pareille, il se demandait bien où il aurait pu le mettre, sinon là.

De toute façon, ajouta-t-il, les bulldozers viendraient d'un jour à l'autre faire place nette et ramasser les détritus accumulés pour combler leurs excavations.

— Je suppose que vous savez tous pourquoi il vous a été demandé d'inspecter cet endroit où gît le sapin ? Nous avons pensé que Moult aurait pu s'y aventurer et s'y endormir, ou encore qu'il aurait pu se pencher trop avant par la fenêtre de l'étage, et tomber.

— Quelle idée ! s'esclaffa Pitipiti.

Vincent prétendit qu'une demi-douzaine de Moult à la noix auraient pu tomber dans cet amas de débris sans qu'il le sût : il s'était contenté de déverser son chargement et de repartir se coucher.

Alleyn les engloba tous dans son regard.

— Dites-moi... Vous aviez bien aperçu Moult ici et là au cours de la journée, non ?

Telles des huîtres, tous se fermèrent instantanément.

— Voyons, commença Alleyn, mais il fut interrompu par le cri nasillard de Nigel :

— C'était un pécheur !

— Tais-toi ! grogna Mervyn.

— Il s'adonnait aux railleries et à l'abomination.

— Faites-le taire, quelqu'un ! supplia Pitipiti.

Il étendit brutalement les jambes, et les deux chats, indignés, se levèrent d'un bond. La bouche tordue en un rictus, le cuisinier tenta de signifier à Alleyn que Nigel n'était pas en pleine possession de ses moyens.

— De quelle manière ? s'enquit le détective.

— Il était malveillant, grommela Nigel. Débordant de malveillance.

— Envers qui ?

— Envers les vertueux.

— C'est-à-dire toi ! s'interposa Mervyn. Boucle-la !

— Ça suffit, Nigel ! renchérit Blore. Tu t'excites et tu sais où cela risque de te mener.

Il se tourna vers Alleyn.

— Vous pouvez le constater par vous-même, monsieur : nous sommes à bout de nerfs, et avons tendance à nous égarer.

— Nous sommes tous d'abominables monstres devant Dieu ! proclama Nigel. Et je suis le plus horrible de tous. Le péché est en moi, dans mon ventre ! conclut-il, menton tremblant.

— Boucle-la ! aboya Mervyn. Oh ! Seigneur ! Il va se mettre à pleurer, maintenant !

En effet, Nigel fondit en larmes, bruyamment, le visage caché dans son mouchoir.

— Allons, allons, Nigel ! Écoutez-moi. Ou plutôt, non, se reprit Alleyn, craignant un sursaut de sanglots. Vous dites que vous êtes un pécheur. Très bien. C'est possible. Voulez-vous soulager votre cœur, ou votre ventre, à votre guise, de son fardeau ? Réagissez, mon vieux ! Le voulez-vous ?

Sans baisser son mouchoir, Nigel hocha vigoureusement la tête.

— Parfait. Au lieu de vous noyer dans ces bêtises, pourquoi ne pas vous porter au secours d'un autre pécheur, lequel est peut-être là, dehors, à l'agonie dans le froid ?

Nigel se moucha, se tapota les yeux.

— Alors ? Qu'en pensez-vous ? insista Alleyn.

Nigel parut se ressaisir. Il contempla un moment l'inspecteur d'un œil morne, puis annonça :

— Il a été jugé.

— Jugé ? Moult ? En quel honneur ?

Aucun mouvement ne fut véritablement perceptible parmi les quatre hommes, mais il sembla à Alleyn qu'ils ravalaient ensemble leur souffle et se retenaient à grand-peine de se recroqueviller sur eux-mêmes.

— Il buvait ! cria Nigel. C'était un ivrogne !

La réaction générale fut cette fois beaucoup plus nette : soulagés, les uns et les autres se recalèrent sur leur chaise et s'éclaircirent la gorge.

— Vraiment ? s'enquit Alleyn à la cantonade. Qu'en dites-vous ? Blore ? Êtes-vous d'accord ?

— Je suis obligé d'en convenir, concéda Blore.

— Il buvait ?...

— Oui, monsieur. Plutôt.

— L'un d'entre vous a-t-il des raisons de penser qu'il a pu boire plus encore que de coutume, hier ?

Soudain, ils devinrent tous très loquaces. Moult, racontèrent-ils, avait picolé toute la sainte journée. Mervyn l'avait même vu sortir sur la pointe des pieds de la salle à manger, et avait peu après découvert le carafon du buffet à demi vide, alors qu'il venait de le remplir. Quant à Pitipiti, il se plaignait de la disparition à l'office d'une bouteille entière de kirsch. Vincent expliqua sans être convaincant qu'en le rejoignant, vêtu de son costume de druide, Moult empestait l'alcool. Blore adopta une attitude plus paternaliste et détachée. Il assura que, si ces témoignages concernant l'état d'ébriété de M. Moult étaient un peu exagérés, lui-même se sentait obligé d'ajouter que ce dernier avait bu plus encore que de coutume la veille.

— À votre avis, le colonel et Mme Forrester sont-ils conscients de ce défaut ?

— Oh, monsieur, vous savez ce que c'est, répliqua Blore avec cette déférence héritée de son ancien métier de maître d'hôtel. Si je puis me permettre, le colonel n'a jamais vraiment les pieds sur terre.

— Et Mme Forrester ?

Blore leva les mains et ricana.

— Ah, monsieur ! Les femmes !

Il semblait vouloir sous-entendre que les femmes étaient plus aptes que les hommes à déceler les buveurs secrets.

— Pendant que j'y pense, le colonel a de nouveau eu une crise, tout à l'heure. Si j'ai bien compris, c'est un problème cardiaque. Apparemment, c'est lui qui l'a provoquée, en voulant à tout prix ouvrir sa fenêtre.

Alleyn s'adressa plus particulièrement à Nigel, qui ne pleurait plus.

— Il n'avait pas remarqué la cale, dans la fente, et a voulu forcer. Il va mieux, mais l'attaque a été sévère.

Nigel forma du bout des lèvres le mot « cale ». Il paraissait ahuri.

— N'est-ce pas vous qui avez bloqué les châssis ? Pour les empêcher de s'entrechoquer dans la tempête ? Quand vous avez préparé leur chambre pour la nuit ?

Il secoua vigoureusement la tête.

— Jamais de la vie ! Je l'ai fermée, mais je ne me suis pas servi d'une cale. D'ailleurs, vous m'avez vu vous-même, quand vous êtes entré.

— C'est exact. Vous étiez trempé. La fenêtre est tombée avec fracas, à l'instant précis où je faisais irruption dans la pièce.

Nigel le dévisagea et acquiesça, muet.

— Pourquoi ?

De nouveau, tous parurent consternés.

— Pour voir.
— Voir quoi ?
— Ils ne me disent rien ! explosa Nigel. Je les ai vus discuter. J'ai entendu.
— Entendu quoi ?
— Des choses, marmonna-t-il, se réfugiant derrière une moue boudeuse.
— C'est curieux, constata Alleyn d'un ton neutre. Personne d'entre vous ne sait qui a pu glisser une cale entre les deux châssis de cette fenêtre ? Non ? Tant pis ! Tôt ou tard, nous finirons par résoudre cette énigme. J'ai encore une question à vous poser. À tous. Mais avant de vous la poser, je vous rappelle mon petit discours du début. Je vous supplie de ne pas me soupçonner de vous tendre un piège. Je ne me laisse aucunement influencer par votre passé. Bref... Vous êtes tous au courant, j'imagine, que ma femme a été victime d'un malencontreux incident. Le leur avez-vous rapporté, Cox ?
Après une pause interminable, Mervyn avoua :
— Oui, je leur en ai dit deux mots, monsieur. Mais Madame sait que je n'y suis pour rien ! Elle me croit. Je n'aurais jamais osé, pas avec elle, jamais de la vie ! Pourquoi aurais-je fait ça ? Interrogez-la, monsieur. Elle vous le dira.
— Très bien, très bien. Personne ne vous accuse. Mais si ce n'est pas vous, et j'accepte a priori que ce ne soit pas vous, alors qui est-ce ? Avez-vous une idée ?
Mervyn n'eut pas le temps de s'exprimer, car Nigel intervint violemment :
— Malveillance avec préméditation !
— Qui ?
Les quatre autres se mirent à parler tous en même temps, leur dessein commun étant visiblement de faire

taire Nigel. La clameur était telle que, pour y mettre un terme, Alleyn dut se lever. Hurler de toutes ses forces aurait eu moins d'effet.

— Qui est coupable de malveillance avec préméditation, Nigel ? s'enquit Alleyn.

— Laissez-moi tranquille, monsieur Blore ! Ne vous immiscez pas entre le vengeur et son courroux, monsieur Blore, sans quoi ce sera pire pour nous tous !

— Personne ne vous a interrompu, Nigel, lui fit remarquer Alleyn. Allons, de qui parlez-vous ?

— De lui. Celui que le courroux de Dieu tout-puissant nous a déjà enlevé.

— Moult ?

— Parfaitement.

Dès lors, l'entretien prit un tour nouveau. Nigel se renferma sur lui-même, tandis que ses camarades s'unissaient tacitement pour se dissocier de tous les problèmes que pouvait soulever Alleyn. Blore, porte-parole malgré lui, déclara que Moult avait posé le récipient en équilibre sur la porte, et que des preuves existaient. Lorsque Nigel cria « par pure méchanceté », le majordome souligna d'une grimace l'irresponsabilité du valet. Alleyn demanda alors si Moult était un homme agressif ou méchant, mais à cela, tous feignirent de ne pas comprendre où il voulait en venir. Il décida donc de prendre un risque. Il leur parla des lettres anonymes adressées aux Forrester et à Cressida, ainsi que du savon liquide versé dans le genièvre de M. Smith. Mais sans doute étaient-ils déjà au courant ?...

Ils auraient aimé répondre que non, mais Alleyn les poussa dans leurs retranchements, et finit par apprendre que Cressida et M. Smith s'étaient exprimés à ce sujet de même que Moult avait « mentionné » ces divers incidents.

— Quand ?

Personne n'en avait le souvenir.

— Où ?

Personne ne le savait, au juste.

— Était-ce ici, dans la salle de repos du personnel ? Hier matin ?

Il constata aussitôt combien cette question semblait les troubler.

— Co... comment ? bredouilla Nigel.

Il se tut. Tous le fusillèrent du regard.

— Comment le savais-je, alliez-vous dire ? devina Alleyn. Il semble que votre conversation ait été plutôt bruyante. Elle a été entendue. Et Moult a été vu, sortant par cette porte, là-bas. Vous l'aviez accusé d'avoir inventé ces subterfuges dans l'intention délibérée de vous créer des ennuis. N'est-ce pas ?

— Nous ne sommes pas forcés de vous répondre, déclara Vincent. C'est ce que vous prétendez. Ce n'est pas ce que nous disons. Nous ne disons rien.

— Allons ! Allons ! répliqua Alleyn. Vous le détestiez, tous autant que vous êtes, non ? C'était visible. Vous lui en vouliez, non sans raison, de l'attitude qu'il adoptait à votre égard.

— Quoi qu'il en soit, monsieur, ce n'est pas pour autant que vous pouvez soupçonner le personnel d'avoir... de...

La voix vibra d'émotion. Il eut un geste brutal de la main.

— ... d'être responsable de sa disparition.

— Je suis tout à fait d'accord avec vous.

— Nous sommes allés de notre côté, monsieur, et M. Moult est allé du sien.

— Exact. Où ? Où les pas de M. Moult l'ont-ils entraîné ? Là est la question.

— Si vous permettez, monsieur, dit Pitipiti, c'est votre problème, et non le nôtre.

— Bien sûr que c'est mon problème ! s'exclama gaiement Alleyn. Sinon, je ne perdrais pas une demi-heure à me cogner la tête contre un mur de béton. Mais résumons : aucun d'entre vous ne sait quoi que ce soit à propos des messages anonymes, du piège sur la porte, pas plus que du savon dans le genièvre. Aucun d'entre vous n'est prêt à s'étendre sur la querelle qui vous a opposés au disparu dans cette salle hier matin. Hormis l'opinion de Nigel selon laquelle Moult se noyait dans le péché, et plus particulièrement dans l'alcool, affirmation que vous soutenez, vous n'avez rien à dire. Vous n'avez aucune idée concernant cette disparition, vous vous fichez de savoir s'il est vivant ou mort. Est-ce exact ?

Silence.

— Bien. Votre attitude me déçoit, j'espérais entretenir avec vous des relations plus intelligentes. Je vous souhaite une bonne nuit.

*

*　*

M. Wrayburn était dans le hall, entouré de chiens policiers, une botte fourrée à la main. Buck, le premier des bergers allemands, avait suivi deux pistes séparées, en aller et retour du vestiaire au porche.

— C'est le parcours effectué par le druide. Aller et retour, je suppose, marmonna Wrayburn.

Mais ils n'avaient rien découvert d'intéressant, se plaignit le commissaire. Ils savaient simplement, et ce n'était pas nouveau, que Moult avait quitté le vestiaire, qu'il y était revenu, et qu'à moins d'avoir changé de bottes ou de les avoir portées à la main, il n'était plus ressorti par la porte donnant sur l'extérieur.

— Prenez une pantoufle dans la chambre de Moult. Voyez ce qu'il en adviendra.

— Je ne saisis pas.

Alleyn lui expliqua ce qu'il voulait dire. Wrayburn écarquilla les yeux, puis :

— Je vois. Oui, oui, je vois.

Sitôt dit, sitôt fait : la pantoufle en question fut présentée à Buck, lequel répondit comme il se devait. Il fut ensuite entraîné du porche à la cour, qu'il arpenta de long en large en remuant la queue, mais sans résultat. Son compagnon, Mack, se montra tout aussi indifférent. Ramenés dans le vestiaire, ils se mirent tous deux à frétiller, mais ignorèrent le sol sous la tablette à maquillage.

— Bien. Nous savons qu'il était là ! proclama Wrayburn. Non seulement pour se grimer avant la fête, mais surtout avant, lorsqu'il préparait la loge pour le colonel. Où en sommes-nous, à présent ?

— Je crains qu'il ne soit indispensable de fouiller cet amas de détritus dans la serre, Jack. Comment se passe le ratissage du parc ?

— Aussi mal que l'on pouvait s'y attendre en ces circonstances. Les hommes font de leur mieux, mais s'il est quelque part par là, ils ont pu le rater dix fois. Cette bande d'assassins n'a-t-elle pas déjà inspecté la serre ?

— C'est ce qui nous a été dit. À l'aide de fourches et de bêches. Ils ont piétiné le terrain comme une horde de dinosaures, d'après moi. Nous devons y aller. Il se pourrait qu'il ait reçu un coup sur la tête.

— Et qu'il ait erré sans but ? Avant de s'effondrer ?

— Tout est possible. Attendez-moi, je vais chercher mon imperméable.

— Il vous faut des bottes en caoutchouc.

— Voyez s'il en reste une paire pour moi dans l'autre vestiaire, voulez-vous ? J'arrive.

S'étant emparé dans son dressing d'un manteau et d'un chapeau, Alleyn rendit une courte visite à sa femme.

Il fut surpris, et agacé de découvrir en sa compagnie la ravissante Cressida Tottenham, gainée d'une robe vert d'eau à volants affriolants.

— Regardez qui est là ! gloussa-t-elle en tapant des mains au-dessus de sa tête. Mon préféré ! Bonsoir, mon cœur !

— Bonsoir, menteuse.

— Rory ! s'indigna Troy.

— Navré.

— Et vos bonnes manières ? roucoula Cressida. Remarquez, ça ne me gêne pas, ça colle avec le personnage.

Troy rit aux éclats.

— Vous êtes toujours aussi directe ?

— Ma chère, uniquement lorsque j'ai le coup de foudre. Cela vous ennuie-t-il ?

— Pas du tout.

— Rustre ou pas, je suis pressé, Troy.

— Je le constate, en effet.

— Si tu entends du bruit sous ta fenêtre, surtout ne t'inquiète pas.

— Entendu.

— Nous nous recoiffions et soulagions nos âmes, intervint Cressida. C'était charmant.

— Si vous le dites... Miss Tottenham, pendant que j'y pense : qu'aviez-vous aux pieds, lorsque vous avez maquillé Moult dans le vestiaire ?

— Ce que j'avais aux pieds ?... Des sandales dorées, monsieur Alleyn, répondit-elle en lui montrant sa mule brodée de pierres multicolores. Des sandales dorées, et des ongles vernis dorés, en harmonie avec ma robe dorée.

— Vous ne deviez pas avoir très chaud !

— J'étais glacée, mon cher ! À tel point que, je vous l'avoue, j'ai caché mes petits orteils gelés dans les bottes fourrées de l'oncle Flea.

— La barbe !

— Quoi ? Pourquoi ? Oh ! Ma chère ! s'écria Cressida après avoir réfléchi quelques secondes. Mais bien sûr ! L'odeur ! C'est cela, n'est-ce pas ? Ces pauvres chiens ! J'ai brouillé les pistes des pas de M. Moult !

— Je suppose que vous les lui avez rendues pour le spectacle ?

— Évidemment. Et je suis certaine que ses pieds ont dû triompher des miens.

Alleyn se dirigea vers la porte, et s'immobilisa brusquement.

— J'allais oublier : quand êtes-vous montée ?

Cressida gonfla les joues et remonta du doigt le bout de son nez pour se donner un air de Zéphyr.

— Quand ? répéta Alleyn. Il y a combien de temps ?

— Voyons, voyons ! Quand ?...

— Vous êtes entrée ici il y a une dizaine de minutes, intervint Troy. Je venais de remonter ma montre.

— Et vous étiez dans vos appartements depuis combien de temps ? Le temps de vous changer ?

— Ce qui n'est pas une mince affaire, rétorqua Cressida. Disons une vingtaine de minutes. Je commençais à m'ennuyer dans la bibliothèque. Hilary s'énervait à propos de l'enquête ; quant à l'oncle Bert Smith, il n'est pas exactement ma tasse de thé. Je suis donc montée.

— Avez-vous croisé quelqu'un sur votre chemin ?

— Absolument. En haut de l'escalier, j'ai rencontré cet imbécile de Nigel qui vociférait sur le péché. Vous savez sans doute qu'il avait poussé sous ma porte une lettre anonyme où il me traitait de femme scandaleuse ?

— Êtes-vous certaine qu'il l'a écrite ?

— Qui cela aurait-il pu être, sinon Nigel ? La femme scandaleuse, c'est son refrain, non ?

— Tout à fait. Quand êtes-vous descendue dîner ?

— Je n'en sais rien. Je devais être la dernière, pour changer, je suppose.

— Avez-vous croisé quelqu'un entrant ou sortant des appartements des Forrester ?

Cressida balaya l'espace d'un bras.

— Oui. Nigel, encore. Il sortait. Il avait préparé les lits. Cette fois, il s'est contenté de raser les murs, comme si j'avais une maladie contagieuse.

— Merci. Je vous quitte.

Il contempla sa femme.

— Ça va ?

— Ça va.

Lorsqu'il fut parti, Cressida soupira.

— Soyons franches, ma chère : j'ai l'impression que je me fatigue pour rien.

8

Moult

Avant de sortir dans la nuit, Alleyn retourna dans le bureau qu'il trouva désert. Il alluma toutes les lampes, ouvrit les rideaux et ressortit, fermant la porte derrière lui et empochant la clé. Il s'attarda quelques instants devant la porte de la bibliothèque, perçut les murmures de voix masculines, le rire bref de M. Smith. Puis il alla rejoindre Wrayburn, qui l'attendait sur l'imposant perron avec quatre de ses hommes et deux meneurs de chiens. Tous descendirent dans la cour.

La pluie, plus fine, continuait néanmoins de tomber résolument. Rugissements du vent et gargouillis d'eau étaient ponctués de claquements métalliques tandis que divers objets, soulevés par la tempête, se laissaient emporter.

Le chef-d'œuvre de Nigel fondait à vue d'œil : le gisant, bien qu'encore reconnaissable, était horriblement mutilé.

Ils contournèrent l'aile est et bifurquèrent vers la droite, pour affronter le vent de plein fouet.

Les rideaux des fenêtres de la bibliothèque étaient tirés et ne laissaient apparaître que de minces filets de lumière ; la salle du petit déjeuner était dans l'obscurité. Mais du bureau, une coulée lumineuse éclairait le jeune sapin ployé dans la tourmente et les tas de détritus qui l'entouraient.

Leur visage tour à tour cinglé par les rafales de vent ou de pluie, les policiers inspectèrent de plus près, aidés de torches puissantes, les alentours. Ils trouvèrent l'arbre de Noël déchu, d'où pendaient encore des guirlandes dorées. Ils fouillèrent gravats et carrés d'orties. Partout, ils repéraient des traces du passage des domestiques de Hilary, avec leurs fourches, leurs bêches et leurs grosses bottes. Ils examinèrent attentivement le sapin et le maintinrent à la verticale, afin qu'Alleyn pût mieux en observer les branchages. Il constata, comme il l'avait supposé un peu plus tôt en le contemplant de la fenêtre du dressing, que les branches les plus délicates étaient abîmées. Il se retourna, découvrit les empreintes des chaussures de Hilary, à l'endroit où il avait enjambé le rebord pour s'emparer du tisonnier.

Revenant au sapin, il reprit son examen. Au bout d'une ou deux minutes, il appela l'un des hommes et lui demanda de lui tenir sa lampe : le vacarme était tel qu'il dut crier pour se faire comprendre.

L'homme l'éclaira, pendant qu'Alleyn commençait à grimper dans l'arbre, s'efforçant de rester le plus près possible du tronc. Les aiguilles de pin mouillées lui griffaient le visage, des cascades de neige lui tombaient sur la nuque et les épaules, la résine lui collait aux mains. Au fur et à mesure de son ascension, le sapin vacillait, et Alleyn suivait son mouvement. Il se hissa de l'autre côté et poursuivit son exercice.

Soudain, un rectangle de lumière vive apparut en bas, à sa droite, et Alleyn vit Bill-Tasman qui l'observait. Il était à la fenêtre de la bibliothèque.

Lâchant un juron, Alleyn s'accrocha de la main gauche au sapin et se pencha, le regard tourné vers le haut. Une poignée de neige s'écrasa sur sa figure.

Là ! Il tendit la main droite, saisit l'objet convoité ; il avait si froid aux doigts qu'il avait du mal à le sentir dans sa main. Il le prit entre ses dents et rejoignit tant bien que mal la terre ferme.

Il fit le tour de l'arbre et se rapprocha de la fenêtre de la bibliothèque. Wrayburn, tout près de lui, prononça quelques mots qu'Alleyn ne comprit pas, et désigna d'un coup de pouce le maître de maison. Alleyn hocha le menton, tout en enlevant son butin de sa bouche : une fine lanière dorée. Ouvrant son imperméable, il la rangea aussitôt dans la poche de sa veste.

— Rentrons !

Ils se dirigeaient vers le devant du bâtiment, lorsqu'ils furent pris dans les faisceaux de deux lampes de poche. Par-dessus le bruit, ils s'entendirent interpeller.

Ils s'immobilisèrent et attendirent l'arrivée de leurs interlocuteurs.

— Que se passe-t-il ? hurla Wrayburn.

— Nous l'avons trouvé, monsieur Wrayburn ! Nous l'avons vu ! Nous l'avons !

— Où ?

— Là-bas, dans le champ un peu plus haut. On a laissé notre camarade y aller...

— Quel champ ? s'enquit Alleyn.

— Celui-là, monsieur... vers la route de Vale.

— Allons-y ! ordonna Wrayburn, surexcité.

Tout le groupe suivit le chemin qu'avait si souvent emprunté Troy pendant ses promenades de l'après-midi.

Bientôt, ils aperçurent un rond de lumière fixé sur une silhouette étendue, bras et jambes écartés, face contre terre. Une personne, accroupie, l'examinait. Mais soudain, tandis qu'ils se rapprochaient, ils virent celle-ci se redresser et donner un grand coup de pied dans le corps.

— Mon Dieu ! s'écria Wrayburn. Que fait-il ? Mon Dieu ! Il est fou ! Arrêtez-le !

Pivotant sur lui-même, il vit Alleyn qui se tordait de rire.

L'homme donna encore quelques coups de pied dans la forme prostrée, puis, rassemblant ses forces, l'envoya voler dans les airs. Des brins de paille s'éparpillèrent dans le vent.

Hilary n'aurait plus qu'à fabriquer un nouvel épouvantail.

*

* *

La poursuite du ratissage se révéla aussi vaine et difficile, aussi à minuit cinq fut-il décidé de tout interrompre.

Tous les hommes empilèrent cirés et matériel trempés sous le porche, et, après avoir enfermé les deux chiens dans le vestiaire vide de l'aile est, pénétrèrent dans le hall en chaussettes.

Hilary, toujours aussi hospitalier, surgit de la bibliothèque. Il s'apitoya sur leur sort et les fixa l'un après l'autre d'un air anxieux, se tournant sans cesse vers Alleyn comme pour quêter son approbation quant à sa propre détresse.

— Venez dans la salle à manger ! Tous ! Venez, venez, venez !

Toute l'équipe le suivit docilement.

Une collation digne de Gargantua les y attendait.

Sur la desserte était disposé un assortiment de bouteilles : whisky, rhum, cognac, ainsi qu'une bouilloire fumante. Le maître de maison implora le commissaire Wrayburn de servir à boire et se chargea, lui, de remplir les assiettes.

Aucun des domestiques n'apparut durant ce festin.

M. Smith fit une apparition, cependant, et contempla cette étrange assemblée avec l'ironie qui lui était coutumière. Alleyn songea qu'il semblait observer particulièrement son neveu par adoption. Que pensait-il vraiment de Hilary et de ses salamalecs ? N'éprouvait-il pour lui qu'une indulgente affection ? Ou était-il exaspéré par son maniérisme trahissant une angoisse latente ? Hilary se montra tout spécialement volubile auprès de Wrayburn et quelques-uns de ses subordonnés déconcertés, qui finirent par ne plus rien manger et fixer obstinément les bouts de leurs pieds. M. Smith adressa un clin d'œil complice à Alleyn.

Au bout d'un moment, Wrayburn vint vers l'inspecteur principal.

— Je peux peut-être lever le siège, à présent ? Il tombe encore des cordes, le ruisseau pourrait déborder ; nous ne voulons pas risquer de rester bloqués ici.

— Bien sûr. J'espère que mes hommes n'auront pas trop de mal à venir.

— Quand les attendez-vous ?

— Ils devraient être là à l'aube, je crois. Ils passeront au commissariat d'abord.

— Si vous avez besoin de cuissardes, n'hésitez pas : nous pouvons vous dépanner.

Wrayburn s'éclaircit la gorge :

— Messieurs...

Hilary les gratifia d'adieux et de remerciements sans fin, et faillit même entamer un discours, mais, apercevant M. Smith, il se ravisa.

Alleyn les accompagna jusqu'à la sortie. Il les félicita vivement pour le travail accompli, leur dit qu'il aurait été heureux de poursuivre l'enquête avec eux, et qu'il les appellerait à l'aide si besoin était. Ils marmonnèrent à leur tour de vagues politesses, revêtirent cirés et bottes, partirent en file indienne réintégrer les véhicules qui les avaient amenés.

Wrayburn s'attarda :

— Bien... Au revoir. Ce fut un plaisir pour moi.

— Oui...

— Bon...

— Je vous tiendrai au courant.

— J'espère que tout s'arrangera, dit Wrayburn. À une époque, j'ai bien pensé quitter l'uniforme, mais... Je ne sais pas... Ça ne s'est pas fait. En tout cas, j'ai profité de cette occasion. Si vous voyez ce que je veux dire.

— Je crois que oui.

— Écoutez. Avant que je parte... Cela vous ennuierait-il de me dire ce que vous avez trouvé dans le sapin ?

— Mais pas du tout, Jack ! Si je n'en ai pas parlé, c'est que je n'en ai pas eu la possibilité.

Il mit la main dans sa poche et sortit, pincée entre le pouce et l'index, la lanière. Wrayburn l'examina de près.

— C'est ce que nous apercevions de la fenêtre du dressing, expliqua Alleyn.

— C'est un fil doré, dit Wrayburn, mais ce n'est pas un bout de guirlande. De quoi peut-il s'agir ?

— À mon avis, ce serait plutôt un lambeau de tissu.

— Il était peut-être là depuis longtemps.

— Peut-être, en effet. À quoi vous fait-il penser ?

— Bon sang ! s'exclama Wrayburn. Mais oui, bien sûr ! Tenez ! Vous allez vérifier ?

— Vous faites patienter vos troupes ?

— À votre avis ?

— Eh bien ! venez...

Ils ouvrirent le vestiaire et y entrèrent. Odeurs de maquillage, perruque sur son support improvisé, botte fourrée, marques sur le tapis, carton contenant le tisonnier... tunique en lamé or... tout était là.

Alleyn retourna le cintre et révéla la partie tachée et déchirée au dos du col. Il compara le tissu au fil qu'il tenait en main.

— C'est peut-être cela, marmonna-t-il. Mais il est difficile de l'affirmer, c'est au laboratoire de s'en charger.

Centimètre par centimètre, il inspecta la robe, devant, derrière, à l'endroit, puis à l'envers.

— Elle est humide, évidemment, voire mouillée tout en bas. C'est normal, après la course dans la cour. Ici, l'ourlet est défait. La fermeture Éclair... Hmmm ! Le col... Ce pourrait être cela... Ce n'est pas impossible.

— Mais enfin ! C'est absurde ! Invraisemblable ! La tunique était ici, dans ce vestiaire. Quand il a été tué, s'il a été tué, il ne la portait pas. Il ne la portait *plus*. À moins qu'on l'ait retirée du corps et rapportée ici. Mais c'est ridicule : elle serait dans un état pitoyable !

— Oui, acquiesça distraitement Alleyn. Oui, oui...

Il s'était accroupi pour regarder sous la table à maquillage. Il en retira le récipient en carton qui avait servi de poubelle et le posa sur la tablette.

— Mouchoirs jetables... Un bout de chiffon. Du papier d'emballage. Tiens ! Tiens ! Qu'est-ce que c'est que ça ?

Il souleva délicatement deux boules de coton.

— Humides, déclara-t-il... Sans parfum. Prises dans ce paquet, là, près de la boîte à poudre. Mais à quoi ont-elles servi ?

— À enlever le fond de teint ? proposa Wrayburn.

— Elles ne sont pas sales. Seulement humides.

— Je ne peux retarder davantage mes hommes, soupira Wrayburn. Dommage... Ce fut un plaisir pour moi. Un agréable changement. Et maintenant, retour à la routine. Bonne chance !

Ils se serrèrent la main, et le commissaire s'en fut. Alleyn découpa un échantillon de lamé or dans l'ourlet de la tunique.

Il jeta un dernier coup d'œil sur le vestiaire et sortit en fermant à clé. Cela lui rappelant son passage, peu auparavant, dans le bureau, il traversa le hall et suivit le corridor de l'aile est pour aller y éteindre toutes les lampes.

Alors qu'il en revenait, la porte de la bibliothèque, tout au bout du couloir, s'ouvrit, cédant le passage à M. Smith. Apercevant Alleyn, il parut hésiter, puis leva la main. Ensemble, ils se rendirent dans le hall, éclairé par deux feux mourants et une lampe, juste sous la galerie, au pied de l'escalier de droite.

— Vous avez veillé, remarqua Alleyn.

— Pas plus que vous. En fait, si vous le voulez bien, j'ai deux mots à vous dire. Illy est monté se coucher. Voulez-vous un petit digestif ?

— Non, merci infiniment. Mais que cela ne vous empêche pas de vous servir.

— Oh ! Non, je n'y tiens pas. J'ai assez bu comme ça, et d'ailleurs, mon genièvre m'attend là-haut. Encore qu'après l'incident de l'autre soir, je sois plutôt méfiant...

— Vous n'y avez plus trouvé de savon liquide ?

— Il ne manquerait plus que ça !

M. Smith s'avança jusqu'à la cheminée la plus proche et donna un coup de pied dans les bûches incandescentes.

— Pouvez-vous me consacrer un instant ?

— Bien sûr.

— Si je vous demande quel est votre avis sur cette affaire, je suppose que vous m'enverrez promener ?

— Dans la mesure où je n'ai pas encore un avis bien défini, oui.

— Si je comprends bien, vous ne savez qu'en penser ?

— C'est cela. Pour l'instant, je collectionne.

— Qu'entendez-vous par là ?

— Vous avez-vous même été collectionneur, je crois, monsieur Smith.

— Et alors ?

— À vos débuts, vous avez dû plus d'une fois vous retrouver à la tête d'objets hétéroclites auxquels vous ne pouviez attribuer leur réelle valeur. Certains d'entre eux pouvaient être d'authentiques pièces de musée, alors que d'autres devaient aller directement aux ordures. Mais à cette époque, je suis prêt à parier que vous ne saviez les distinguer les uns des autres.

— D'accord, d'accord... J'ai compris.

— Je crains de vous paraître un peu prétentieux...

— Pas vraiment, non. Mais je vais vous dire une chose : j'ai très vite appris à repérer l'acheteur et le vendeur, même quand je travaillais presque uniquement avec mon instinct. Et j'ai toujours eu du flair. Vous pouvez interroger Illy. Déjà en ce temps-là, je savais si on essayait ou non de me rouler.

Alleyn avait sorti sa pipe et la bourrait.

— Est-ce cela que vous vouliez me dire, monsieur Smith ? Croyez-vous que quelqu'un cherche à me rouler ?

— Je ne dis pas ça. C'est possible, mais je ne le dis pas. En revanche, je crois que, dans votre métier, il est bon de savoir à qui vous avez affaire. Vous saisissez ?

— En d'autres termes, vous me proposez une analyse détaillée sur chacun des habitants de Halberds ?

— C'est vous qui le définissez ainsi, pas moi. Mais c'est vrai, je pense à la personnalité des uns et des autres. Il me semble que pour vous, c'est un aspect essentiel.

A l'aide d'une paire de pinces, Alleyn saisit un charbon de bois.

— Tout dépend, déclara-t-il en allumant sa pipe. Les faits sont là, ils peuvent être le produit accidentel d'une personnalité apparemment saine. Les gens ont parfois des comportements très contradictoires.

Il dévisagea M. Smith.

— Cependant, si vous voulez me donner votre opinion d'expert à propos de tous les sujets ici rassemblés, cela m'intéressera sans doute énormément.

Il ne reçut pas de réponse immédiate. Contemplant M. Smith, Alleyn se demanda, s'il était amené à décrire cet homme en un seul mot, lequel il choisirait : « Vif » ? « Faux » ? « Insondable » ? Ce crâne presque chauve, strié de quelques cheveux noirs, ces petits yeux brillants, ces lèvres compressées : il avait tout d'un prédateur. M. Smith était un homme dur. Mais comment Alleyn l'aurait-il perçu, s'il n'avait eu aucun renseignement le concernant ?

— Je vous assure que cela m'intéressera énormément, répéta le policier en s'asseyant dans l'un des deux gros fauteuils flanquant la cheminée.

M. Smith le regarda longuement, fixement. Il sortit sa boîte à cigares, se servit, prit place dans l'autre fauteuil. Il coupa son cigare, ôta la bague, l'alluma avec son briquet en or, souffla une volute de fumée, la contempla...

— Pour commencer, je tiens à vous préciser que j'avais beaucoup d'estime pour Alf Moult.

*

* *

C'était l'histoire d'une amitié étrange. M. Smith avait connu Moult à l'époque où Hilary, jeune homme, vivait encore avec les Forrester à Hans Place. La querelle familiale s'étant depuis longtemps éteinte, M. Smith allait déjeuner chez eux presque tous les dimanches. Parfois il arrivait tôt, avant que les Forrester ne fussent rentrés de la messe. Alors, Moult le conduisait dans le bureau du colonel. Au début, Moult, se méfiant terriblement des gens de sa classe, s'était montré plutôt dédaigneux. Puis il avait délaissé peu à peu ses préjugés sans toutefois les renier complètement, et une alliance s'était formée entre eux : réticente chez Moult, plus cordiale chez Smith. Moult avait enfin quelqu'un avec qui bavarder ; et il adorait raconter des ragots, bien qu'il ne parlât jamais du colonel, auquel il se dévouait corps et âme.

Il s'emportait contre des personnes qu'il ne voulait pas nommer, mais qui exploitaient le colonel ; il se révoltait contre la perfidie des commerçants et la stupidité des servantes, à qui il vouait une jalousie palpable.

— Oui, au fond, c'était un jaloux.

M. Smith parut attendre un commentaire.

— Était-il jaloux du neveu par adoption ?

— Illy ? Oh ! Il lui reprochait ses retards aux repas, le travail supplémentaire qu'il causait... des petites choses.

— Il n'éprouvait pas envers lui de ressentiment ?

— Pas plus qu'envers quiconque bousculait sa routine, s'empressa d'assurer M. Smith. Il tenait beaucoup au respect de l'emploi du temps, notre Alf. Évidemment, il savait bien que je ne...

Il hésita.

— Que vous... ?

— Que je n'écouterais rien de ce qu'il pourrait dire contre ce garçon.

— Et Miss Tottenham ? Comment Moult la considérait-il ?

— Miss Glamour ? Je vous parle de ça, c'était il y a vingt ans. Elle avait... quoi ? Trois ans... Je ne la voyais jamais, mais ils en parlaient. Elle était élevée par une famille très bien mais ruinée, qui avait besoin d'argent. Alf était fou d'elle, et j'avoue qu'en la voyant aujourd'hui, je le comprends...

La bouche de M. Smith se releva en un sourire et il eut un regard concupiscent.

— Elle est pas mal...

— Moult a-t-il jamais exprimé un avis à propos des fiançailles ?

— C'est un être humain ! Enfin... peut-être devrais-je dire c'était... Pauvre vieux ! Il trouvait qu'Illy avait bien de la chance. Il était fou d'elle, je vous le dis, il ne supportait pas qu'on la critique. Elle était la protégée du colonel, vous comprenez, et selon Alf, le colonel n'avait jamais tort. Qui plus est, il paraît que son père s'était tué en lui sauvant la vie : c'était donc un héros. Et voilà...

— Et vous ? Les approuvez-vous, ces fiançailles ?

— La nouvelle n'a pas encore été officialisée, que je sache. Mais oui, j'approuve. Illy a du goût. Dans son métier, comme dans la vie. Il sait repérer un bel objet. Elle joue un peu les capricieuses, mais il saura l'amadouer, croyez-moi. Oui, oui, répéta M. Smith en contemplant le bout de son cigare. Je sais ce que représente l'image Bill-Tasman. Drôlerie. Excentricité. Originalité. C'est pratique, à plus d'un égard. Mais n'ayez crainte, il ne supporte pas qu'on fasse des histoires, ni dans les affaires ni dans le plaisir. Il faudra qu'elle soit sage, et à mon avis, elle le sait.

Alleyn attendit un instant, puis :

— Je ne vois aucune raison de vous le cacher : une théorie circule selon laquelle Moult serait à l'origine des plaisanteries, si l'on peut les qualifier ainsi, dont certains d'entre vous ont été la cible.

— Alors ça, non ! vociféra M. Smith. C'est idiot ! Alf Moult, mettre du savon liquide dans mon genièvre ? Jamais de la vie ! Lui et moi, nous étions copains ! Voyons... réfléchissez !

— Il n'aimait pas beaucoup le personnel de la maisonnée, n'est-ce pas ?

— Évidemment. Il les trouvait imbuvables, et il avait raison ! Ils le sont. Mais de là à dire qu'il a voulu leur faire porter le chapeau avec ces messages ridicules et ces farces stupides ! Alf Moult ? Laissez-moi rire.

— Vous n'avez peut-être pas entendu parler de tous les incidents. Ma femme a été victime d'un piège comme celui dont Mervyn est réputé spécialiste...

— Tiens donc !

— Et ce n'est pas tout. Ce soir, entre le moment où Nigel a préparé les lits et celui où le colonel Forrester est monté se coucher, quelqu'un a coincé une fenêtre de sa chambre. Ses efforts pour l'ouvrir ont été tels qu'il a eu une nouvelle crise.

— Ah ! là, là ! Ce pauvre colonel ! Encore une attaque ! Mais cette fois, Alf Moult n'y était pour rien !

— Qui, selon vous, est le responsable de ce fâcheux épisode ?

— Facile : Nigel.

— Non. Pas Nigel, monsieur Smith. Nigel a fermé la fenêtre alors que j'étais encore dans la pièce, et s'est enfui en se lamentant sur son triste sort.

— Il a dû revenir.

— Je ne le crois pas. La marge de temps était trop étroite. Bien sûr, nous allons nous demander qui était en cet endroit de la maison à ce moment précis. Et si l'un d'entre vous pouvait...

— Aider la police, intervint sèchement M. Smith.

— Exactement.

—... En tout cas, moi, je n'y suis pour rien. J'étais dans la bibliothèque, avec Illy.

— Toute la soirée ?

— Toute la soirée.

— Bien.

— Écoutez ! Toutes ces histoires de lettres anonymes, de concentré de savon et de pièges... ça n'a aucun sens, n'est-ce pas ? Oublions la cale de la fenêtre. C'est peut-être différent. Il ne peut y avoir qu'un seul coupable, c'est clair.

— Nigel ?

— Parfaitement ! Ce ne peut être que lui. Ce maudit Nigel ! Il passe ses journées à entrer et à sortir des appartements. Facile, pour lui, de déposer ses messages et de concocter ses digestifs très spéciaux.

— En ce qui concerne la fenêtre, nous serons sans doute bientôt fixés.

— Ah bon ?

— Oui, oui.

— Vous croyez savoir qui c'est ? Non ?

— J'ai ma petite idée là-dessus.

— Épatant ! s'exclama M. Smith. Sensas !

— Dites-moi, monsieur Smith, reprit Alleyn... Pourquoi employez-vous un langage aussi coloré ? Par souci de préserver vos origines ? Ou de nous montrer qu'on ne plaisante pas avec Bert Smith ? Pardonnez-moi, ma question n'a aucun rapport avec le problème qui nous préoccupe... Ce n'est pas par indiscrétion, mais par curiosité.

— Vous êtes un drôle de flic, vous. A quoi jouez-vous ? Où voulez-vous en venir ? Seigneur ! Que vous êtes bizarre !

— Et voilà ! Je vous ai offensé ! Je suis désolé.

— Qui vous dit que je suis offensé ? Je n'ai pas dit que je l'étais, il me semble ? Très bien, très bien, professeur Higgins, vous avez tout compris : disons que, dans mon métier, je vois partout des faux. De la ferraille maquillée. Je vois aussi toutes sortes de personnages comme moi, partis de rien. Mais eux jouent à avoir de la classe. A parler chic. Ça leur reste dans le gosier. Ils paraissent dans le *Who's Who*, mais ils s'étripent dès qu'ils perdent la tête. Pas moi. Moi, je ne suis que moi. Né à Deptford. Mon éducation, je l'ai prise où j'ai pu. Dans la rue, surtout.

Il attendit un moment, puis, avec un sourire en coin, avoua :

— Le problème, c'est que j'ai perdu le contact. Je ne suis plus vraiment dans le coup. Je ne circule pas dans les bons milieux, et j'ai du mal à rester dans le rang. Peut-être suis-je ce qu'on appelle un snob inverti ?

— C'est possible. Après tout, nous avons tous nos petites manies...

— Ce n'est pas une manie ! aboya M. Smith. Bon, ajouta-t-il en bâillant. Si vous avez fini de me forcer la main... Je me sauve. J'avais l'intention de rentrer demain, mais, si ce mauvais temps persiste, je changerai peut-être mes projets. Tant que le téléphone fonctionne, je peux fonctionner aussi.

Il se dirigea vers le pied de l'escalier, se retourna pour observer Alleyn.

— Je suppose que pour vous, ce sera plus facile si je ne bouge pas.

— Avez-vous déjà appartenu aux forces de police, monsieur Smith ?

— Moi ? Flic ? Laissez-moi rire ! s'exclama-t-il et, ricanant, il alla se coucher.

Resté seul, Alleyn demeura là une ou deux minutes, à fixer le feu moribond et à écouter les craquements de la maison dans la nuit. Les portes d'entrée étaient barrées, les rideaux tirés, étouffant la voix de la tempête au-dehors.

Il était habitué aux horaires irréguliers, aux frustrations, aux emplois du temps bousculés, au manque de sommeil, pourtant il avait l'impression qu'un siècle s'était écoulé depuis son atterrissage en Angleterre le matin même. Troy devait dormir profondément... Il décida de la rejoindre.

Mais, brusquement, un bruit insolite attira son attention. Des pas dans la galerie, au-dessus ? Il tendit l'oreille. Rien. Là-haut, tout était dans l'obscurité, mais il se rappela qu'en bas de chaque escalier il y avait une minuterie, ainsi qu'une série d'interrupteurs contrôlant les éclairages du hall. S'écartant de la cheminée, il se rapprocha de la dernière lampe allumée et s'arrêta devant, cherchant par où l'éteindre. Il tendit le bras gauche.

Il arrive parfois qu'un coup inattendu provoque un brutal retour en arrière. L'espace d'un éclair, Alleyn se retrouva âgé de seize ans, frappé en haut du bras droit par une crosse de batte de cricket. Son frère George, poussé par la colère, l'avait pris pour une balle...

Portant la main à l'endroit où il souffrait, il baissa la tête et vit à ses pieds des débris de porcelaine verte.

Après le choc, ce fut la douleur, intense. Non, il n'avait rien de cassé, ce serait vraiment le comble... Au prix d'un effort surhumain, il parvint à fléchir les doigts, puis, plus doucement, le coude. Il examina les tessons éparpillés sur le sol et reconnut les restes du vase qui avait trôné sur une petite table de la galerie : un vase énorme, d'une valeur extrême, sans aucun doute. Décidément, la chance ne souriait guère à Bill-Tasman en ce moment !

La douleur persistait, pénible mais tolérable. Il cala son coude dans l'emmanchure de sa veste, s'en servant comme support et se rapprocha de l'escalier. C'est alors que quelque chose descendit comme une fusée, le frôla au passage et disparut dans les ombres sous la galerie. Un miaulement, un coup de griffe, un bruit sourd... la porte battante matelassée, certainement.

A peine une seconde plus tard, loin au-dessus de lui, une femme hurla. Il alluma le lustre de la galerie et monta en courant.

Cressida lui fonça dedans et le saisit par les bras. Il lâcha un cri de souffrance.

— Non ! gémit-elle. Non ! Je ne le supporterai pas ! Je n'en peux plus. Non, non, non !

— Pour l'amour du ciel ! protesta-t-il. Qu'est-ce qui vous prend ? Calmez-vous !

— Les chats ! Ils le font exprès ! Ils veulent se débarrasser de moi !

Alleyn la repoussa légèrement et sentit qu'elle tremblait abominablement. En proie à la fois au rire et aux larmes, elle s'accrocha à lui avec l'énergie du désespoir.

— Sur mon lit, bredouilla-t-elle. Il était sur mon lit. Je me suis réveillée et je l'ai touché. Tout près de mon visage. Ils le savent ! Ils me détestent ! Il faut que vous m'aidiez !

Ignorant ses propres malheurs, Alleyn parvint à la maintenir par les poignets.

— Très bien, très bien. Calmez-vous. Il est parti. Il s'est sauvé. Je vous en prie... Non ! ajouta-t-il, tandis qu'elle tentait en vain de se jeter contre lui. Là... Je suis navré, mais je vais vous demander de vous asseoir ici sur cette marche et de vous ressaisir. Oui. Parfait. Et maintenant, ne bougez plus.

Elle s'accroupit à la place qu'il lui indiquait. Elle était vêtue d'une chemise de nuit diaphane et avait l'air d'une pin-up distribuée par erreur dans un vaudeville.

— J'ai froid, annonça-t-elle en claquant des dents.

La minuterie s'éteignit, et ils furent dans le noir. Alleyn émit un juron, partit à tâtons en quête d'un interrupteur. Au même instant, comme dans une pièce de théâtre bien rythmée, les portes aux deux extrémités de la galerie s'ouvrirent simultanément. Troy surgit de la gauche, Hilary de la droite. Une rangée de lustres s'illumina.

— Que diable... ? commença Hilary, mais Alleyn lui coupa la parole :

— Couvrez-la. Elle a froid.

— Cressida ! Ma chérie ! Que s'est-il passé ?

Il se précipita vers sa fiancée, essaya sans grand succès de l'envelopper dans les plis de son propre peignoir. Troy retourna dans sa chambre et en ressortit aussitôt munie d'un édredon. Des voix s'élevèrent, des portes claquèrent. Un instant, Alleyn repensa à l'éveil des invités de Forres...

M. Smith, en pantalon, chemise, bretelles et chaussettes, apparut, suivi de près par Mme Forrester, en robe de chambre coquelicot et bonnet de laine.

— Hilary ! hurla-t-elle. Ton oncle et moi-même commençons à en avoir assez ! C'est mauvais pour lui. Je veux que cela cesse.

— Tante Bed, je vous assure que...

— Madame ! interrompit M. Smith. Vous avez tout à fait raison. Je suis avec vous, d'un bout à l'autre. Alors ? Qu'est-ce que c'est encore que cette histoire, Illy ?

— Je n'en sais rien, riposta sèchement le maître des lieux. Je ne sais ni ce qui s'est passé, ni pourquoi j'ai trouvé Cressida assise ici en nuisette. Et je sais encore moins pourquoi vous vous en prenez tous à moi. Ces incidents ne me plaisent pas plus qu'à vous. Quant à vous, tante Bed, comment osez-vous me demander de mettre un terme à tout ceci alors que je n'y suis pour rien ?

À ces mots, tous les quatre foudroyèrent Alleyn du regard. L'inspecteur principal songea qu'il n'avait pas eu depuis bien longtemps affaire à un tel rassemblement d'énergumènes.

— Je vous prie de bien vouloir rester où vous êtes, tous. J'espère ne pas vous retenir trop longtemps. Comme vous l'avez vous-mêmes suggéré, nous allons éclaircir tout de suite la situation. Miss Tottenham, vous sentez-vous mieux ? Voulez-vous boire quelque chose ?

— Oui, ma chérie... Veux-tu boire quelque chose ?

Elle frémit et hocha vigoureusement le menton.

— Bien, reprit Alleyn. À présent, je veux que vous me disiez exactement ce qui s'est produit. Vous vous êtes réveillée, et vous avez découvert un chat sur votre lit ?...

— Ses yeux ! Ils n'étaient qu'à quelques centimètres de moi ! Il ronronnait affreusement et malaxait mon bras de ses pattes. Sur mon bras ! J'ai senti sa fourrure. Une odeur de paille.

— Oui. Qu'avez-vous fait ?

— Ce que j'ai fait ? J'ai hurlé !

— Et ensuite ?

Ensuite... ensuite, elle avait vécu un véritable enfer. Sursautant violemment, elle avait effrayé la pauvre bête, laquelle avait bondi à l'autre bout de la chambre en lui crachant toute sa haine. Elle avait fini par allumer sa lampe de chevet et découvrir le pauvre chat qui la fusillait du regard, caché sous les jupons de sa coiffeuse.

— Le chat tigré ? Ou l'autre, le blanc et noir ?

— Quelle importance ?

— Aucune, bien sûr. Je me posais simplement la question.

— C'était le blanc et noir.

— Bêcheur, marmonna Hilary.

Frisant l'hystérie, Cressida s'était enfin résolue à descendre de son lit, à aller ouvrir sa porte, puis elle avait jeté son oreiller en direction de Bêcheur, qui s'était enfui à toute allure. Profondément bouleversée, elle avait claqué la porte et pivoté sur elle-même pour retourner se coucher, mais s'était tout d'un coup sentie caresser aux chevilles et aux mollets.

Elle avait alors aperçu Malin, le chat tigré, en pleine cérémonie des câlins.

Elle avait crié de nouveau, de toutes ses forces cette fois, et s'était précipitée dans le corridor... pour finir dans les bras d'Alleyn.

Serrée dans son édredon, vaguement consolée par un Hilary désemparé, elle remuait la tête de haut en bas, ses grands yeux écarquillés et humides, ses dents s'entrechoquant de froid et de peur rétrospective.

— Bien, dit Alleyn. Deux questions. La première : comment, à votre avis, les chats sont-ils entrés dans votre chambre ? Quand vous avez rendu visite à Troy, aviez-vous laissé votre porte ouverte ?

Elle n'en avait pas le moindre souvenir.

— Tu as la fâcheuse manie d'oublier de les fermer, tu sais, ma chérie, lui fit remarquer Hilary.

— C'est ce fou de la cuisine qui les a mis là. Par méchanceté ! Je le sais.

— *Cressida !* Je t'en prie !

— Si, si, ce fou, j'en suis sûre ! Il me déteste. Ils me détestent tous ! Ils sont jaloux. Ils craignent que je n'exige des changements ! Ils essaient de m'effaroucher.

— Où est Malin, à présent ? interrogea Alleyn avant que Hilary puisse s'indigner.

— Je l'ai aperçu dans le corridor, annonça Troy. N'ayez pas peur, ajouta-t-elle à l'intention de Cressida, qui, de nouveau, s'agitait fébrilement. Il est entré dans ma chambre et j'ai fermé la porte.

— Vous en êtes certaine ?

— Je vous le jure.

— Au nom du ciel ! s'emporta Mme Forrester. Pourquoi ne l'emmènes-tu pas au lit, Hilary ?

— Tante B, je vous en prie ! Enfin ! Bon, j'y vais...

— Donne-lui un tranquillisant. Elle en a sûrement. Elles en ont toutes. Il ne faut plus que ton oncle soit dérangé. Je retourne auprès de lui. À moins que vous n'ayez besoin de moi ?...

— Non, non, répondit Alleyn. Allez-y. J'espère qu'il va bien ?...

— Il s'est réveillé en me parlant de camions de pompiers. Bonjour à vous tous !

Sur ces bonnes paroles, Mme Forrester les abandonna.

A peine avait-elle disparu que Hilary émit un cri étouffé. Il s'était levé et penché par-dessus la balustrade. D'un doigt, il désigna les débris épars de porcelaine.

— Nom d'une pipe ! s'écria-t-il. Mon vase K'ang-Hsi ! Qui a cassé mon K'ang-Hsi ?

— Votre K'ang Hsi n'a raté ma tête que de quelques centimètres, intervint Alleyn.

— Que voulez-vous dire ? Et pourquoi vous tenez-vous ainsi, le bras sur la poitrine comme Napoléon Bonaparte ?

— Je me tiens ainsi parce que votre vase a failli me casser le bras. Mais ça va, précisa-t-il devant l'air atterré de Troy.

— C'était une très belle pièce, constata M. Smith. Tu l'avais acheté à Eichelbaum, n'est-ce pas ? Quel dommage !...

— Quel dommage, oui !... C'est peu dire...

— Il était assuré, je suppose ?

— Évidemment, mais ce n'est pas une consolation, et vous le savez ! Qui a pu faire cela ? Qui l'a renversé ?

Il se tourna vers sa dulcinée.

— Est-ce toi ?

— Jamais de la vie ! s'indigna-t-elle. Et je t'interdis de me parler sur ce ton ! Ce doit être ce chat...

— Le chat ? Comment aurait-il pu ?...

— Je dois dire que presque immédiatement après l'incident, j'ai vu passer un chat, déclara Alleyn.

Hilary arrondit la bouche, la referma. Il dévisagea Cressida qui le foudroya d'un regard furieux, serrant autour d'elle son édredon.

— Je te demande pardon, ma chérie. C'est le choc. Après tout, c'était un de nos trésors.

— Je veux aller me coucher.

— Oui, oui. Bien sûr. Je t'accompagne.

— Mon Dieu ! s'exclama M. Smith après leur départ... Une querelle d'amoureux..., grimaça-t-il.

— Votre chambre est contiguë à la sienne, si je ne m'abuse ? Avez-vous entendu le tohu-bohu ?

— Entre les deux, il y a sa salle de bains. Oui, j'ai entendu un peu de chahut, mais j'ai aussitôt pensé à une petite partie de jambes en l'air... Vous voyez ce que je veux dire...

— Parfaitement.

— Mais quand elle est sortie dans le couloir, je me suis dit : tiens ! tiens ! Et je suis venu voir. Dieu nous préserve, c'est encore une histoire de fous ! Sur ce, bonne nuit...

Lorsqu'il fut parti, Alleyn s'adressa à son épouse :

— Tu peux sortir de ta cachette.

— Ton bras, Rory. Je ne veux pas t'ennuyer, mais ton bras ?...

Alleyn tenta une imitation assez réussie du colonel :

— Cesse donc de me harceler, ma chérie... ce n'est qu'un hématome, la rassura-t-il en l'enlaçant.

— Quelqu'un... ?

— Je vais devoir avant tout pousser à bout la théorie des pattes de velours. Mais ensuite, quoi qu'il en soit, nous irons nous coucher.

— Je te laisse à ton affaire.

— S'il te plaît, ma chérie. Mais avant que tu ne me quittes, j'ai une question à te poser. De la fenêtre de ta chambre, après la fête et vers minuit, quand tu as aperçu Vincent contournant l'aile nord-est... Il poussait une brouette, laquelle contenait le sapin de Noël.

Il l'a déchargée sous la fenêtre du dressing du colonel. L'as-tu vu ?

— Non. Tout était noir. Je l'ai vu venir le long du chemin. Il est assez large, tu sais ; c'est presque une allée, et il était éclairé par la lune, sur fond de neige. Ensuite, Vincent a disparu dans l'obscurité, je l'ai entendu déverser l'arbre et je me suis écartée de la fenêtre.

— Tu ne l'as donc pas vu repartir ?

— Non. L'air était glacé. Je ne me suis pas attardée.

— Éclairé par la lune, répéta Alleyn... Dis-moi, de là, tu aperçois les travaux entrepris à l'endroit où ils creusent le lac, il me semble ?...

— Oui, vers la gauche.

— As-tu regardé dans cette direction ?

— Oui, c'était magnifique. Toutes ces formes mystérieuses dans la nuit... Le sujet idéal pour un tableau abstrait... Tout était calme. Le champ de neige immaculée...

— Tu en es certaine ?

— Absolument.

— Tu n'as pas remarqué, par exemple, des traces de pas ou de roues ?

— Aucune. Vincent a emprunté le chemin qui fait le tour de la demeure, mais celui-là était déjà bien entamé.

— T'es-tu de nouveau penchée à la fenêtre le lendemain matin ?

— Oui. Et je n'ai rien vu dans la neige. J'ajouterai qu'après notre conversation au téléphone, je suis sortie dans la cour admirer la sculpture de Nigel. Elle avait souffert du vent, surtout du côté nord ; sinon, le gisant était encore reconnaissable. J'ai poursuivi ma promenade jusqu'aux fenêtres du salon... Rien... du moins pas dans la neige. Les sentiers autour de la maison et l'allée étaient boueux ; la cour avait été balayée.

— Donc, personne ne s'était approché, durant la nuit ou tôt le matin, des terrassements.

— À moins d'être passé par l'autre côté. Mais on aurait repéré des traces sur la colline.

— Or, il n'a plus neigé après minuit.

— Non. Il n'y a eu que du vent. Ce matin, le ciel était bleu.

— Oui. Buster n'est arrivé que ce soir. Merci, ma chérie. Tu peux me laisser, à présent, je n'en ai pas pour longtemps.

— Puis-je... ?

— Oui ?

— Puis-je t'être d'une quelconque utilité ? Ou dois-je t'attendre patiemment, comme un ange ?

— Tu me rendrais un grand service en allant chercher ma valise et en y mettant tous les restes du vase. Tâche de manipuler les pièces le moins possible, tiens-les par les bords.

Tandis qu'elle descendait se mettre à l'ouvrage, Alleyn alla se placer devant la table sur laquelle avait trôné le trésor cassé. Il baissa les yeux et reconnut, en vue aérienne, la couronne de l'abat-jour sous lequel, dans un puits de lumière, gisaient les tessons de porcelaine. À genoux, Troy les ramassait délicatement.

Une adorable petite table chinoise était appuyée contre la balustrade. Le socle en ébène sur lequel avait reposé le vase était toujours en place. Alleyn se dit que Hilary avait ainsi placé son objet d'art afin qu'il pût être vu d'en bas par tout nouvel arrivant dans la maison.

Ayant tout allumé dans le corridor, et muni en plus de la pile électrique que lui avait prêtée Wrayburn, il examina méticuleusement la table, millimètre par millimètre. Il n'avait toujours pas fini lorsque Troy remonta, sa mission accomplie.

— Tu cherches des marques de griffes, je suppose ?

— Exactement.

— En as-tu trouvé ?

— Pas encore. Va... J'ai bientôt fini. J'apporterai la valise.

Et lorsque, enfin, une heure ayant tout juste sonné, il rejoignit Troy dans leur chambre, elle sut qu'il était inutile de lui demander si son examen avait porté ses fruits.

Car, de toute évidence, il n'avait rien découvert.

*

* *

Alleyn se réveilla à trois heures. Se glissant hors du lit, il alla sur la pointe des pieds dans le dressing, où il se rasa et se passa la figure à l'eau froide. Il jeta un coup d'œil par la fenêtre. Le vent soufflait encore, mais la pluie avait cessé. Buster se lassait. Alleyn s'habilla tant bien que mal, enfilant douloureusement pull sur pull et fourrant une casquette dans sa poche.

Il s'éclaira à la lampe de poche dans le couloir et descendit dans le hall, où seules luisaient encore quelques cendres dans les cheminées jumelles. Traversant la salle, il emprunta le corridor de l'aile est, jusqu'au bureau.

Là aussi, l'obscurité régnait. L'odeur familière de peinture à l'huile et de térébenthine lui fit croire un instant qu'il avait pénétré dans le studio de son épouse. Le portrait était-il revenu à sa place ?

S'éloignant de la porte, il fut surpris, comme l'avait été Troy auparavant, de découvrir que la fermeture de celle-ci était défaillante. Il se rapprocha pour la fermer correctement, d'un coup sec.

Le faisceau de sa lampe balaya la pièce. Livres, lampes, dossiers de fauteuils, tableaux, bibelots apparurent et disparurent aussitôt. Il découvrit enfin l'établi installé près du chevalet.

Hilary le regarda droit dans les yeux.

Tandis qu'il se rapprochait de la toile, celle-ci sembla prendre vie. Les portraits de Troy n'étaient pas véritablement figuratifs : elle avait le don de rendre par l'abstrait l'essentiel de ses sujets. Qu'avait-elle vu, chez lui ?

L'arrogance, bien sûr, mais aussi l'élégance, le sérieux, une certaine insolence, un soupçon d'excentricité. Curieusement, elle avait intensifié le sillon allant de ses narines au coin de sa bouche ; en accordant aux lèvres une certaine lourdeur, un peu surprenante, elle avait révélé son caractère hédoniste.

Les fenêtres du mur de gauche s'ouvraient sur la grande cour. Alleyn s'en approcha.

Il tira un rideau, en ouvrit une, tout en songeant que les fenêtres jouaient sans doute un rôle majeur dans le drame qui s'était déroulé au manoir de Halberds. Le faisceau de sa lampe éclairait maintenant l'intérieur des volets clos. Un souffle d'air froid pénétra dans la pièce. Par précaution, l'inspecteur prit la peine d'aller mettre à l'abri le chevalet.

Puis il revint soulever le loquet ; les persiennes s'écartèrent légèrement, cédant le passage au rugissement du vent. A travers les jalousies, Alleyn constata qu'il ne restait plus un nuage dans le ciel. Les étoiles jetaient leurs lueurs sur la cour, et, non loin de là, il put discerner le catafalque de Nigel, dont le gisant n'était plus qu'une masse informe.

Il mit sa casquette, remonta le col de son pull-over pour se couvrir la bouche et les oreilles, s'installa sur le rebord de la fenêtre et éteignit sa torche.

Fox et son équipe étaient-ils sur le chemin ? Alleyn regretta de ne pas avoir avec eux de liaison radio. Peut-être arriveraient-ils justement au mauvais moment. Tant pis ! De toute façon, au bout du compte, le résultat serait le même.

A quelle heure les domestiques se levaient-ils, au manoir de Halberds ? Six heures, environ ? Se trompait-il complètement ? Attendait-il, comme si souvent dans ce métier, un non-événement ?

Car après tout, sa théorie, si l'on pouvait appeler cela une théorie, n'était fondée que sur une maigre présomption. Il jouait presque aux devinettes.

Tranquillement, il se remémora tous les renseignements que lui avaient fournis Troy, les invités, Hilary et les membres du personnel. Le mobile demeurait pour l'heure un mystère. Quant aux indices... Une succession de plaisanteries imbéciles qui auraient pu être des menaces. Une disparition. Un homme coiffé d'une perruque. Un cheveu de ladite perruque, et une tache de sang (probablement celui de l'homme en question) au bout d'un tisonnier. Un fil d'or dans un sapin de Noël déchu. Un cadenas forcé. Une fenêtre coincée par une cale. Un vase de grande valeur en mille morceaux. Son bras gauche, proie de douleurs atroces. La collection de M. Smith à ses débuts n'avait sans doute guère été plus hétéroclite.

Alleyn changea de position, remonta le col de sa veste et continua d'observer le paysage au-dehors par les volets entrouverts. L'air glacé lui piquait les yeux.

Au cours des années, Alleyn avait affiné sa technique d'autodiscipline, indispensable pendant ces heures de veille, où la perception doit à tout prix dominer l'inconfort et l'ennui. Il tenta de se rappeler des bribes de texte de son auteur favori, phrases qu'il pouvait associer à son travail : « Oh ! Quels yeux l'Amour me donne-t-il pour ne plus voir la réalité... »

Ce passe-temps frivole l'avait au fil du temps entraîné à mémoriser certains sonnets. C'est ainsi que, pour tenter d'ignorer ses larmes de froid et son bras endolori, il enchaîna avec « le coût de l'esprit dans un océan de honte... ». Et, à cet instant précis, il aperçut la lumière.

Elle traversa la cour par rebondissements, darda son rayon sur les restes de la sculpture de Nigel.

— Allons-y ! marmonna Alleyn.

L'espace d'un éclair, la lampe se dirigea droit sur lui, et il eut l'impression d'être mis à nu, mais elle revint sur son point de départ, avant d'être projetée vers deux silhouettes sombres, ployées contre le vent, tirant derrière elles un chargement invisible.

C'était un traîneau : le faisceau de la torche s'immobilisa au pied du catafalque, où le poussèrent mains gantées et grosses bottes.

Alleyn modifia une fois de plus sa posture. Il s'accroupit. Puis, s'accrochant aux persiennes, se mit debout, tout doucement, en les maintenant presque fermées.

Trois hommes. Le vent continuait de hurler tout autour, néanmoins il perçut leurs voix. Non sans mal, semblait-il, ils avaient réussi à poser leur lampe afin d'être éclairés en un point. Une forme passa : un personnage muni d'une pelle à long manche.

Deux paires de gants s'emparèrent du couvercle du catafalque.

— Ho ! Hisse !

Alleyn lâcha les persiennes. Elles s'écartèrent violemment et battirent contre le mur. Enjambant le rebord de la fenêtre, il agita sa propre lampe électrique.

Elle éclaira tour à tour les visages de Pitipiti, de Mervyn et de Vincent.

— Vous vous mettez bien tôt à l'ouvrage, leur fit remarquer Alleyn.

Personne ne lui répondit, personne ne bougea. Les trois individus semblaient s'être momifiés. Enfin, Pitipiti prit la parole, de sa voix d'alto.

— Vincent nous a demandé de l'aider, annonça-t-il. A dégager ça...

Silence.

— Oui, c'est vrai, renchérit Vincent.

— Il est tout abîmé, à présent, intervint Mervyn. Monsieur... tout abîmé par la tempête.

— C'est une horreur, ajouta Pitipiti.

— Nigel ne vous assiste pas ? s'enquit Alleyn.

— Nous ne tenions pas à le chagriner, expliqua Mervyn. Il est si sensible.

Pour se faire entendre par-dessus la bise, ils étaient obligés de crier ces commentaires absurdes. Alleyn s'avança et heurta ce qu'il reconnut comme étant l'un des piliers soutenant le porche. Il se rappela que lorsque les équipiers de Wrayburn y étaient retournés récupérer leur matériel, l'un d'entre eux avait allumé une lanterne, dont chaque pilier était nanti.

Alleyn continua de diriger sa lampe sur les trois hommes. Ils pivotèrent lentement pour suivre sa progression, collés les uns aux autres, paupières plissées. Main tendue, il tâta le pilier, puis recula contre le mur de la maison.

— Pourquoi n'avez-vous pas attendu le lever du jour ? s'enquit-il.

Ils se mirent tous trois à parler en même temps, dans un brouhaha indescriptible : Hilary ne supportait pas le désordre, Nigel aurait trop de peine de voir son gisant défiguré...

— Allons ! Dépêchons-nous, reprit Vincent.

Et les paires de gants se remirent à l'ouvrage.

Alleyn trouva enfin un interrupteur. Soudain, la cour s'illumina comme pour la soirée de Hilary.

— Avant que vous l'emportiez, j'aimerais voir ce qu'il y a là-dedans, annonça Alleyn.

— Rien ! Rien du tout ! s'écria Pitipiti.

Et, en même temps :

— Le couvercle est cloué ! C'est impossible ! assura Vincent.

— Ce n'est qu'une caisse d'emballage, monsieur, dit Mervyn. Elle contenait le piano. Elle est pleine d'ordures.

— Très bien. Il n'empêche que je veux y jeter un coup d'œil, s'il vous plaît.

Alleyn se rapprocha d'eux, et les trois acolytes se groupèrent devant la caisse. « Seigneur ! songea-t-il. C'est pitoyable ! Sordide ! »

Chacun se servait de l'autre, avec l'énergie du désespoir, pour se protéger soi-même. Ils semblaient éprouver le besoin impérieux de se toucher, de se fondre pour n'être qu'un.

— Vous avez tort, vous savez. Si vous adoptez cette attitude, ce ne pourra être qu'en votre défaveur. Je veux voir ce que contient cette caisse.

Pitipiti eut tout d'un coup l'air d'un chat apeuré.

— Nous ne vous le permettrons pas ! Nous sommes trois contre un. Attention à vous !

— Écoutez, monsieur, je ne vous le conseille pas, reprit Mervyn.

Quant à Vincent, il tremblait visiblement.

— Vous allez vous attirez des ennuis. Vous feriez mieux de laisser tomber. Vous n'auriez pas dû... Je vous préviens ! Vous voyez ? Je vous préviens...

— Vincent ! aboya Pitipiti. Tais-toi !

Alleyn marcha droit sur eux ; à l'unisson, ils plièrent les genoux et remontèrent les épaules, caricatures de combattants prêts à l'attaque.

— Vous jeter sur moi serait le comble de la stupidité. Réfléchissez !

— Oh ! Mon Dieu ! gémit Pitipiti. Mon Dieu ! Mon Dieu ! Mon Dieu !

— Poussez-vous. Si vous m'assommez, la situation dégénérera complètement. Vous le savez bien.

Allons ! Poussez-vous.

Vincent balaya l'espace avec sa pelle. Alleyn s'avança de trois pas et esquiva le coup. La pelle siffla au-dessus de sa tête et plongea dans un côté de la caisse.

Bouche bée, les doigts sur ses lèvres, Vincent était stupéfait :

— Ma parole, vous êtes un rapide !

— Et c'est une chance pour vous, mon vieux ! Espèce d'imbécile ! Pourquoi vous obstinez-vous à accumuler les erreurs ? Et maintenant, poussez-vous, tous autant que vous êtes ! Allez !

— Vincent ! geignit Pitipiti. Tu aurais pu le décapiter !

— C'est tout dire...

— Allez ! ordonna Mervyn. Fais ce qu'il dit. Ça ne sert à rien de refuser.

Ils s'écartèrent.

La caisse n'était pas clouée. Munie en bas de charnières, elle se fermait grâce à des crochets suspendus au couvercle. Ceux-ci étaient très résistants, et Alleyn ne pouvait se servir que d'une main. Il arracha la pelle à son point d'ancrage.

— Et n'essayez pas de recommencer !

Il jeta l'instrument à leurs pieds.

Forçant les deux premiers crochets, il parvint à dégager légèrement le battant. De la paume de la main, il donna un coup, et le troisième crochet, après une résistance de courte durée, se dégagea.

Le battant tomba de son côté. Il recula, et la planche s'écrasa en résonnant dans la cour.

Moult roula, offrant à l'inspecteur Alleyn un regard qui ne voyait plus rien.

9

Post mortem

Cette apparition grotesque du défunt Moult provoqua parmi les témoins de la scène un regain brutal d'activité.

Pendant les premières secondes, les trois domestiques demeurèrent figés sur place. Puis brusquement, sans un mot, ils s'enfuirent en courant dans la nuit.

Alleyn s'apprêtait à les rattraper, quand tout d'un coup ils firent demi-tour, gesticulant tels les pantins d'un somptueux spectacle. Comme pour renforcer cette impression de coup de théâtre, ils furent à cet instant éclairés par-derrière, pivotèrent sur eux-mêmes pour affronter la lumière qui semblait les poursuivre, agitèrent les bras, se protégèrent les yeux et se blottirent les uns contre les autres.

La tache lumineuse se réduisit et s'intensifia, tandis que le véhicule de police entrait dans la cour et s'y arrêtait. Vincent se retourna et se précipita directement dans les bras d'Alleyn. Ses compagnons hésitèrent, puis décidèrent de se sauver, mais trop tard, et furent empoignés par quatre hommes descendus avec une rapidité exemplaire de la voiture.

Il s'agissait des brigadiers Bailey et Thompson, respectivement expert en dactyloscopie et photographe, du chauffeur et de l'inspecteur Fox.

— Alors ? questionna Fox, le plus imposant des quatre. On est pressé ?

Pitipiti fondit en larmes.

— D'accord, d'accord, intervint Alleyn. Calmez-vous, tous. Où pensiez-vous vous réfugier ? De l'autre côté de la colline, à Vale ? Bonjour, Fox.

— 'Jour, monsieur Alleyn. Vous n'avez pas perdu votre temps.

— Comme vous pouvez le constater.

— Que devons-nous faire d'eux ?

— Je me le demande ! Ils sont insupportables.

— Nous n'avons rien fait ! gémit Pitipiti. Rien du tout ! Nous ne l'avons pas touché ! C'est un terrible malentendu !

— Touché qui ? demanda l'inspecteur Fox.

Alleyn, qui souffrait terriblement de son bras gauche, désigna d'un coup de menton la caisse d'emballage.

— Lui !

— Tiens ! Tiens ! s'exclama Fox. Un cadavre ?

— Un cadavre.

— Serait-ce par hasard le disparu ?

— C'est le disparu.

— Devons-nous les inculper de meurtre ?

— Pour commencer, nous les rentrons dans la maison ! répliqua Alleyn. Pour l'amour du ciel, emmenez-les. Par ces fenêtres, là-bas. Je vous précède pour allumer. Il vaudrait mieux les conduire dans leurs quartiers. Et taisez-vous, tous autant que vous êtes. Nous ne voulons pas réveiller toute la maisonnée. Cooke... comment vous appelez-vous, déjà ? Pitipiti, je vous en conjure, fermez-la !

— Et le corps ? demanda Fox.

— Une chose après l'autre. Avant d'y toucher, il faut qu'il soit vu par le médecin divisionnaire. Bailey... Thompson...

— Monsieur ?

— Mettez-vous au travail. Laissez tout tel quel. Prenez les empreintes, à l'intérieur comme à l'extérieur de la caisse. Le traîneau... N'omettez aucune surface. Et n'oubliez pas le cadavre. Le grand jeu.

Alleyn se dirigea vers le mort et se pencha dessus. Il était raide et tout de guingois. Allongé sur le dos, il avait la tête de travers et un bras en l'air. Ses yeux et sa bouche étaient grands ouverts. Les cicatrices striant son menton et sa joue étaient blafardes.

« Mais la barbe, la moustache et la perruque pouvaient tout dissimuler », songea Alleyn.

Il entreprit de le fouiller. De la poche intérieure de la veste, il sortit une flasque, qu'il déboucha. Du whisky. Dans celle du gilet, il trouva une clef. Ne découvrant rien de plus, il se détourna pour contempler Vincent et ses associés.

— Êtes-vous décidés à nous suivre dans le calme ? Sinon, vous le regretterez amèrement.

Ils répondirent par l'affirmative.

— Parfait. Vous, dit Alleyn au chauffeur du véhicule de police, venez avec nous. Bailey et Thompson, vous savez ce que vous avez à faire. Je me charge d'appeler le médecin divisionnaire. Quand vous aurez fini, attendez mes instructions. Où est votre seconde voiture, Fox ?

— Pneu crevé. Ils ne vont pas tarder.

— Dès qu'ils seront là, ordonna Alleyn à Bailey, postez-les à toutes les entrées. Personne ne doit sortir d'ici avant que tout ne soit réglé. Il sera bientôt six heures. Venez, Fox. Venez, vous autres !

Alleyn les entraîna par la fenêtre de la bibliothèque, le long du corridor et jusqu'au bout du hall, par la porte matelassée verte jusqu'à la salle commune du personnel. Là, ils surprirent le jeune assistant en train d'allumer un feu. Alleyn l'expédia avec ses compliments chercher Blore, dont la présence était vivement souhaitée.

— Nigel est-il levé ?

Les yeux écarquillés, l'adolescent acquiesça. Nigel était occupé à préparer les plateaux de thé pour les invités.

— Dites-lui que nous sommes ici et que nous ne voulons pas être dérangés pour le moment, voulez-vous ? Bien. Remettez un peu de charbon sur le feu, et allez-y. Merci.

Le jeune garçon sorti, Alleyn se servit du téléphone des domestiques pour appeler Wrayburn, à qui il raconta sa découverte. Il lui demanda de leur envoyer le plus vite possible le médecin. Il revint ensuite dans la salle de repos, où, d'un signe de tête, il indiqua au chauffeur du Yard de prendre place devant la porte.

Mervyn, Pitipiti et Vincent se tenaient au milieu de la pièce, trempés, frissonnants et pitoyables. De temps à autre, Pitipiti s'essuyait la figure, puis, comme un bébé souffrant d'un gros chagrin, lâchait un sanglot en forme de hoquet.

— Bien, reprit Alleyn. Vous savez tous trois ce que vous avez fait, je suppose ? Vous avez tenté d'entraver la police dans l'exercice de ses fonctions. C'est un délit grave.

Ils s'exclamèrent à l'unisson.

— Taisez-vous ! Cessez de me répéter que vous ne l'avez pas tué. Personne ne prétend le contraire. Pour l'instant. En revanche, vous pourriez être accusés de complicité par assistance, si vous savez ce que cela signifie.

— Bien entendu ! affirma Mervyn, recouvrant toute sa dignité.

— Bien. Entre-temps, je vais vous dire ce que je pense de votre comportement. Mettez-vous devant le feu, pour l'amour du ciel ! Je n'ai pas envie de parler à un orchestre de castagnettes !

Ils s'approchèrent de l'âtre. Autour de leurs bottes se formaient des flaques, et, bientôt, une odeur de vapeur s'éleva autour d'eux. Ils étaient très différents les uns des autres. Pitipiti, trop gros, tout mou ; Vincent, avec ses airs de furet et son teint patiné ; Mervyn aux sourcils si noirs et à la peau si blanche. Ils ne regardaient nulle part. Ils attendaient.

Alleyn appuya son bras endolori contre son torse et s'assit sur le bord de la table. M. Fox s'éclaircit la gorge, se concentra, sortit un calepin.

— Si je me trompe, vous aurez tout intérêt à me le signaler, quoi qu'il arrive. Et je suis sincère. Vraiment. Vous n'allez pas me croire, mais c'est la vérité. Ce sera mieux pour vous sur tous les plans. Bref... Revenons-en à l'arbre de Noël. La fête. La fin de la soirée. Vers minuit, vous, dit-il en s'adressant à Vincent, avez transporté le sapin défait sur votre brouette et l'avez déchargé dans la serre en ruine de l'aile est, sous la fenêtre du dressing du colonel, près d'un jeune sapin. Est-ce exact ?

Vincent remua les lèvres.

— C'est là que avez eu la désagréable surprise de découvrir le cadavre de Moult, gisant au pied de l'arbre. Je ne peux que deviner votre première réaction. Je ne sais pas si vous l'avez examiné de près, mais à mon avis, ce que vous avez vu a suffi pour vous convaincre qu'il s'agissait d'un meurtre. Vous avez paniqué. Aussitôt, ou alors plus tard, après avoir consulté vos camarades...

Il y eut un mouvement involontaire, immédiatement retenu.

— Je vois, poursuivit Alleyn. Donc... Vous êtes rentré, et vous avez raconté à Blore et à vos deux acolytes ce que vous aviez trouvé. Oui ?

Vincent passa la langue sur sa lèvre inférieure.

— Et si c'était vrai ? Je n'affirme rien. Je ne contredis pas non plus, remarquez. Mais si c'était vrai ? Ç'aurait été correct, non ? De rapporter ce que j'avais vu ? Non ?

— Absolument. C'est ce qui s'est passé ensuite qui me paraît moins correct.

— La règle veut qu'on fasse un rapport aux autorités.

— En l'occurrence, il me semble que dans cette affaire, l'autorité compétente aurait plutôt été M. Bill-Tasman ?

— Il aurait fallu respecter la filière. *Si*..., vous m'entendez ? *Si* c'était le cas... Mais moi, je n'affirme rien.

— Je crois que nous avons tous compris ce que vous vous refusez à nous dire. Mais poursuivons, si vous le voulez bien, et venons-en à ce que vous *acceptez* de nous dire. Supposons que vous soyez rentré trouver M. Blore, et que vous lui ayez tout raconté, ainsi qu'à vos deux camarades ici présents. Mais pas un mot à Nigel, par crainte de ses réactions possibles à l'événement. Vous aviez donc entre les mains le cadavre d'un homme que vous détestiez tous cordialement, et contre lequel vous aviez proféré des menaces le matin même. Il paraissait avoir été battu à mort. Vous étiez au comble de l'embarras. Pour plusieurs raisons. Vos casiers judiciaires, d'une part. Et d'autre part, à cause des incidents survenus les jours précédents : piège, messages anonymes, genièvre empoisonné au savon liquide, etc. Chaque plaisanterie étant un écho de votre propre passé.

— On n'a jamais..., commença Mervyn.

— Pour l'instant, je ne prétends pas que vous ayez fait quoi que ce soit. Je me permets cependant de penser que vous soupçonniez tous Moult d'avoir perpétré ces mauvaises blagues dans le but de vous discréditer. Et que cette macabre découverte a renforcé votre affolement, car vous avez eu peur d'être accusés. Paniqués, vous avez donc cherché à vous débarrasser du corps.

À ces mots, Blore entra. Il portait une magnifique robe de chambre par-dessus son pyjama.

— Vous souhaitiez me voir, monsieur ? s'enquit-il poliment auprès d'Alleyn.

— En effet, Blore, je vous annonce que le cadavre de Moult a été retrouvé dans la caisse d'emballage servant de base à la version nigelienne de l'effigie Bill-Tasman. Ces trois hommes s'apprêtaient à placer le tout sur un traîneau. Leur intention était, à mon avis, de transférer leur chargement en un lieu plus propice, c'est-à-dire là où les bulldozers bâtissent une colline artificielle dominant un futur lac artificiel... J'essayais justement de les convaincre qu'ils auraient tout intérêt, comme vous d'ailleurs, à me donner un récit détaillé des faits.

Blore les contempla fixement, mais aucun d'entre eux n'osa le regarder dans les yeux.

— Donc, reprit Alleyn, Vincent est-il venu vous prévenir qu'il avait découvert le corps dans la nuit de Noël ? Ou plus exactement, aux alentours de minuit dix, hier ?

Blore aspira sur ses joues, mais ne dit rien. Ce fut Vincent qui, subitement, explosa :

— On n'a rien dit, monsieur Blore. Rien du tout !

— Mais si ! protesta Pitipiti. Tu l'as ouverte, ta grande gueule. Hein, Merv ?

— C'est pas vrai ! J'ai dit « si »...

— Si quoi ?

— J'ai dit « si »... « Si » ce qu'il disait était vrai, j'aurais simplement été correct et j'aurais suivi la procédure. En venant vous trouver. Ce que j'ai fait. Je veux dire...

— Tais-toi ! s'exclamèrent à l'unisson Mervyn et Pitipiti.

— Voici ce que j'imagine, expliqua Alleyn à Blore. Vous avez décidé entre vous de dissimuler le corps dans la caisse, tout de suite. Vous ne pouviez l'emporter directement sur les lieux des travaux, parce que vous auriez laissé des traces dans la neige, et parce que vos efforts pour recouvrir dans l'obscurité vos ouvrages de terrassement auraient sans doute été vains... C'est ainsi que l'un d'entre vous a eu la lumineuse idée de le cacher en attendant dans la caisse d'emballage, laquelle aurait de toute façon fini son existence sous ces mètres cubes de terre. Je suppose donc que Vincent l'a apporté sur sa brouette, et que vous l'avez aidé à détacher les marches, ouvrir le battant sur le côté, ranger le mort et replacer les marches. Le lendemain matin, les ravages du vent du nord et de la pluie furent remarqués par tous, mais une nouvelle chute de neige avait fort heureusement contribué à limiter les dégâts.

Alleyn se tut un moment. Pitipiti poussa un profond soupir. Ses compagnons se trémoussèrent.

— Je crois que nous ferions mieux de nous asseoir, dit Alleyn.

Ils s'installèrent dans le même ordre que lors de l'assemblée de la veille. M. Fox, fidèle à ses habitudes, resta dans l'ombre, tandis que le chauffeur tenait son poste de surveillance devant la porte.

— Je me demande pourquoi vous avez tout d'un coup décidé de déménager cette caisse à cinq heures du matin, poursuivit Alleyn. Avez-vous tous, subitement, pris peur ? Sa présence dans la cour vous était-elle tout d'un coup devenue insupportable ? Craigniez-vous de n'avoir pas le courage de la transporter en plein jour et de l'abandonner aux bulldozers ? Qu'alliez-vous en faire, au juste ? Espériez-vous la laisser disparaître dans le marécage créé par le mauvais temps de ces derniers jours ?

Ils passèrent d'un pied sur l'autre en se jetant des coups d'œil méfiants.

— Je vois. Très bien. Allons, soyez raisonnables : affrontez donc la situation de face... Vous étiez là, vous aviez un cadavre sur les bras. Vous n'allez peut-être pas me croire si je vous dis qu'à mon avis, vous ne l'avez pas tué. Loin de moi, en tout cas, l'intention de vous en accuser pour l'instant. Cependant, vous avez conspiré contre la justice, et de cela, vous aurez probablement à répondre en temps et en heure. Mais notre souci immédiat est de démasquer le coupable. Si vous savez vous rendre utiles, plutôt que de nous mettre des bâtons dans les roues, et si vous vous comportez bien, nous en tiendrons compte. Je n'essaie pas de vous acheter, précisa Alleyn. J'essaie simplement de mettre les points sur les « i ». Si vous souhaitez en discuter entre vous, je vous y autorise, mais en profiter pour inventer une histoire à dormir debout serait imbécile. Qu'en dites-vous ? Blore ?

Blore inclina la tête et fit mine d'admirer le feu. Sa main droite pendait lourdement entre ses genoux. Alleyn se rappela qu'elle avait autrefois brandi un couteau à découper.

Blore soupira.

— Je ne sais pas à quoi cela nous avancera de parler, répondit-il de sa voix de stentor. Vraiment, je n'en sais rien du tout.

Aucun de ses amis ne chercha à le contredire.

— N'avez-vous pas tout de même l'impression que vous êtes redevables d'une explication envers M. Bill-Tasman ? questionna Alleyn. Après tout, il a été très généreux avec vous, il me semble.

Pitipiti révéla soudain une facette un peu intelligente de son caractère.

— M. Bill-Tasman a surtout trouvé une solution qui l'arrangeait bien. Jamais il n'aurait réussi à persuader un personnel de la qualité qu'il visait de venir s'installer dans ce trou. Il a ce qu'il voulait. Il en a pour son argent, et il le sait bien. Si ça l'amuse de parler de réhabilitation, c'est son problème. Si nous n'avions pas été à la hauteur, il se serait tu.

L'ombre d'un sourire passa sur leurs visages.

— Redevables envers lui ? répéta Pitipiti, une fossette creusant sa joue encore tachée de larmes. Dans deux minutes, vous allez nous dire que nous devrions lui montrer toute notre gratitude. On ne cesse de nous faire remarquer combien nous devons lui être reconnaissants. Mais reconnaissants de quoi ? De nous payer convenablement en échange des services rendus ? Après onze ans de taule, on ne me la fait plus, monsieur Alleyn.

— Oui, oui, je comprends...

Il les observa tour à tour, puis :

— La vérité, c'est qu'une fois sortis de prison, vous n'êtes pas pour autant tirés d'affaire... Mais revenons-en aux choses sérieuses. J'ai mon travail, vous avez le vôtre. Si vous êtes d'accord avec la version que je vous ai soumise de votre participation dans cette affaire, je m'en contenterai. Et je crois que cela vaudra mieux pour vous. Mais je ne peux attendre davantage votre réponse. À vous de jouer.

Une pause interminable.

Mervyn se leva, se dirigea vers l'âtre, donna un coup de pied violent dans une bûche.

— On n'a pas le choix, marmonna-t-il. D'accord. C'est comme vous avez dit.

— Parle pour toi, grommela Vincent, mais sans grande conviction.

— Les gens ne réfléchissent pas, constata Blore.

— Que voulez-vous dire par là ?

— Ils ne savent pas. Pour nous, pour chacun d'entre nous, c'était ce que l'on pourrait appeler un acte isolé. Une crise unique. Ça vous monte à la tête comme ça, d'un seul coup, et c'est fini. C'est sorti. Nous n'avons pas plus de raison qu'un autre de devenir violents. Plutôt moins. Nous savons ce qui se passe ensuite. Nous ne sommes pas récidivistes. Les gens ne réfléchissent pas.

— Est-ce pareil pour Nigel ?

Ils s'observèrent à la dérobée.

— Lui, c'est différent. Il a un grain, déclara Blore. Il est facilement contrarié. Il ne comprend pas.

— Est-il dangereux ?

— Je confirme votre version des faits, monsieur, répondit le majordome comme s'il n'avait pas entendu la question d'Alleyn. En gros, c'est bien ainsi que cela s'est passé. Vincent a découvert le cadavre, il est venu nous avertir, et, ensemble, nous avons pris une décision. J'avoue que c'était stupide, mais vu les circonstances, nous ne tenions pas à ce que le corps soit retrouvé.

— Qui l'a mis dans la caisse ?

— Je ne pense pas qu'il soit nécessaire d'entrer dans ces détails, répliqua Blore.

Mervyn et Vincent parurent très soulagés.

— Et Nigel n'est au courant de rien ?

— Il ne sait rien du tout. Il croit que M. Moult, se sentant coupable de s'être moqué de nous, est allé cuver ailleurs sa mauvaise humeur.

— Je vois.

Alleyn se tourna vers Fox, qui rangea son calepin et s'éclaircit de nouveaux la gorge.

— Je vais faire rédiger une courte déposition, que vous aurez l'amabilité de signer tous les trois, si elle vous convient.

— Nous n'avons pas promis de signer quoi que ce soit ! protesta vivement Blore.

Les autres renchérirent.

— En effet, acquiesça Alleyn. Ce sera à vous d'en décider.

Il sortit, suivi de Fox et du chauffeur.

— À votre avis, s'enquit Fox, vont-ils tenter de ficher le camp ?

— Je ne le pense pas. Ils ne sont pas idiots : tenter de cacher le corps était stupide, mais ils avaient cédé à la peur.

Fox émit un profond soupir.

— Ce type d'individu, vous savez bien, l'assassin accidentel... me gêne toujours... Il est curieux, le gros. Le cuisinier. Comment l'avez-vous appelé ?

— Pitipiti.

— C'est bien ce qui me semblait.

— Il adore les chats. À ce propos, d'ailleurs, les chats ont aussi leur rôle dans cette affaire... Je vais vous mettre au courant, Fox. Venez par ici, dans le hall.

*

* *

Alleyn acheva son récit, que Fox avait écouté jusqu'au bout avec son air coutumier : sourcils haussés, petite moue et respiration légèrement catarrheuse. Il avait pris quelques notes par-ci, par-là, et, lorsque Alleyn eut terminé, qualifia l'affaire d'« inhabituelle ».

Tout cela avait pris beaucoup de temps : sept heures sonnaient déjà. Les rideaux étaient encore tirés, mais Alleyn les entrouvrit pour constater que les fenêtres étaient gardées de l'extérieur par l'équipe de renfort de Fox, tandis que Bailey et Thompson éclairaient de leurs torches puissantes le cadavre de Moult, sur lequel se penchait une silhouette en manteau sombre.

— C'est le médecin, dit Alleyn. Voici la clé du vestiaire, Fox. Allez y jeter un coup d'œil pendant que je m'entretiens avec lui.

Le Dr Moore décréta que Moult avait été assommé ou tué par un coup sur la nuque, et que son cou s'était ensuite brisé, sans doute dans sa chute. Alleyn lui présenta le tisonnier, qu'ils placèrent auprès de l'horrible blessure : la tache de sang correspondait. L'ensemble fut dûment photographié. Le Dr Moore, un homme mûr à l'œil vif, fut ensuite conduit au vestiaire, où il put examiner à loisir la perruque ; sur la marque humide, Alleyn remarqua un cheveu qui avait jusque-là échappé à son attention. Il fut décidé que cet indice ainsi que le tisonnier seraient soumis aux spécialistes du Yard.

— C'est le coup du lapin, déclara le Dr Moore. Je suppose que vous allez en parler avec Sir James.

Sir James était le médecin consultant du Yard.

— À mon avis, reprit le Dr Moore, laisser le corps sur place ne servirait pas à grand-chose. Il a déjà été beaucoup trimbalé, semble-t-il, depuis l'assaut fatal.

Sur ces mots, le Dr Moore prit congé pour regagner son cabinet de Downlow. Il était sept heures trente.

— Il a raison, vous savez, Fox. Je vais contacter Curtis, mais, à mon avis, il nous autorisera à déplacer le cadavre. Il y a des salles vides, au rez-de-chaussée de la tour des écuries. Vous pouvez l'y transporter avec la voiture. Remettez-le d'aplomb. Le colonel Forrester va devoir l'identifier.

Alleyn appela Sir James Curtis et reçut la permission, délivrée bon gré mal gré, de débarrasser la cour de Hilary. Sir James préférait les cadavres *in situ*, mais concéda que celui-ci avait déjà été secoué comme les dés dans un gobelet. Alleyn rejoignit Fox dans le hall.

— Nous ne pouvons cacher plus longtemps la nouvelle à Bill-Tasman. Dommage... J'avoue que j'envisage sans grand enthousiasme la suite des événements.

— Si nous excluons les domestiques, et si j'ai bien compris c'est le cas, il reste peu de coupables possibles, non ?

— Six. À condition d'éliminer d'emblée les trente invités du réveillon, ainsi que Troy.

— Il faudrait savoir, dit Fox, poursuivant comme à son habitude le fil de ses pensées, si le coupable n'a pas commis une erreur sur l'identité de la personne : la victime était méconnaissable avec sa perruque et sa barbe.

— Exact. Auquel cas, les suspects se réduiraient au nombre de cinq.

— Selon vous, quelqu'un aurait-il pu prendre le colonel en grippe ?

— C'est impossible, d'un point de vue strictement psychologique : il semble tout droit sorti de *Winnie l'Ourson*.

— Quelqu'un aurait-il pu profiter de son décès ?

— Je n'en ai pas la moindre idée. Si j'ai bien compris, il conserve son testament dans sa valise métallique.

— Vraiment ?

— De même que les joyaux de son épouse et divers autres documents personnels. Nous vérifierons.

— Ce qui me surprend le plus, dans tout ce que vous m'avez raconté, est ceci : Moult, ayant achevé son numéro, est revenu dans le vestiaire. La jeune femme l'a débarrassé de son attirail et l'a laissé là. Je dis bien qu'elle a enlevé barbe et moustache... À moins qu'elle n'ait menti. Et si c'était le cas ? Où cela nous mènerait-il ?

— Eh bien, mon cher Fox, où cela nous mènerait-il ?

— Nulle part, répliqua-t-il, agacé. Il faudrait ensuite imaginer qu'elle soit montée chercher le tisonnier, qu'elle soit redescendue l'assommer, Dieu sait pourquoi... qu'elle ait traîné le cadavre jusqu'au premier, au nez et à la barbe des domestiques et des enfants, qu'elle l'ait déshabillé là-haut, et qu'elle l'ait poussé par la fenêtre avec l'arme du crime. Ou encore, qu'elle l'y ait accompagné, bien vivant, alors que les témoins l'ont vue traverser seule le hall et entrer dans le salon. De toute façon, matériellement, elle n'en aurait pas eu le temps... Non, tout cela est absurde, conclut Fox.

— Parfaitement absurde.

— Oublions-la. Qui nous reste-t-il ? Que nous reste-t-il ? Voyons ce bout de fil de la tunique. Si c'est bien cela. Il a été trouvé au sommet du sapin. Il faudrait en déduire que le mort était en costume lorsqu'il a été projeté par la fenêtre. Comment la robe n'a-t-elle pas été davantage salie ou déchirée, et qui l'a rangée au vestiaire ?

— Ne croyez-vous pas plutôt que ce fil était accroché au tisonnier, lequel se trouvait bel et bien dans l'arbre ?

— Bon sang ! s'exclama Fox. Mais oui ! Bien sûr. Poursuivons... À un moment ou à un autre, il est tombé de la fenêtre du dressing, après avoir reçu un coup de tisonnier sur la nuque. *Avec la perruque sur la tête ?*

— Continuez, Fox.

— Supposons qu'il portait encore la perruque. Pour ce qui est de la barbe, nous n'en savons rien.

— Rien du tout.

— Rien du tout. Donc, nous n'y pensons plus. Oublions-les. Mais la perruque... La perruque s'est retrouvée, comme la tunique, à sa place dans le vestiaire ; à un détail près : elle avait été nettoyée à l'endroit où avait porté le coup... Qu'avons-nous ? Un cadavre qui passe par la fenêtre, ramasse sa perruque, la nettoie, ainsi que son costume, range le tout et retourne s'allonger par terre.

— Quelle prétention !

— Je vous l'accorde. Que nous reste-t-il, alors ? M. Bill-Tasman, le colonel et sa femme, Bert Smith. Pouvons-nous en éliminer un ?

— Oui, sans doute.

— Je suis tout ouïe.

— Je vais donc tenter de vous répondre, mon cher Fox.

Dehors, les hommes avaient hissé le cadavre congelé d'Alf Moult dans la voiture pour le transporter dans les écuries. L'effigie de Nigel n'était plus qu'un amas informe de neige glacée sur le couvercle de la caisse d'emballage. Tout en regardant par la fenêtre, Alleyn exposa pièce par pièce à son collègue le puzzle qu'il s'efforçait d'assembler depuis son arrivée.

Lorsqu'il eut terminé, Fox, poussant de profonds soupirs, s'essuya la bouche du revers de la main.

— C'est aussi surprenant qu'astucieux, constata-t-il. Très, très astucieux, vraiment. Mais nous allons avoir du mal à le prouver.

— Oui.

— Car il nous manque le mobile. C'est toujours un handicap. Un mobile apparent, j'entends. À moins qu'il n'y en ait un, caché quelque part ?

Alleyn fouilla sa poche de poitrine, en extirpa son mouchoir qu'il déplia pour montrer une clé : une clé banale pour un cadenas banal.

— Ceci nous sera peut-être d'un précieux secours.

— Je n'en doute pas.

Avant d'aller annoncer la nouvelle de leur macabre découverte à Hilary, Alleyn et Fox rendirent visite à Nigel, dans les quartiers des domestiques. Ils le trouvèrent à l'office, entouré de plateaux et de théières, apparemment en transe.

Au début, apprenant la mort de Moult, il observa Alleyn à la dérobée, comme s'il soupçonnait le policier de lui mentir. Mais pour finir, il hocha le menton à plusieurs reprises.

— La vengeance sera Mienne, dit le Seigneur.

— Dans le cas présent, le Seigneur n'y est pour rien : Moult a bel et bien été assassiné.

Nigel inclina la tête et fixa Alleyn par-dessous ses cils blancs. Alleyn se demanda s'il avait perdu l'esprit ou s'il feignait simplement d'être devenu fou.

— Comment ? s'enquit Nigel.

— Il a reçu un coup de tisonnier.

Nigel soupira. « Comme Fox », songea Alleyn.

— Partout où l'on va, le péché domine ! proféra Nigel. La fornication à gogo ! Tout est vicieux et dépravé, en ces temps pernicieux.

— Le corps a été découvert dans la caisse supportant votre sculpture, poursuivit Alleyn.

— Eh bien ! répliqua Nigel. Si vous croyez que je l'y ai mis, vous vous trompez.

Il dévisagea Alleyn quelques secondes, puis :

— Bien que je sois un pauvre pécheur... Un pécheur ! répéta-t-il, plus fort, et cette fois avec l'air égaré d'un dément. J'ai châtié une femme impudique, et ils ont déversé toute leur haine et leur colère sur moi !

Comme de coutume lorsqu'il évoquait son crime, Nigel fondit en larmes. Alleyn et Fox allèrent se réfugier dans le hall.

— Ce type est bon pour l'asile, constata Fox, de toute évidence décontenancé. Il est à enfermer.

— Il paraît qu'il rechute, de temps en temps.

— Est-ce lui qui distribue ces plateaux dans les chambres ?

— À huit heures trente, d'après Troy.

— Je n'oserais pas boire ce thé.

— Troy prétend qu'il est bon. Et ce n'est pas Nigel, l'expert en arsenic, mais Vincent.

— Ça ne me plaît pas du tout, dit Fox.

— À moi non plus, figurez-vous. Je n'aime pas, et vous le savez, que Troy soit dans les parages lorsque je mène une enquête. Je n'aime pas non plus que... Bref... Écoutez : voici les clés du dressing du colonel Forrester. Je veux que Thompson et Bailey l'inspectent de fond en comble. Le grand jeu. Toutes les surfaces, tous les objets. Celle-ci est la clé de l'armoire. Il existe sûrement des doubles, mais tant pis, ne nous en préoccupons pas pour l'instant. À l'intérieur de l'armoire se trouve la fameuse valise métallique. Qu'ils y prêtent une attention particulière. Dites-leur de venir me faire leur rapport dès qu'ils auront terminé. Je me charge de Bill-Tasman.

— *Pour l'amour du ciel !* hurla Hilary du haut de l'escalier. *Que se passe-t-il encore ?*

Vêtu d'une robe de chambre bordeaux, il se penchait par-dessus la balustrade. Hirsute, il avait les yeux écarquillés et le teint très pâle.

— Que se passe-t-il du côté des écuries ? Que fabriquent-ils, tous ? L'avez-vous retrouvé ? Vous l'avez retrouvé, n'est-ce pas ? Vous l'avez retrouvé !

— Oui, acquiesça Alleyn. Je montais justement vous prévenir. Voulez-vous m'attendre un instant ? Fox, dès que vous serez disponible, venez nous rejoindre.

Hilary trépigna, se mordit les phalanges.

— Pourquoi n'ai-je pas été averti plut tôt ? Vous auriez dû me réveiller immédiatement !

— Pouvons-nous nous installer dans un lieu tranquille ? lui demanda Alleyn.

— Oui, oui, oui. Bien sûr. Venez dans ma chambre. Je ne suis pas content du tout. Vous auriez dû me le dire.

Il conduisit l'inspecteur principal jusqu'à ses appartements, somptueuse suite dans l'aile ouest correspondant sans aucun doute à celle qu'occupait Cressida dans l'aile est. Les fenêtres s'ouvraient d'un côté sur la cour et de l'autre sur l'allée et le futur parc. Une porte ouverte menait au dressing, et, au-delà, à la salle de bains. Le lit à baldaquin était un monument du genre.

— Je suis désolé de m'être emporté, dit Hilary, mais il me semble que tout le monde devient fou dans cette maison. Je me lève, je jette un coup d'œil par ma fenêtre, et je vois quelque chose d'horrible que l'on pousse dans une voiture. Je me retourne, je regarde par l'autre fenêtre, et je vois la même voiture, qui contourne le bâtiment. Je vais au bout du couloir, et là, je m'aperçois que l'on est en train de mettre la chose en question dans mes écuries. Non ! C'en est trop ! Avouez que c'en est trop.

On frappa à la porte. Hilary alla ouvrir, et M. Fox apparut.

— Entrez, je vous en prie ! le pria le maître des lieux, d'un ton furieux.

Alleyn fit les présentations et entreprit, avec peine, de résumer les circonstances qui l'avaient entraîné à la découverte de Moult. Hilary ponctua le récit, à plusieurs occasions, de commentaires acerbes.

— Bien. Maintenant que vous l'avez trouvé, intervint-il lorsque Alleyn eut achevé, que va-t-il se passer ? Qu'attendez-vous de moi ? Mes domestiques frisent sans doute la crise d'hystérie collective ; je ne serais pas surpris s'ils venaient me présenter en chœur leur démission. Mais je suis à vos ordres : que voulez-vous de moi ?

— Je comprends que tout ceci vous soit pénible, mais je n'y puis rien. Nous vous ennuierons le moins possible, je vous le promets. Cependant, si vous me permettez une petite remarque, je vous signale que le plus malchanceux de tous, c'est Moult.

Hilary rosit légèrement.

— Voilà que vous me faites passer pour un minable, marmonna-t-il. Décidément, vous êtes un homme inquiétant. On ne sait jamais ce que vous nous réservez. Bien... Que voulez-vous de moi ?

— Il faut avertir le colonel Forrester. Il aura le triste devoir d'identifier le cadavre.

— Oh, non ! s'écria Hilary. C'est affreux ! Pauvre oncle Flea ! Ce n'est pas moi qui le lui annoncerai. Je viendrai avec vous si vous insistez, mais... Bon, très bien. Je le lui dirai, mais je tiens à ce que vous soyez avec moi.

Il se mit à arpenter la pièce, dépité.

— Je serai là, assura Alleyn. C'est préférable.

— Pour mieux m'observer ! explosa Hilary. C'est cela, n'est-ce pas ? Vous voulez épier le comportement de chacun ?

— Écoutez ! protesta Alleyn. C'est vous qui avez lourdement insisté pour que je prenne en main cette affaire. J'ai essayé, pour de multiples raisons, de m'en décharger, mais à présent je suis là, et essentiellement à cause de vous. Vous m'avez voulu, vous m'avez eu, vous allez devoir me supporter jusqu'au bout. Un point, c'est tout.

Hilary le fixa quelques secondes, ahuri, puis son visage, que Troy avait comparé à la tête d'un beau dromadaire, s'éclaira d'un sourire.

— Vous au moins, vous savez remettre les gens à leur place. Vous avez raison, bien sûr, je me conduis mal. Mon cher Alleyn, croyez-moi, j'ai honte, car je vous suis immensément reconnaissant d'être resté parmi nous. *Peccavi, peccavi !* s'écria Hilary, les mains jointes. Bien ! Plus vite ce sera terminé, mieux nous nous porterons. Tâchons donc de retrouver l'oncle Flea.

Mais ils n'eurent pas à le chercher : le colonel, sa femme sur ses talons, se précipitait dans le couloir. Tous deux étaient en robe de chambre.

— Ah ! Vous voilà enfin ! Ils l'ont découvert, n'est-ce pas ? Ils ont notre pauvre Moult.

— Entrez, oncle Flea... Entrez, tante B.

Ils s'exécutèrent, marquant une légère hésitation en voyant Alleyn et Fox.

— Bonjour...

— Alors ? s'enquit Mme Forrester.

— Alors, oui, avoua Hilary. Moult a été retrouvé.

— Il est... ?

— Oui, oncle Flea. Malheureusement. Je suis navré.

— Tu ferais mieux de t'asseoir, Fred. Hilary, ton oncle ferait mieux de s'asseoir.

Le colonel se tourna vers Alleyn.

— Je vous en prie, dites-moi exactement ce qui s'est passé. Je veux un rapport détaillé.

— Je propose que nous obéissions aux ordres et que nous nous asseyions, monsieur. Ce sera assez long.

Le colonel eut un geste d'impatience, mais il accepta le siège que lui offrait son neveu. Mme Forrester se dirigea vers les fenêtres et, les bras croisés sur la poitrine, écouta le récit d'Alleyn en observant le paysage. Hilary s'assit sur son imposant lit à baldaquin, tandis que Fox, comme toujours, se retranchait discrètement dans un coin.

Au fur et à mesure qu'il parlait, Alleyn eut conscience de l'extrême tension régnant dans la chambre. Il fut surtout sensible à leur immobilité, à l'attitude de repli de Mme Forrester, au mutisme de son mari, à la concentration douloureuse de Hilary.

Lorsqu'il eut achevé, il y eut un long silence. Puis, sans se détourner de la fenêtre, sans bouger du tout, Mme Forrester prit la parole :

— Hilary, ton expérience se termine comme prévu. Dans le drame.

Alleyn attendit une explosion de protestations, sinon de la part du colonel, du moins de la part de son neveu. Mais Hilary demeurait figé sur son lit magnifique, et le colonel, au bout de quelques minutes de réflexion, redressa la tête :

— Navré, mon garçon. Mais voilà. Pas de chance. Mon pauvre vieux Moult... Et voilà...

Sa voix se brisa.

— Dois-je en conclure que vous soupçonnez tous l'un des membres du personnel ? s'enquit Alleyn.

Ils se tournèrent tous trois vers lui.

— Nous devons garder l'esprit clair, vous savez, dit le colonel. Le passé d'un homme est toujours le meilleur des guides.

— Oncle Flea, j'aimerais tant que vous vous trompiez.

— Je sais, mon garçon. Je sais.

— La question à se poser maintenant est : lequel ? intervint Mme Forrester.

Hilary leva les mains au ciel, puis y enfouit son visage.

— Hilary, je t'en prie, pas de cinéma ! s'insurgea sa tante.

— Allons, B ! Sois juste : il ne fait pas de cinéma, il est déçu.

— Amèrement, précisa Hilary.

— Ou plutôt, insista Mme Forrester, poursuivant son idée. Lequel *n'est pas* coupable... Car à mon avis, il s'agit d'un complot dans lequel ils sont tous impliqués, à l'exception peut-être du fou... Est-ce l'opinion de la police ? ajouta-t-elle par-dessus son épaule.

— Non, répondit tranquillement Alleyn.

— Non ! Que voulez-vous dire, non ?

— Non, je ne pense pas que les domestiques aient conspiré pour assassiner Moult. Je pense qu'ils ont conspiré, sans Nigel, pour se débarrasser du corps parce qu'ils se doutaient qu'ils seraient suspectés. Ils ne se trompaient guère. Mais évidemment, c'était idiot de leur part.

— Vous rendez-vous compte de ce qu'implique une pareille théorie ? s'exclama Mme Forrester. Puis-je vous le demander ?

— Mais oui, bien sûr, madame, je vous en prie, demandez-le-moi.

— Cela implique...

Elle hésita.

— Inutile de nous mettre les points sur les « i », tante B.

— Cela implique quelque chose de parfaitement absurde ! aboya-t-elle. J'ai dit : quelque chose de parfaitement absurde !

— Je suis confus d'avoir à vous en parler, colonel, mais il reste à identifier officiellement le corps.

Le colonel Forrester sursauta.

— Quoi ? Pardon ? Ah, oui, oui, oui. Bien sûr. Vous... Vous voulez que je... ?

— À moins qu'un membre de sa famille ne puisse se déplacer rapidement ? Il y a sans doute quelqu'un à prévenir. Peut-être pouvez-vous nous renseigner ? Connaissez-vous ses proches ?

Cet interrogatoire provoqua une réaction étrange, et, l'espace d'un éclair, Alleyn eut l'impression que le colonel allait subir une nouvelle crise. Il blêmit, puis s'empourpra. Posa son regard partout, sauf sur Alleyn. Ouvrit la bouche, la referma. Se leva à demi, se laissa choir sur son fauteuil.

— Il n'avait personne, du moins que je sache. Il... Il m'a dit qu'il n'avait personne.

— Je vois. Dans ce cas, en votre qualité d'employeur...

— Je vais m'habiller, répliqua précipitamment le colonel en se mettant debout.

— Non ! s'écria Mme Forrester, qui quitta enfin sa fenêtre pour se précipiter sur son mari. Non, Fred, cela risque de t'indisposer. Je peux y aller. Je dis : je peux y aller !

— Il n'en est pas question, rétorqua son époux, d'un ton qui surprit visiblement Mme Forrester autant que Hilary. Je te prie de ne pas intervenir, B. Je serai prêt dans dix minutes, Alleyn.

— Merci. Je vous rejoindrai dans le hall.

Il ouvrit la porte pour le colonel, lequel, redressant les épaules, leva le menton et sortit d'un pas ferme. Alleyn se tourna vers Mme Forrester.

— Nous pouvons attendre. Il n'a pas besoin de se presser. Si vous pensez qu'il va être bouleversé au...

— Ce que je pense n'a aucune espèce d'importance, coupa-t-elle. Il ne reviendra pas sur sa décision.

Sur ce, elle partit à sa poursuite.

*

* *

Le cadavre étant dans un état avancé de *rigor mortis*, il avait été malheureusement impossible de lui rendre un aspect à peu près humain. Les hommes de Fox avaient donc étendu le corps sur une table, dans une ancienne salle, et l'avaient recouvert d'un drap. Ainsi le défunt Moult, la tête déboîtée du tronc, semblait-il brandir de colère son poing en direction du colonel.

— Oui, murmura ce dernier en se détournant aussitôt.

Passant devant les policiers, il alla dehors se moucher bruyamment. Alleyn lui accorda quelques secondes de répit avant de le rejoindre.

— Vingt-cinq ans, c'est long. Vingt-cinq ans. Un quart de siècle, c'est long.

— Oui, concéda Alleyn. Vous entreteniez des rapports privilégiés d'officier à soldat-serviteur, non ?

— Il avait ses défauts, mais nous nous comprenions. Nous nous entendions à merveille.

— Rentrons. Il fait froid.

— Oui, merci.

Alleyn l'emmena dans la bibliothèque, où avait été allumé un feu, et le fit asseoir devant les flammes.

— Avec ce chauffage central, ce n'est pas la peine d'allumer tous ces feux de cheminée, constata le colonel. Mais évidemment, c'est plus gai.

— Voulez-vous quelque chose à boire ?

— Pardon ? Non, non. Non, merci. Je vais très bien. C'est le fait de l'avoir vu. On aurait dit qu'il avait été tué sur le champ de bataille. En pleine action. Je suis ému.

— Oui.

— Je... Il va falloir effectuer des démarches. Je veux dire... il y aura des papiers à remplir.

— Je crains que oui. Une enquête sera menée.

— Bien sûr.

— Savez-vous par hasard s'il avait rédigé un testament ?

Le colonel se figea, puis, d'un mouvement brutal, croisa les genoux et y posa les mains. Caricature d'un homme décontracté...

— Un testament ? Il n'avait pas grand-chose à laisser.

— Il se peut tout de même que...

— Oui, oui...

Il parut réfléchir.

— Vous n'êtes pas au courant ? insista Alleyn.

— En fait, avoua enfin le colonel d'une voix tendue, il m'avait confié une enveloppe. Peut-être contient-elle un testament ?

— Nous allons sans doute vous demander de nous la montrer, colonel. Si nous n'y relevons rien de...

— Oui, oui, oui. Je sais, je sais.

— Cette enveloppe serait-elle dans la valise métallique, par exemple ? demanda Alleyn d'un ton léger.

Un long silence.

— Je... Je crois que oui. C'est possible... Il a... il avait la clé. Je vous l'ai dit, il me semble ? Il s'occupait de ces choses-là pour nous. Les clés, et tout le reste.

— Vous aviez confiance en lui, n'est-ce pas ?

— Totalement, affirma-t-il en balayant l'espace d'une main tremblante.

— Je crois avoir retrouvé la clé du cadenas.

Le colonel dévisagea longuement Alleyn.

— Ah, oui ? Elle était... sur lui ?

— Dans sa poche.

— Puis-je l'avoir, Alleyn ?

— Sans problème. Mais avant de vous la rendre, j'aimerais procéder à la routine...

— Les empreintes digitales ?

— Oui. C'est une pure question de protocole. Je ne m'attends à y trouver que les siennes et les vôtres, bien entendu. Nous sommes obligés de passer par ces formalités.

— Oui...

— Colonel, vous paraissez inquiet ? Qu'est-ce qui vous tracasse ?

— J'ai perdu un vieux et fidèle serviteur ! s'emporta-t-il avec une violence à peine contenue. N'est-ce pas suffisant ?

— Je suis désolé.

— Moi aussi ! s'empressa-t-il de répondre. Mon cher, vous devez me pardonner. Je ne suis plus moi-même.

— Voulez-vous que je vous envoie Mme Forrester ?

— Non, non, surtout pas. J'aimerais être un peu seul. Et merci infiniment, Alleyn.

— Je vous laisse.

Cependant, alors qu'il s'apprêtait à sortir, la porte s'ouvrit, cédant le passage à M. Bert Smith, habillé mais non rasé.

— Je viens de voir Illy, déclara-t-il, sans préambule. Ce que j'ai entendu ne me plaît pas du tout. Alors c'est vrai ? Vous l'avez trouvé ?

— Oui.

— Assommé ? Défoncé ? C'est ça ?

— C'est cela.

— Et trois de ces assassins essayaient de se débarrasser du cadavre, c'est ça ?

— C'est cela.

— Et d'après vous, ils n'y sont pour rien ?

— Pour le moment, rien ne permet d'affirmer que l'un d'entre eux l'ait tué.

— Vous plaisantez.

— Ah ? s'enquit Alleyn.

M. Smith émit un râle de mépris et alla se planter devant le colonel, lequel s'était calé dans son fauteuil, le front plissé.

— Heureux de vous voir, colonel ! Il était temps que nous nous retrouvions tous les deux pour bavarder. Illy descendra dès qu'il aura annoncé la nouvelle à sa dulcinée et récupéré sa tantine. Avez-vous des objections ? ajouta-t-il à l'intention d'Alleyn.

— Seigneur ! Quelles objections pourrais-je bien formuler, et sous quel prétexte ? Vous pouvez tenir des réunions partout dans cette maison si cela vous amuse. J'espère simplement qu'il en ressortira quelque chose de constructif. À ce propos, si vous avez du nouveau, soyez gentils de nous en avertir. Tout renseignement supplémentaire sera le bienvenu.

— Franchement, vous me désespérez ! répliqua M. Smith avec ironie.

Hilary entra, suivi de Mme Forrester et de Cressida, laquelle, vêtue d'un vaporeux négligé, était aussi belle que désemparée.

Jetant sur son époux un coup d'œil sévère, Mme Forrester s'assit à côté de lui. Il hocha le menton comme pour la rassurer et surtout, songea Alleyn, pour lui intimer l'ordre de se taire. Hilary observa le policier d'un air malheureux et alla se placer devant l'âtre. Cressida s'approcha d'Alleyn, le regarda droit dans les yeux, eut un geste théâtral et remua la tête de droite à gauche, avec une lenteur étudiée.

— Je n'en peux plus, annonça-t-elle. C'en est trop, je veux dire. Je suis dépassée par les événements.

— Rien ne vous oblige à les rattraper.

Elle esquissa l'ombre d'un sourire.

— Au fond, vous avez raison. Mais avouez que tout cela est bien contrariant, non ?

Elle le gratifia d'un ultime coup d'œil dévastateur, puis alla choir avec grâce sur un fauteuil.

Smith, Mme Forrester et Hilary l'observaient avec agacement ; le colonel, avec une sorte d'étonnement attendri.

— Cressy, ma petite ! protesta-t-il vaguement.

À cet instant, curieusement, il s'opéra sur la ravissante jeune femme une étrange métamorphose. Ses yeux se remplirent de larmes, son menton trembla, elle tapa des poings sur les bras de son siège.

— Très bien ! Je sais ce que vous pensez : que je suis dure et désagréable. *Très bien !* D'accord, je n'erre pas dans les couloirs en me morfondant sur son sort. Ce n'est pas pour autant que je suis indifférente. Je l'aimais bien, Moult. Il était gentil avec moi. Vous avez tous déjà été confrontés à la mort, n'est-ce pas ? Eh bien, moi, jamais ! Jusqu'à ce matin, quand en regardant par ma fenêtre, je les ai vus mettre le cadavre dans la voiture. C'était horrible. Ne dites rien, ni les uns ni les autres. Non, Hilary, ne dis rien. Vous êtes vieux, tous... vieux, vous ne comprenez rien à rien !

Voilà tout. Pour l'amour du ciel, continuez votre petite conversation.

Tous se dévisagèrent avec consternation. Cressida reprit de plus belle :

— Oh ! Et puis flûte ! Je ne pleurerai pas ! Je ne veux pas pleurer !

— Ma chérie...

Elle tapa des pieds, et Hilary se tut. Smith marmonna quelque chose comme « bien fait pour toi, ma petite », puis s'éclaircit la gorge.

— Si j'ai bien compris, Smith, intervint Mme Forrester, vous envisagiez une sorte de réunion au sommet ? Pourquoi ne pas la conduire vous-même ?

— Minute, papillon ! rétorqua-t-il sèchement.

— Je crains de vous gêner, déclara Alleyn. Je vous laisse.

Le colonel se leva, au prix d'un effort visible.

— Je vais vous demander de m'excuser, Smith, mais je ne suis bon à rien, en réunion. Si tu permets, Hilly, je vais m'installer dans ton bureau jusqu'au petit déjeuner.

— Fred...

— Non, B, ce n'est pas une crise. Je veux simplement avoir quelques minutes de tranquillité.

— Je t'accompagne.

— *Non !* Cesse de me harceler, B. Je préfère être seul.

Il alla à la porte, marqua une pause, se tourna vers Cressida. Elle avait porté une main à sa bouche.

— À moins que vous ne vouliez venir avec moi, Cressy. Vous n'êtes pas plus douée que moi pour les réunions, n'est-ce pas ?

Elle lui souffla un baiser et parvint à lui sourire.

— Je vous rejoins.

Le colonel hocha le menton et sortit. Alleyn refermait sur lui la porte, lorsque M. Fox apparut dans le corridor. Alleyn alla vers lui tout en tirant la porte, laquelle, comme à son habitude, cliqueta puis se rouvrit de quelques centimètres.

Quelques mots isolés parvinrent à l'assistance rassemblée devant le feu :

— Fini... Dressing... rien... latent... urgent...

— Parfait, répondit Alleyn. Dites aux hommes de se rassembler dans la cour. Je veux leur parler. Dites à Bailey et à Thompson de laisser la caisse dehors. Inutile de fermer le dressing à clé. Nous n'avons plus rien à y faire ; le colonel nous ouvrira la valise dès qu'il s'y sentira prêt.

— Un appel téléphonique urgent, monsieur Alleyn !

— Merci, j'y vais.

Il pivota sur lui-même, plaqua une main sur son gilet.

— Zut ! J'oubliais... La clé du cadenas ?

— C'est moi qui l'ai. Nous n'avons rien trouvé d'intéressant.

— Rendez-la donc au colonel, voulez-vous, Fox ?

— Bien, monsieur.

— Je prends cet appel dans le salon. J'en ai sans doute pour un moment. Poursuivez, Fox. Réunissez les hommes dehors, à l'arrière.

— Oui, monsieur.

Fox ferma la porte de la bibliothèque, et Alleyn alla dans le hall.

Mais il n'alla pas décrocher l'appareil dans le salon, pas plus qu'ailleurs. Il gravit les marches quatre à quatre, ignorant les douleurs dans son bras gauche, et se rua dans la chambre de sa femme.

— Ma chérie, surtout, ne sors pas d'ici. Ne bouge pas. Et fais l'idiote.

— L'idiote ?

Alleyn effleura ses yeux, ses oreilles, sa bouche.

— Ah, dit-elle, je comprends. Je n'ai pas non plus le droit de respirer, je suppose ?

— Ma chérie, écoute-moi bien...

Il fut interrompu par un coup à la porte. Sur l'indication de son mari, ce fut Troy qui répondit :

— Oui ? Une minute. Qui est là ?

La porte s'entrouvrit.

— C'est moi, dit Fox.

Alleyn alla jusqu'à lui.

— Alors ?

— Tel le mouton allant à l'abattoir ! proclama Fox.

10

Le départ

— Ce que j'ai à vous dire est grave, dit M. Smith, et je vous demande de m'écouter jusqu'au bout. Quand j'aurai fini, vous pourrez parler, mais écoutez-moi d'abord. C'est une chance pour nous que cette porte ferme mal. Vous avez entendu : on l'appelle au téléphone, et il veut voir ses gars dans la cour. Ça nous laisse un peu de temps. Bon. Il a décidé, Dieu sait pourquoi, que tes serviteurs n'y sont pour rien, Illy. Ce qui veut dire... ce qui veut dire qu'il soupçonne l'un d'entre nous. Ce que nous déclarerons lors des prochaines confrontations sera donc sacrément important. Non, madame, ne me coupez pas la parole. Vous aurez votre tour... Bien... Nous savons que Moult était encore vivant à la fin de son numéro, quand il est sorti en valsant du salon, déguisé comme l'as de pique. Nous savons qu'il était vivant quand il a enlevé sa barbe et sa perruque. Nous savons qu'il a été laissé, vivant, dans le vestiaire. Et c'est tout. Maintenant, nous devons, chacun, pouvoir résumer notre emploi du temps depuis que nous l'avons vu pour la dernière fois. D'accord ? Évidemment que j'ai raison !... Donc... récapitulons. Nous pouvons tous répondre pour Cressy Tottenham. Presque aussitôt après le numéro de cirque d'Alf, Cressy est revenue, après lui avoir ôté ses moustaches. Elle n'avait pas eu le temps de tuer et de se débarrasser du corps.

— Écoutez, oncle Bert...

— Tais-toi ! J'ai bien dit qu'elle ne pouvait pas l'avoir tué, non ? Il faut le répéter. C'est important, parce qu'elle semble être la dernière à l'avoir vu vivant. Sauf pour son assassin, bien sûr, mais en tout cas, cela la place dans une catégorie à part.

— Absolument pas ! protesta Hilary.

— Hilary, chut ! dit sa tante. Poursuivez, Smith.

— D'accord. Je résume. J'en viens à vous, madame. Cressy est venue vous dire que c'était Alf et non le colonel qui avait joué les pères Noël, et vous êtes partie comme une flèche. Où ?

— Je suis allée voir mon mari, bien sûr.

— Directement ?

— Oui. Dans notre chambre.

— Vous n'êtes pas passée par le dressing ?

— Non.

— Vous pouvez le prouver ?

Mme Forrester, écarlate, se fâcha :

— Non.

— C'est malheureux, hein ?

— Ne soyez pas impertinent !

— Oh, pour l'amour du ciel !

— Tante B, M. Smith cherche à nous aider.

— Si j'ai besoin de lui, je m'adresserai à lui.

— Vous avez besoin de moi maintenant, vieille peau !

— Comment osez-vous me parler ainsi ?

— Oncle Bert, je vous en prie !

— Et toi, Illy ? Nous en serons bientôt à toi. Où en étais-je ? Ah, oui. Cressy dans le salon. Elle vous parle, et, l'un après l'autre, vous quittez la pièce. Où es-tu allé ?

— Moi ? Chercher Moult pour le remercier. Je me suis rendu au vestiaire, dans la bibliothèque, puis je suis monté voir s'il n'était pas là-haut. J'ai rendu visite à oncle Flea ; tante B était avec lui, je suis donc redescendu me joindre à vous tous dans la salle à manger.

— Et voilà ! s'exclama M. Smith. Donc, si Alf Moult était au premier, toi-même, ta tante ou même ton oncle (s'il n'avait pas eu sa crise) *auriez pu* l'assommer.

— Auriez pu, au conditionnel, oncle Bert. Oui, peut-être, mais aussi...

— Aussi ? Pas moi. Pas Mme Alleyn. Pas Cressy. Nous étions tous là, sages comme des images, à dévorer notre repas de Noël.

— Dois-je comprendre que vous agissez par altruisme pur, monsieur Smith ? questionna Mme Forrester. Vous semblez persuadé qu'aucun soupçon ne peut peser sur vous, pourquoi donc tant d'agitation ?

— C'est merveilleux, non ? C'est tout simplement merveilleux ! s'indigna M. Smith. Un homme voit ses amis, ou ceux qu'il croit être ses amis, en mauvaise posture, il cherche à les aider. Et qu'est-ce qui se passe ?

— Nous vous sommes tous très reconnaissants, monsieur Smith, répondit-elle. Cependant, il me semble que, dans cette affaire, vous négligez un aspect essentiel.

Elle marqua une pause, remonta les manches de son cardigan, croisa les bras sur son estomac.

— N'est-il pas possible que Moult ait été assassiné bien plus tard dans la soirée ? Ton oncle est réticent à l'admettre, Hilary, mais Moult s'adonnait de temps à autre à la boisson. À mon avis, ce soir-là, il avait abusé de la situation. Cressida prétend qu'il avait sur lui une flasque d'alcool. Il a pu l'emporter avec lui après son numéro, se cacher quelque part, dans une voiture, pourquoi pas ? et revenir plus tard dans la soirée... pour être assassiné.

— Vous avez pensé à tout, n'est-ce pas ? railla M. Smith.

— M. Alleyn aussi, ne vous inquiétez pas, rétorqua-t-elle.

— Ils ont fouillé partout, tante Bed.

— Même dans les véhicules ?

Hilary resta silencieux. Mme Forrester poursuivit, comme s'il lui avait répondu :

— Auquel cas, je ne vois pas pourquoi vous, Smith, ou Cressida, voire même toi, Hilary, seriez exclus de la liste des suspects.

— Et vous ? répliqua Smith.

— Moi ? répéta-t-elle de sa voix aiguë. J'aurais pu tuer Moult. Je n'avais aucun mobile imaginable, mais j'aurais pu en effet le tuer.

— Rien de plus facile : vous montez voir le colonel, qui dort. Vous entendez Alf Moult dans le dressing. Vous passez par la salle de bains, vous entrez dans le dressing, vous prenez le tisonnier et boum ! Facile comme bonjour ! Vous poussez le corps par la fenêtre... Tu as bien dit que Vincent and Co. l'ont ramassé sous la fenêtre, n'est-ce pas, Illy ?

— Je ne crois pas l'avoir affirmé. Mais d'après Alleyn, c'est ainsi que cela s'est passé.

— Si mon raisonnement est correct, Smith, ce que vous venez de décrire pourrait s'appliquer à n'importe qui. Vous parlez, vous parlez, mais vous ne prouvez rien. Je dis que vous ne prouv...

— Ne me criez pas dessus, je ne suis pas votre vieux ! rugit M. Smith. Je vous ai observée, madame. Vos manières sont bizarres. Vous nous cachez quelque chose.

— C'est assez ! protesta subitement Hilary, l'air affolé.

— Non. Ce n'est pas fini. Observe bien ta tante. Comme moi. Quand Alleyn a parlé de la valise métallique... Ça ne vous a pas plu, hein ?

M. Smith avança sur Mme Forrester en pointant son index grassouillet.

— Hein ?

Mme Forrester sortit en claquant la porte. Lorsqu'elle fut partie, cette dernière se rouvrit toute seule, sans bruit.

*

* *

La clé correspondait. Elle tourna sans difficulté dans la serrure. Le loquet cliqueta, la boucle, plus résistante, se désengagea au prix d'un ongle cassé, malgré les gants.

Le couvercle se mit en position verticale, mais il avait tendance à tomber tout seul, aussi fallut-il le soutenir de la tête. Une opération délicate.

Un coffret verrouillé. Une boîte contenant des cartes routières. Des sacs de toile noués. Des paperasses. Des cartons tubulaires. Des enveloppes libellées : « Correspondance, B à F F et F F à B ». Il avait conservé toutes leurs lettres. « Reçus ». « Correspondance générale ». « Voyages ». « Divers »... Un document dans une grande pochette : « À notre bien-aimé... »

Surtout, ne pas perdre son sang-froid. Rester calme. Ne pas fouiller n'importe comment, dans le désordre. De la méthode.

Une boîte, un bruit de ferraille. Les bijoux qu'elle n'avait pas sortis pour la fête. Un porte-documents en cuir muni d'un rabat sur une minuscule serrure : fermée.

Pas de panique, mais le cœur battant : quelqu'un passait devant la porte. Toutes les clés avaient disparu...

Le désir de s'enfuir avec la serviette pour en finir ailleurs, en sécurité, avec cette besogne, était presque irrépressible. Mais comment faire pour en forcer l'ouverture ? Peut-être croiraient-ils que Moult l'avait cassée ? Le tisonnier n'était plus là, bien sûr, mais il restait la paire de pinces, aux embouts plats et minces.

Oui. Là... Il y avait juste la place, entre le loquet et... oui... Un petit coup. Encore un petit coup... Ouf !

Un journal intime. Une grande enveloppe. *Mon testament.* Non scellée. Le parcourir rapidement. Sans intérêt. Le ranger. Vite... Un document. Imprimé en allemand. La déclaration écrite de la main du colonel : « déclare qu'elle est ma fille », et la signature : Alf Moult.

Ranger le porte-documents. Vite. Vite. Vite.

Refermer le cadenas de la mallette. La remettre dans l'armoire. Dissimuler le papier sous son chandail et s'enfuir.

Elle se leva, à court de souffle.

Les portes s'ouvrirent simultanément, et avant qu'elle ait pu pousser le moindre cri, de partout surgirent des hommes.

— C'est terminé ! annonça Alleyn.

Cressida hurla de toutes ses forces.

*

* *

— Nous avons emprunté un raccourci, expliqua Alleyn. Nous avons laissé ouverte la porte de la bibliothèque et fait savoir que la voie était libre. Fox a brandi la clé du cadenas, Cressida Tottenham a prétendu qu'elle allait à la bibliothèque et qu'elle la remettrait au colonel. Nous sommes montés aussitôt nous cacher, et nous l'avons surprise en pleine action. C'était un coup de poker ; nous aurions pu revenir bredouilles.

Nous aurions dû alors entamer une affaire aussi longue qu'ennuyeuse. L'enquête sera menée, bien sûr, mais nous avons au moins eu l'avantage de la surprise : dans son affolement, elle s'est trahie.

— Rory, quand as-tu... ?

— Ah, ça... Dès le début, je crois. Tu comprends, tout le monde semblait croire son histoire selon laquelle Moult avait remplacé le colonel, ce qui l'innocentait ostensiblement et rendait ineptes les indices : tunique, perruque, etc. Alors que si elle avait annoncé avoir joué elle-même le rôle du colonel, il n'y aurait pas eu de confusion possible... À l'aide du tisonnier, elle a donc frappé Moult à la nuque, dans le dressing. Sans doute s'était-il penché à la fenêtre pour guetter le signal de Vincent. Lequel, à ce propos, l'a bel et bien vu et s'est donc empressé, suivant les instructions reçues, de contourner la maison avec son traîneau. C'est alors que les cloches se sont mises à sonner. Une clameur assourdissante. Elle a enlevé la tunique et la perruque, ce qui n'a pas dû être trop difficile, s'il était appuyé sur le rebord... Le plus délicat a sans doute été pour elle de redescendre, mais elle savait qu'alors tout le monde, y compris les membres du personnel, s'était rassemblé dans la bibliothèque. Et si, sur le moment, elle avait été aperçue, tout son attirail sur les bras, personne ne s'en serait étonné. Elle s'est précipitée dans le vestiaire, a bourré ses joues de boules de coton, mis robe, perruque, barbe, couronne, bottes fourrées... Et... les gants de laine du colonel que sa femme reprochait au pauvre homme d'avoir oubliés... Et voilà. Vincent ne s'est douté de rien. Elle a fait ses trois petits tours autour du sapin, elle est revenue au vestiaire se déshabiller. Cinq minutes plus tard, elle te demandait si Moult avait bien joué son rôle puisque, du fond de la salle, elle n'avait pu voir grand-chose.

— Rory... Où est-elle ?

— Dans sa chambre, un flic devant la porte. Pourquoi ?

— A-t-elle peur ?

— Quand je l'ai quittée, elle était furieuse. Elle a tenté de me mordre. Je me méfiais d'elle, aussi ai-je pu éviter ensuite le vase qu'elle a voulu me lancer à la figure... Je sais, ma chérie, poursuivit-il en dévisageant son épouse. Ta compassion est digne de Dostoïevski...

Il mit un bras autour de sa taille.

— Tu es adorable. En plus d'être géniale. Je ne me lasse pas de toi. Après toutes ces années. C'est curieux, non ?

— Avait-elle prémédité son coup ?

— Non, pas l'assassinat. C'était une improvisation, une crise de folie passagère.

— Mais... et les lettres anonymes, les pièges ?

— Destinés à monter Bill-Tasman contre ses domestiques. Elle aurait préféré un groupe de réfugiés.

— Pauvre Hilary !

— Oui... Elle est horrible. Évidemment, les circonstances atténuantes existent. Il est de mon devoir de les examiner, comme tu le sais.

— Je t'écoute.

— Je ne sais pas à quel moment le colonel Forrester a jugé bon d'intervenir. D'après les documents contenus dans la valise infernale, l'on déduit qu'elle serait la fille que Moult aurait eue avec une Allemande morte en couches. Que Moult serait le courageux soldat qui a sauvé la vie du colonel, en échange de ces affreuses cicatrices sur le visage. Que Moult aurait possédé ses économies, un petit héritage légué par son père et son salaire. Que le colonel, ce cher homme, se croyait éternellement redevable envers son fidèle serviteur. Bien. Mais Moult, comme beaucoup d'hommes de sa classe, était un incorrigible snob. Il voulait que sa fille soit « élevée comme une grande dame ». Il voulait que le colonel prenne en charge son éducation... Il voulait la voir grandir, en restant dans l'ombre... Et toutes les pièces du puzzle ont trouvé leur place. Jusqu'au jour où le temps a pris sa revanche. Hilary Bill-Tasman, l'ayant rencontrée chez son oncle et sa tante, s'est épris d'elle et a décidé qu'elle serait la châtelaine rêvée pour Halberds. Elle avait tout pour plaire. « Tottenham », par exemple... une illustre famille.

— Ah bon ? s'étonna Troy. Heu... *Tottenham*. Pourquoi Tottenham ?

— Je poserai la question au colonel, promit Alleyn.

*

* *

— Moult était un adepte des Spurs, expliqua le colonel. C'est pourquoi il a choisi ce nom.

— Nous aurions préféré autre chose, dit Mme Forrester. Fred a bien essayé de lui suggérer Bolton, ou Wolverhampton. Mais il n'a rien voulu savoir. C'était Tottenham, point final.

— Comment la crise a-t-elle éclaté ? voulut savoir Alleyn.

Le colonel eut un regard lointain.

— Raconte, B.

— C'est arrivé à cause des fiançailles. Fred trouvait... Enfin, nous ne voulions ni l'un ni l'autre que Hilary se marie sans savoir... Elle avait inventé toutes sortes de bêtises.

— Attendez, coupa Alleyn. Elle était au courant ?...

— Bien sûr que non ! s'écrièrent-ils à l'unisson. Elle se savait simplement orpheline.

— C'est ce que nous lui avons dit, en accord avec Moult, précisa le colonel. Bien sûr, il la voyait chaque fois qu'elle nous rendait visite.

— Il était complètement gâteux avec elle ! Il l'a emmenée au zoo...

— Au spectacle, en promenade, enchaîna le colonel. Je crains qu'il n'ait un peu perdu la tête et qu'il ne lui ait raconté des histoires.

En fait, Cressida, anxieuse de plaire, s'était imaginé un conte de fées très personnel lorsqu'elle s'était aperçue du rang auquel appartenait Hilary.

— Vous comprenez, marmonna tristement le colonel. Hilary attache de l'importance à ces détails. Elle s'est dit que s'il apprenait un jour la vérité, il lui en voudrait — elle avait probablement raison — de l'avoir dupé. Je m'en veux terriblement, tout est ma faute : car lorsqu'elle a insisté, je me suis énervé.

— Il lui a dit, intervint son épouse, qu'elle venait d'un milieu sain, mais très humble et... elle est vive, vous savez, elle a tout de suite compris qu'elle était née hors des liens du mariage. Fred lui a fait comprendre qu'il serait malhonnête de sa part d'épouser Hilary sans lui dire la vérité. Fred était persuadé que si Hilary l'aimait vraiment, cela n'empêcherait rien.

— Je l'ai prévenue que...

Le colonel se tut, Alleyn prit la suite :

— Que si elle ne parlait pas, vous vous en chargeriez !

Le colonel écarquilla les yeux.

— Exactement. Comment le saviez-vous ?

— Je l'ai deviné, mentit-il.

Un long silence.

— Ah oui ? murmura Mme Forrester, tout en observant à la dérobée la porte de l'armoire.

Le colonel balaya l'espace d'un geste désemparé.

— Ce que je ne comprends pas, le pire, c'est qu'elle ait...

Il se leva, alla jusqu'à la fenêtre. Mme Forrester grimaça.

— C'est qu'en s'attaquant à Moult, elle ait cru s'attaquer à vous ? suggéra Alleyn.

Il hocha la tête.

— Croyez-moi, colonel, vous n'avez pas à vous en faire. Elle savait que c'était Moult. Croyez-moi.

— Mais je... bien sûr, en un sens, j'en suis soulagé. Mais... Mais Moult ? Pourquoi mon pauvre Moult ? Pourquoi ici ? Non ! Non, je ne veux rien savoir ! Ne me dites rien ! s'écria-t-il.

*

*   *

Mais Alleyn le dit à Hilary.

En effet, Alleyn, Hilary, et, à l'invitation de ce dernier, Troy se retrouvaient tous trois dans le bureau. Tous les policiers, sauf le chauffeur d'Alleyn, étaient partis, ainsi que Cressida ; et, à bord d'un fourgon mortuaire, son père Alfred Moult.

Ultime ironie : le soleil était enfin apparu, et la neige fondait.

— Mais elle est si belle, confia Hilary à Troy. C'est ce qui me perdait, d'ailleurs. Car tous ses caprices, toutes ses manières étaient en quelque sorte filtrés par sa beauté. Ses défauts m'attendrissaient plutôt... enfin, non, pour être franc, j'y étais assez indifférent.

Il s'abîma dans une sorte de rêverie, et son visage prit l'expression qu'était parvenue à exprimer Troy par sa peinture.

— Tout ceci est affreux, et j'en suis effondré. Je vous assure que je suis effondré. Cependant, j'ai cru comprendre d'après oncle Flea et tante Bed qu'elle m'avait complètement dupé, avec ses histoires de la famille Tottenham et tout le reste.

— Elle vous savait sensible à ces détails, lui fit remarquer Troy.

— Évidemment ! Je suis un snob invétéré. Mais Moult ! *Moult !* Son père !

— Elle n'était pas au courant, intervint Alleyn.

Hilary bondit :

— Quand l'a-t-elle découvert ? Le sait-elle, seulement ? A-t-elle avoué ?

— Elle en a dit suffisamment, répliqua Alleyn, et tandis que Hilary le dévisageait, stupéfait, il continua : Elle savait que la valise métallique contenait des documents en rapport avec ses origines. Le colonel le lui a dit lorsqu'il a tenté de la convaincre de vous raconter la vérité sur son passé. Croyant que le colonel l'attendait dans le vestiaire, et que tous les autres s'étaient rassemblés dans la bibliothèque pour la fête, elle a tenté de forcer le cadenas avec le tisonnier du dressing. Moult, qui était passé dans la chambre se montrer en tunique et perruque au colonel, est revenu et l'a surprise en flagrant délit. Il avait déjà beaucoup bu, il s'est énervé, il lui a tout révélé. Les cloches se sont mises à sonner en bas, il s'est penché par la fenêtre pour guetter le signal de Vincent, elle l'a assommé avec le tisonnier.

— Ce n'était donc pas prémédité, fit précipitamment Hilary. Elle a agi par réflexe.

— Si vous voulez.

— C'est au moins cela. Quant à ce pauvre oncle Flea, ce n'était pas à lui qu'elle en voulait, Dieu merci.

Alleyn se tut. Il décida qu'il ne parlerait ni de la fenêtre coincée par une cale, ni des cachets disparus du colonel.

Achevé d'imprimer en Europe (Allemagne)
par Elsnerdruck à Berlin

N° d'édition : 2758
Dépôt légal : avril 1997
Nouveau tirage : juin 1997
Imprimé en Allemagne

— Sans doute sera-t-elle accusée d'homicide involontaire, ce qui réduira sa peine.

— De combien ?

— Qui sait ?

Après un silence, Hilary reprit la parole :

— L'on pourrait presque affirmer que mes pauvres serviteurs, Vincent and Co., ont collaboré.

— En un sens, oui.

— Oui, reprit Hilary, mais c'est une chose d'employer des ex-assassins, et c'en est une autre de...

Il se tut, devint écarlate.

— Nous ferions mieux de partir, Rory, dit Troy.

Hilary se confondit en excuses et en remerciements, s'extasia sur le portrait, se répandit en compliments.

Comme ils s'éloignaient, éclairés par un piètre soleil, Hilary se dressa, impérieux, en haut de son imposant perron. Mervyn et Blore, qui avaient descendu les bagages, se tenaient légèrement à l'écart. À la dernière minute, M. Smith et les Forrester vinrent compléter ce touchant tableau de famille. Troy agita la main en signe d'adieu.

— J'ai l'impression de quitter une simple réunion de week-end.

— Sais-tu ce que Hilary a failli nous dire ? s'enquit son mari.

— Non !

— Que lorsqu'elle sortira de prison, elle sera digne d'un emploi au manoir de Halberds. Pas exactement celui dont elle rêvait, cependant. Mais elle pourrait être engagée comme femme de chambre. Avec quelques avantages en nature...

— Rory !

— Je te parie ce que tu veux.